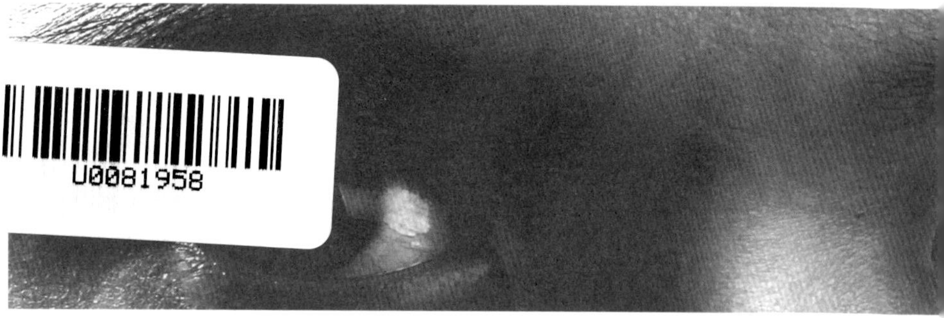

全部幹掉

TOP 著

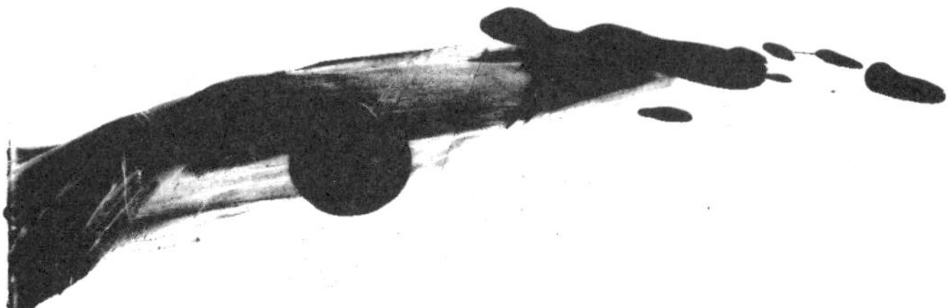

目錄

脫衣撲克大冒險

1

我今年二十七歲，加入健身房一年。我一直沒太用力地健身，只是朋友都在健身，就跟著他們做，但我只想Keep Fit。我應該算結實型的吧，有一點胸肌的輪廓，坐下來時，肚子會微微地內凹顯出一個小夾層。雖然我知道跟健身房那些機器怪物相比，我的身材差多了，但我還算滿意自己的身材。

平常週末晚上健身完之後，我都會跟朋友去統領後面的茶街找家店坐下來刁牌，我知道很多人覺得這樣很台，但這是我的小小嗜好。我不去Pub，也不去參加轟趴，只有偶爾癢的時候去ＵＴ聊天室釣個人打炮，但通常最後都流於嘴炮，因爲老是要經過一堆換照瞎扯的過程，最後要約時，我小弟弟早抬不起頭了。所以自己打槍最爽，方便又衛生。至於去三溫暖，我總覺得不是太乾淨的樣子。

對了，忘了說，大家都說我是最吃香的，因爲我一零雙修，是雙向插頭，據說這種現在最受歡迎。我眞的是享受插人、也享受被插，最喜歡碰到那種也是雙修的，可以互尬。不過這種也不好約到，大部份還是只能釣到一或零。

話說那天我朋友都沒空，健身完回家，突然有一股想做愛的念頭。你也知道男人想做愛，有時就跟屌無緣無故會翹起來一樣，就是想了。偏偏在網路上掛了半天也沒約到人，不是被挑，就是我挑人。

就在這時，我正好看到有人在約脫衣撲克大老二。其實我想嘗試玩脫衣撲克很多次了，但一直沒機會。大部份時候是怕，自己一個人去覺得怪怪的，跟朋友去更奇怪，所以一直沒試過。但那天我隨便跟那個約的人問了幾個問題，他竟很主動的一直過來攀談，大概眞沒幾個人會去的樣子。我原本只是抱著打打嘴炮的心理，想說等我下線前沒約到就算了。沒想到十二點多時，他居然告訴我約成功了，他找到四個人。雖然我感到矛盾，但也許就是天意讓我去認識一些朋友也不一定，反正最多被脫光光而已。

於是我一鼓作氣，趁自己沒機會後悔前就殺了過去。他在中和，我聽朋友說那裡很多趴場。我到時已經有一個人到了。開門的主人，阿新，長得不錯，曬得黑黑的，有點小肉，算隻小熊吧；另一個已經到的，則看起來很勻稱，他叫小 Man（不要懷疑，他是這樣自稱的，台灣人的英文名字眞的都很有創意說），長得沒主人這麼可愛，可是平頭的造型也算有型，就是健身房裡最常看到的那種長相普通、只能以造型或肌肉取勝的代表。

我們三個先坐下來閒聊。一方面阿新也怕另一個人放鴿子，因爲打手機那人沒接。小 Man 提議先發牌玩玩殺時間，於是我們就一邊發牌、一邊講規則，順便分享一下各自玩脫衣撲克的經驗。

我說我是第一次玩，小 Man 也只玩過一次，阿新則顯然是經驗最多的。所謂經驗最多，也只有三次，其中一次還只跟一個網友玩而已。他說脫衣撲克的規矩就是最輸的脫一件，脫光光後就要接受處罰。最贏的人說處罰方法，既然是脫衣撲克，就是什麼處罰都可以，除了裸奔。

我們一面玩一面講規則。大概過了二十分鐘，就在我們打算要放棄最後那一位，開始要自己玩時，他來了。是個年輕大學生樣的帥弟，留著日本偶像的頭，雖然不是我的菜，但把他扒光光似乎很有趣。他誠實說他剛到了門口，又回頭，因爲實在很怕，後來還是鼓起勇氣來了。

看他憨厚的樣子，我的勝算似乎多了一點。而且剛才試玩的幾把，我都不是最輸的，感覺今天運氣不錯，所以比較安心了。

我們等學生弟從洗手間出來後，便開始玩起來。學生弟要求第一把先試玩，讓他知道我們的規則，於是我們先試玩了一把。這把是我輸，幸好是試玩。其實在健身房的更衣室裡大鳥對小鳥早不稀奇了，我不是會露著鳥到處在更衣室晃的人，但我也不會圍上浴巾，通常都是拿塊小毛巾遮住小弟弟，這種若隱若現的感覺最能挑動人心。一眼望穿的屌，通常讓人失去興趣。

但在三個陌生人面前，想到可能要輸到脫光光，還是會覺得怪怪的，畢竟不是在更衣室。而且雖然阿新一副老實的小熊樣，但聽他剛剛說他們玩到最後的處罰，也幾乎與活春宮無異，所以我多少還是有點擔心。

爲了防止害人，只要這輪Pass過的，就不行再壓，其他規則都大同小異。我戰戰兢兢地發了牌。但是，看到我手中牌的瞬間，我眼睛差點掉出來——剛剛的好運不知跑到哪去了，手上最大的牌只有K。我小心觀察其他三家的表情（別說我心機重，畢竟也算個業餘小賭鬼），大概知道誰家牌好，但由於不熟，不知出牌牌路，所以猜到也沒用，只等著第一把脫衣服了。

果然第一把結束，我手上還有十張牌，這時大家還不熟，所以我就自己先脫了一件衣服起來。我知道他們在瞄我的身材，我當然也故意挺直了腰桿，不讓一點點的腹部皺摺被當成小腹。

還好第二把我的牌不算太差，我雖然沒贏，但也不是最輸的，這把是阿新輸。接下來連著三把，倒楣的阿新都輸，他每次一拿起牌就幹聲連連，說今天眞不該約的。他的牌的確都很差，他是第一個輸得脫光光的。他要脫內褲時，有點猶豫，但由於是規則，所以他還是一鼓作氣脫了下來。忘了說，他的內褲是很普通的四角褲，不像我特別穿上緊身的三角低腰褲，因爲我想脫到最後難免會有什麼事發生。

阿新一脫光，我們就開始想若他再輸怎麼辦。按照規定，每個人要寫一個懲罰在紙上，其他人輸了繼續脫衣服，阿新則要照最贏的人的懲罰做大冒險。聽起來好像漸漸刺激起來。阿新原本脫光後便坐了一個姿勢，巧妙地遮住第三點，但突然說要寫處罰，他不得不光著身體站起來在房內找紙跟筆，發給我們寫。本來看慣健身房的大小鳥，理應沒什麼稀奇的，但不知爲何看到阿新的鳥在眼前晃來晃去時，我下面竟然硬了起來，幸好我還穿著褲子，沒被發現。阿新拿著筆紙回來，發給我們寫，要我們先寫一個，別寫太大，等會還可以寫其他處罰。我寫的處罰是把自己弄硬，要每個人都摸過，覺得夠硬才過關。其實我一面寫時，屌又更硬了一點。

這時，阿新說，只有他一個脫光光不好玩，他想把賭注加大，只要輸的人都要脫，最輸的脫兩件，若是他，他就做兩個處罰。

我們面面相覷。我們都知道，阿新想大家都脫光光就好玩了。我沒打算發表什麼意見，倒是小帥弟第一個跳出來反對，他說該照前面說的規則玩。他會跳出來顯然是他今天都沒贏過，只是都不是最輸的而已。我想他很擔心被我們幾個色哥哥吃了吧。本來我是沒什麼意見，但他的語氣有點激動，我們幾個也不好說不要，所以還是按照原來的規則走。

2

接下來幾把，阿新都僥倖沒落到最後一名。我們每人又各別多脫了一件衣服。我剩下內褲，小 Man 跟小帥弟都露出了上半身。小 Man 練得非常好，胸肌與腹肌很明顯，應是身材最好的一個；小帥弟就還可以，有點隱約的輪廓，不過似乎太瘦；而我只剩下緊身三角褲。我沒遮遮掩掩，故意露出了前面鼓鼓的一大包。這就是這件內褲的妙處，它可以誇大前面突出的效果，不過我很慶幸自己那時不是半勃起狀態。

接下來這把，又輪到阿新輸了。大家等著看的好戲總算要上場了。這把是小 Man 贏，所以要做小 Man 的處罰。阿新看到小 Man 的處罰，又罵了一聲幹。小 Man 比我狠，我只要求打到硬，他要輸的人表演自慰的樣子，要聲音與表情都有，還要真的很硬才可以過關。小帥弟看起來似乎被這麼勁爆的處罰嚇到了。

阿新坐到椅子上，快速地搓弄自己的屌。小 Man 在一旁笑著說：「要投入一點喔，否則是過不了關的！」

阿新焦急地回：「幹，最好這樣硬得起來！」

「不然就派第二個輸的去幫你呀！」小 Man 提議。

第二個輸的小帥弟吞了一口口水。阿新看看他，說：「算了，我自己來。」

阿新搞了很久才有勃起的跡象。他說自己被三對眼睛盯著，真的很難勃起，只稍微硬了一點。

「不然就表演高潮時的叫聲跟表情好了。」小 Man 稍微放了點水。

其實一開始我不太好意思盯著阿新看，後來就越來越大膽了，因爲小 Man 跟小帥弟也都是盯著看。第一次看到這種活春宮秀，讓我挑起了性慾。我趁大家都在看阿新時，用抱枕偷偷遮住了自己勃起的下面。小 Man 注意到我的手勢，臉微偏著笑了一下，讓我有點小尷尬。但當阿新表演起叫春跟爽的表情時，我們卻笑了出來，因爲很假、很誇張，像美國A片一樣。

表演完，雖然阿新沒全硬，我倒是硬了。小 Man 預告接下來會越來越精彩，說著說著，就當著大家的面寫下第二個處罰。

遊戲繼續進行下一輪。小帥弟不知是緊張或怎麼了，換他連續輸了兩把。爲了公平起見，我們規定身上的襪子跟皮帶都不算衣服，也就是每個人基本身上只有三件衣服，輸三把就是脫光光的狀態。

小帥弟遲疑地脫下身上那件跟阿新幾乎一樣的內褲。他的傢伙倒是出奇地大，我嚇了一跳，定睛一看，才發現是剛剛處於勃起狀態，現在雖然軟了，卻沒恢復原狀。

「弟弟，不小喔。」小 Man 在一旁挑逗。話才一說完，小帥弟竟馬上勃起了。他馬上害羞地用手遮住、迅速坐下。我們三個相視而笑，我的小弟弟又勃起了一下。

接下來換小 Man 輸了。他脫下褲子，果然跟我想的一樣，是個大零號，他穿的是G片裡零號常穿的後空褲，凱文克萊的。當然。他大方地脫下褲子，並且故意回身摺好自己脫下的褲子，讓我們都看到他的屁股。他的屁股是夠翹的。

現在只剩下我跟小 Man 還穿著內褲。小 Man 的那一包也不可小覷。

下一把是小帥弟輸。本來贏的是阿新，但阿新忘了寫處罰，於是小帥弟要做第二順位小 Man 的處罰。小帥弟知道那一定很可怕，叫著說這不公平，他寧願我跟小 Man 的處罰給他抽。

由於他實在太可愛了，我們就由著他，但不幸的——對他而言，對我們三個色哥哥來說當然是幸運的——他還是抽到小Man的。

小Man這次更猛，還是表演自慰，但要打到馬眼有出水爲止。

小帥弟臉色當場變了。我暗自偷笑、小Man沒說話、阿新則去找筆紙寫下一輪要抽的處罰。起身時，阿新拍拍小帥弟，說：「願賭服輸！」

小帥弟有點尷尬地玩弄起自己的小鳥，可憐兮兮地哀求：「這可不可以是最後一把？」

阿新聽了立刻反駁：「幹！老子還沒看到他們兩個受到處罰欸！你都這樣打槍了，還能怎樣？是不是男人呀？又不會死。」

這些話對安慰小帥弟一點作用也沒有。小帥弟倒是比阿新容易勃起，一下就硬了起來，他用力的前後搓弄，我看得出來他想趕快結束，偏偏前面就是沒有水。

「弟弟，處罰只是要你出水，不是要你出來喔！」

小Man的婊子樣出來了。我有點同情小帥弟，但也知道有小Man在我才有眼福。

「你這樣死打等會都射了也沒淫水，你要玩點花招，別緊張。你自己都不會玩喔？還是要我們去幫你擠出淫水？」小Man又說出邪惡的提議。

「我是眞的快出來了，可是沒水也沒辦法。」小帥弟被嚇到了，慌張地放開他的屌給我們看。的確很大一支，還因爲一直狂抽，所以很紅。看到這麼養眼的畫面，現在換我忍不住出水了！

小帥弟站起來，焦急地詢問：「這樣可以了嗎？再打下去我眞的要出來了！這樣你們也玩不下去了吧？」

我看看小 Man，顯然現在是他說了算。但是阿新不等小 Man 開口，搶先說：「幹，就先這樣了吧！反正等會他還是會輸的！」

「誰說的！」小帥弟這下又不服氣了。

阿新坐下來發牌，邊發邊問：「每個人都有寫處罰了喔？」

小 Man 當然又寫了一個。阿新一面發牌一面瞪著小 Man，顯然他希望小 Man 可以趕快執行到自己的處罰。

果眞下一把小 Man 輸了。他很大方地脫下他的後空三角褲，並且露出他的大屌。他沒勃起，不過 Size 看來挺驚人的。他也不像其他兩人遮遮掩掩的、坐下時還採取幾乎看不到第三點的坐姿，而是直開開地暴露出他的性器官。我想他就是那種會光著身體在健身房走來走去釣人的人，他也的確有那個本錢。

下一把又換阿新輸了。這次是執行我的處罰，就是打槍打到硬，讓每個人都摸過，覺得夠硬才算。

經過剛剛小帥弟的打槍示範，我想阿新大概也偷偷勃起過，所以這次他打起槍來，很快就進入硬挺的階段，光看 Size 就比剛才大很多。但規則是要我們每個人都摸過，覺得夠硬才算。阿新打硬後，先挺到小帥弟前面，小帥弟很快用手摸了一下，然後點點頭，他大概怕等會被報復，所以也不敢太刁難；我也伸手去摸了一下，的確是硬了。

小 Man 最後才伸出手檢查，但他居然是整根握住，而且還用力捏了一下。更扯的是，他忽然前後快速地搓弄了起來！阿新嚇得急急抽出來，對著小 Man 大吼：「又沒說要幫打！」

「你剛剛的硬度不夠呀，我幫你弄更硬一點。」小 Man 一臉婊子的笑容。

的確，在剛剛小Man的手裡幾下，阿新看起來更挺了。不過也讓阿新跟小Man之間的火藥味燒了起來。看得出來阿新已經極度不爽，而小Man在我看來根本是個趴場玩家。我想現在叫小Man馬上跟我們做4P，他也會非常投入。老實說，我羨慕他的毫無羞恥，畢竟這樣才好玩。

而我的運氣似乎都不錯，一直保有身上的這件小內褲。畢竟我常玩，知道牌不好時怎樣趕快丟牌，只要不要變成最輸的就好。

如果小Man現在是全民公敵，我就是排名第二，因爲只剩我還穿著內褲。

3

下把小Man果然在咒怨的氣氛下輸了，而且這把居然是小帥弟贏。眼看小Man要執行小帥弟的處罰，但小帥弟卻滿臉懊悔。我們正納悶時，小Man拿起小帥弟的處罰看，發出一陣嘲諷的笑聲。

「果然是個單純的大學生。」小Man咯咯笑著，大聲唸出小帥弟的處罰：「拔下一根陰毛！」

我跟阿新聽完都無言。原本以爲可以大肆報仇，沒想到他又逃過一劫。拔陰毛根本是國高中生在玩的幼稚遊戲吧！尤其跟剛剛的幾個變態遊戲相比。現在我知道爲何小帥弟表情懊悔了。

小Man跪起來，挺著下面對著小帥弟。看小帥弟不好意思地轉過了臉，小Man還挑逗地露出笑容，問：「你要幫我拔還是我自己拔？」

「……你自己動手吧。」小帥弟根本連看都不敢看小 Man 的屌。

這時，阿新突然說：「等一下，我來。」

小 Man 露出詭異的笑。他可以說不的，但他沒有，還毫不猶豫地挺起下面走到阿新面前。

「哥哥，大力點喔，越大力我越爽！」

小 Man 的賤樣表露無遺，阿新也露出「要你好看」的表情。阿新沒像我想的一樣隨便抓一根，看得出來也是箇中狠手，只見他仔細地看了半天，遲遲沒下手。

「你是要替我拔毛還是要替我抓陰蝨？」小 Man 發出不耐煩的騷聲。

「看到了。」

阿新數著一二，還沒到三就很用力很用力地扯下一根陰毛，而且是睪丸下面的毛！我雖沒被人家拔過睪丸毛，但光用想的就知道一定很痛。阿新也眞夠狠的！卻不像阿新受處罰時滿嘴的三字經跟滿臉的不爽，小 Man 居然一臉很爽的樣子，甚至尖著嗓子誇張地高喊：「幹幹幹，眞爽！」

他的誇張表演讓我不知他到底是眞痛還是假痛，或到底有沒有我想像得這麼痛？而且他毫不在乎的樣子，讓我們根本沒有報復的快感。

阿新一臉不甘，丟掉手上的陰毛，對著小帥弟大喊：「幹，別再出這種小學生的遊戲了！」

小帥弟知道自己錯失了懲罰壞人的機會，一臉懊悔的樣子。他拿起筆紙想寫下一輪處罰，想了半天，緊張地搖了搖頭：「可是我眞不知可以處罰什麼耶。」

小 Man 誇張的笑開了，阿新則一副無奈樣。我急忙緩和氣氛：「剛剛別人出過的處罰你也可以寫啦，如果你眞想不出來的話。」

「喔。」小帥弟滿臉無辜地應了一聲，低著頭寫了起來。

下一把又是小帥弟輸了。他很害怕，因爲最贏的是小Man，我們都知道他的處罰最猛。雖然被復仇之火燒得通紅的阿新顯然也不會是什麼好搞的題目，但他總不至於太刁難。小帥弟很害怕地拿起小Man的處罰（我發誓，他的手是顫抖的），臉色刷地白了起來，顫抖著搖起頭，看著我們。

「……我眞的不想玩下去了。」小帥弟連聲音聽起來都在顫抖。

阿新靠過去，拿起紙條正要看，小Man自己卻說出了懲罰內容：

「跟第二輪的玩69，直到兩邊都勃起爲止。」

我愣了一下，因爲第二輪的是我。

「那是我欸，可是我連內褲都還沒脫。」我說。

小Man露出邪惡的笑容：「那就隔著內褲呀，更刺激，不是嗎？」

我尷尬地笑笑，覺得自己很倒楣，本來以爲還可以保有最後一個小屏障。我看小帥弟很猶豫的樣子，我只好裝大方，畢竟在小Man面前，我不想扭扭揑揑的。於是我站到小帥弟前，問他：「怎麼開始？」

「眞的要嗎？」小帥弟嚇壞了，緊張地看著我。

「快點啦，一下就起秋（勃起）了啦，你沒跟人玩過喔？」阿新不耐煩地催促。

我用手拍拍小帥弟，示意他「快點吧」。

他看著我，我說「躺下吧」，他果然很聽話地先躺了下來。然後我順著他的姿勢，找了一個適合69的姿勢也躺了下來。說也奇怪，我從沒在人面前這樣做過，連3P都沒玩過，但我一躺下來，一種奇異的意淫感馬上湧來，而我的下面也跟著慢慢勃起。我的手先去碰小帥弟的下面，開始撥弄他的大屌，他真的很快就硬了，連含都不需要。

而我感到他的手指碰著我半勃起的屌，遲疑地問：「隔著內褲吹喔？」

「你想表演整根生呑，深喉嚨我也不介意呀。」小Man帶笑的語氣明顯展露他的婊子性格。

小帥弟開始隔著內褲舔起我的屌。我也一口將他的屌含住了，誰知才一含，就感覺到他身子一陣抽搐。我馬上吐出他的屌大喊：「要射也說一聲！」

「不用被吹到射吧？」小帥弟問。

「對呀，他已經硬得都快射了！」我藉機說。

小帥弟急忙點頭，小Man卻一臉老神在在：「弟弟，那你也要讓這位哥哥完全勃起才行呀。」

小帥弟開始隔著內褲舔我。這種表演竟讓我異常興奮，馬上就勃起了。我急忙宣布：「我也勃起了。」其實看褲型就知道了，我知道我還沒完全到最大的Size，但緊身三角褲已經明顯地被撐出一個形狀了，陰毛也從被撐起的兩邊跑了出來。我知道我遲早要脫下的，也沒什麼好害羞的了，於是率先站起來，用手再摸了一下自己勃起形狀的屌。小帥弟也站了起來，我感覺得到他的龜頭脹大，真的再一下就要射了吧。

阿新對著小帥弟說：「幹，要射要講喔，我拿衛生紙給你，不要亂噴。」

小Man淫蕩地笑笑：「我看下一輪你再輸就表演打槍打出來好了。」

比賽繼續。我也不遮掩了，就像小Man的坐姿一樣，挺著硬邦邦的屌跟他們玩下一把。這把終於我輸了，果然精蟲溢腦的時候，思緒就不清楚。我不該是最輸的，不知哪隻鬼遮了眼睛，讓我最輸了。

我學著小Man大方地脫下內褲，但我實在無法像他那樣腿開開地露著屌給大家看。我瞄了一眼我的屌，幸好還有點勃起，讓Size不至於太難看，我大方展現了屌一下，坐下時還是學著阿新他們的坐姿，稍微遮住一點。

4

下一把就精彩了，因為大家都脫光光，幾乎是活春宮上演。一想到這裡，我就感到屌有點小小地抬頭。這把又是我輸，幸好是小帥弟贏，讓我鬆了一口氣，他的題目我想大概是最溫和的吧。拿來一看，果然，他的題目是之前出過的，打槍直到馬眼出水。總算輪到我上場了，由於剛剛的一番刺激，我輕輕幾下馬上就硬邦邦。

小Man看我的手勢，知道我是箇中能手，便說：「教教弟弟怎麼打出水來嘛！」之後他轉向小帥弟：「看清哥哥的手勢，這才叫打槍！」

我被說得更不敢漏氣，頻頻換了幾個手勢，然後玩起自己的馬眼。這是我自己最愛的一招，用指腹繞著馬眼轉，偶爾用力壓一下，果然馬上出水了。我用沾了淫水的手伸向小Man，挑釁地問：「你要檢查一下嗎？」結果小Man毫不客氣將手伸過來，用拇指跟食指掐住我的手指滑過，一臉色樣地淫笑：「真黏！」

我知道這是他的性暗示，這個淫零大概等不及被幹了。我的龜頭因為剛剛地按壓而脹紅，龜頭也整個呈現水亮的紅色。我挑逗地看著小帥弟，微笑問他：「滿意了嗎？」

小帥弟害羞地點點頭。

然後我們又等小帥弟想下一個題目，我猜大概是69之類的吧。

然後小Man輸了。

阿新總算如願最贏，但是小Man仍毫不扭捏地拿起阿新的處罰，大聲唸著：「表演自慰，前後都要，前面要硬到出水，後面要指頭插進去。」

小Man唸得好像那不是他要受的處罰，而是別人要受的一樣。小帥弟整個傻眼：「這把能不能是最後一把？」

小Man搖搖頭：「我們剛剛有說，最後三把要提前講！」

留三把的原因，是讓另外三個人每個人都還有輸一次的機會。

「那就最後三把吧！」小帥弟馬上說。

小Man站起來準備他要表演的場地，邊說：「我無所謂，該玩的都玩了。」

阿新看看我，我也聳聳肩，做出不置可否的表情。於是阿新宣佈：「好，再玩最後三把。」

阿新一宣佈完，小Man也找好了他的姿勢。他整個人面對我們躺著，然後屁股翹了起來，讓我們同時看到他的肛門與屌。

「開始了喔。」

語畢他就開始用非常花俏的手勢玩起自己的屌，另一隻手則在肛門附近按壓。他看起來非常陶醉的樣子，完全不害羞，倒是我都不太敢直視。然後他的屌勃起了，於是他先放下腿，讓我們看他完全勃起的屌。他是我們裡頭最大的一支，至少十六公分以上。接著他連吐兩口口水在自己手上，熟練的用沾滿口水的手掌抹在自己的肛門上，手指便很順的滑了進去。小Man立刻發出很Man的叫聲——這一刻是我唯一覺得這個英文名字與他相符的一刻——叫聲非常逼眞，而他前後夾攻的手勢也非常純熟。我們三個都勃起了。阿新看得很仔細；小帥弟大概只能用目瞪口呆來形容；而我也是嘖嘖稱奇，佩服他的敢玩。

接著，小Man將兩根手指都插了進去，發出更大的呻吟聲。阿新忍不住低喃：「幹，眞爽！」

小Man抽出手指，站起來，手還握著他的大屌，前面也濕了一片，懶洋洋而挑逗地問：「過關了嗎？」

沒人回答他，但誰都不敢多說什麼。這是至今爲止最稱職的表演。

「那我去洗手，回來玩最後三把。」小Man見沒人反應，便自己轉身去洗手間。而我們都用手微微遮住勃起的下半身，不敢直視彼此。

等小Man洗了手回來，屌已經半軟了下去。但他依然一臉輕鬆，懶懶地問：「該誰發牌？」

阿新這才拿起牌來重洗，並發了倒數第三把。

這把居然又是小帥弟輸，阿新贏了。阿新笑得非常地詭異，但不是看著小帥弟，而是看著小Man，得意地說出處罰內容：「跟第二個輸家69外加舔肛、玩肛。」

小Man臉上浮現一個邪惡的笑容，迅速站起來走到小帥弟面前，尖著嗓催促：「快先去把屁股洗乾淨了，哥哥不喜歡巧克力的味道。」

小帥弟整個僵坐在那裡：「一定要嗎？」

「剛剛都說了最後三把，你就快解脫了，這可能是你今生唯一一次的脫衣撲克了，將來你會懷念它的！」說完小 Man 硬拉起小帥弟，推向浴室：「快去洗洗屁股，哥哥的洗得很乾淨，不會有味道的。」

阿新的臉上一直掛著笑容。我暗暗慶幸我沒輸，希望最後兩把也不要輸才好，現在已經到了活春宮的地步，一開始在人前裸露的快感消失殆盡，只剩下恥辱的感覺。

小帥弟慢慢摸了幾分鐘才出來，仍然猶豫不決：「眞的非要不可嗎？我沒有經驗耶。」

「沒有經驗更好，更該好好學學，過了今天你就增加了五成功力。」小 Man 一臉詭異的笑意。

小帥弟還是站在那裡，小 Man 於是過去拉他，示意他躺下。小帥弟遲疑地被小 Man 半推半就弄躺下，小 Man 也馬上找到一個角度躺下，並且毫不遲疑地拉開小帥弟的腳，一口就含了下去。小帥弟又抽搐一下，小 Man 開始用手指去輕摸小帥弟的肛門，小帥弟立刻本能地用手擋掉。小 Man 於是吐出他的屌，一臉不爽地說：「這是處罰，越早結束對你我都好！」

小 Man 不耐煩地甩開小帥弟的手，又用嘴去舔小帥弟的肛門。小 Man 舔了幾下，發現小帥弟都沒動作，於是又抬起頭，沒好氣地說：「你不會做，至少也重複我的動作吧！我可不想一直這樣躺著！」

小帥弟被這麼一說才慢慢吸起小 Man 的屌，並用手去摸小 Man 的肛門。小 Man 的口技跟手技顯然一流，他舔了小帥弟幾下，突然將舌頭刺進了小帥弟肛門裡，小帥弟興奮得停下了動作。他還來不及說話，小 Man 便用手來回快速地套弄起小帥弟的陰莖。小帥弟想用手去阻擋，但來不及了——他濃稠多量的精液已經往小 Man 的臉上射去。小 Man 的表情沒有不悅，但也沒有刻意裝出享受。反而是小帥弟感覺很丟臉，趕緊站了起來，用手握住仍在滴著的精液往廁所衝去。

我看著小帥弟的狼狽樣，感覺有點不忍。小 Man 應該知道他快高潮了，所以故意要讓他出來。

只見小 Man 一副不干他事的表情，慢慢坐起，抽出衛生紙擦著臉上的精液，臉上還露出勝利的笑容，對著廁所假裝無辜地高喊：「對不起喔，哥哥一時鬆不了手！」

然後他回頭微笑看著我們兩個：「這個處罰就以顏射跟射精結束，可以嗎？」

我和阿新都不置可否，小 Man 於是站起來去廁所洗臉。

5

一直到小 Man 先走出來了、甚至坐下了，小帥弟才慢慢走出來。只見他一臉無辜地問：「我可不可以不玩了？反正該看的你們也都看過了，我可能也硬不起來了。」

看他的狼狽樣，我實在不忍心叫他玩下去。但小 Man 可不這麼想：「弟弟，最後兩把了，你都出來了，就算你再輸，我們也不可能叫你做更可怕的處罰了。」

語畢，小 Man 望向我跟阿新。我跟阿新都點點頭。

小 Man 於是回過頭繼續說：「就過來好好玩完吧，別掃哥哥們的興。」

小帥弟這才慢慢坐回座位上，不情願地低語：「那等會處罰我硬不起來不能強求喔！」

「是的，好弟弟。」小 Man 誇張地高喊，然後立刻轉爲大家都可以聽見的嘀咕：「要是我們幾個都沒辦法再讓你勃起也太遜了吧……」

阿新發完牌，倒數第二把。

我的牌不好，我有點擔心。結果最後果然是我最輸，贏的是小帥弟。我感到非常緊張。但當我看完小帥弟的處罰時，我鬆了一口氣。小帥弟的題目是：「和第二輪的人互打到出水爲止。」

第二輪的是阿新，於是我坐到阿新身邊，開始互打。小 Man 看得津津有味，小帥弟則整個人心不在焉。我猜他只想回家去了吧。

經過剛剛的活春宮秀，跟小帥弟射了的刺激，我們都很快就勃起。加上兩個都是經驗老道的人，沒多久就讓對方都出水了。事實上我的水還挺多的，我想我已經到了想好好幹一炮的境界，畢竟都被挑逗成這個樣子了。

然後小帥弟發了最後一把牌。

我鬆了一口氣，因爲我的牌顯然不會是最輸的。事實上，若好好玩，有可能最贏，而我的題目是「一零 Live 秀」！我還挺期待看到的。大概誰也沒想到最狠的是我吧，我心裡忍不住暗笑。尤其又是最後一把，我也不用擔心別人報仇。

我滿腦子想看誰插誰呢？小 Man 這麼敢玩，要是他插小帥弟，一定很刺激。可憐的小帥弟，第一次就要這樣出去了。正當我還在陶醉於性幻想時，小 Man 居然已經脫手了！大家攤下牌來數，小帥弟四張，我剩六張，而阿新剩七張。我心裡暗罵：「幹，要不是小 Man 有怪物，我就贏定了，現在可能還要跟阿新一起被處罰。」

光想到是小 Man 的處罰就讓我頭皮發麻，尤其他掛著不懷好意的笑看著阿新。不知從第幾把開始，我們就已經進入雙人處罰的階段了，幾乎沒有再出現過單人處罰。這最後一個會是什麼呢？

小Man將處罰遞給阿新，阿新看完連罵了三聲幹。由小Man勝利的表情可以知道一定是非常嚴厲的處罰。小Man拿回處罰，打開得意地唸著：「打槍打到出來，然後吃自己的精液！」

我跟小帥弟都愣了一下，同時望向小Man。他做出一個「就是這樣」的Pose，毫不留情面地說：「開始吧。」

阿新開始一邊罵一邊面對我們站好，玩弄起自己半勃起的屌。他的屌很快就硬了，他開始非常快速的抽動。這時，他叫我遞給他桌上的一個塑膠杯，我拿給他。他的龜頭在他手中脹紅，然後我聽到他的一聲「幹！」，緊接著他的精液便飛入杯中。他算接得不錯，一滴也沒掉出來。小Man還是笑著看著他，我們也都等著他的下一步：吃自己的精液。

好吧，我承認我吃過，但那是國中時期好奇做的事，後來再也沒有過了。因爲感覺很……變態。

阿新遲疑了一下。小Man做出一個「我們都在等」的表情，小帥弟則想看又不敢看。終於，阿新伸手指進入杯中，用手勾起一抹精液，伸起來時，大部份精液都往下掉，手上還有一點。阿新做了一個嫌惡的表情，將手指往嘴裡放。

「眞噁！」小帥弟的表情猙獰。

然後阿新用嘴整個含住自己沾滿精液的手指，再將手指伸出來。小Man拍拍手高呼：

「Perfect Ending！」

然後他站起來，開始穿衣服。小帥弟也不落人後地穿上衣服，我與阿新也趕緊跟上。最後只剩阿新光著上半身，我們三個都穿好了。

「很好玩，謝啦。」

小 Man 說完話，立刻率先走出去。我看看阿新，笑笑，沒講話。小帥弟最後出門，不敢正眼看阿新，只草草地說了聲：「Bye-bye。」

然後我們三個下到一樓停車處。我感到小 Man 站得離我很近，手有意無意碰著我的手。就在ＵＴ約過的炮而言，小 Man 絕對是個八十五分以上的好貨，雖然臉蛋只是ＯＫ，但身材好、敢玩、放得開，床上一定很刺激，可能會主動做出很多零號不會主動做的 Pose。但經過剛剛那一役，我有點擔心自己駕馭不了他。而且跟單純的小帥弟比，我更想跟小帥弟玩，至少不用太費心力跟體力，一定很好搞定。今晚的體力是無法應付像小 Man 這樣的浪貨了。所以我對小 Man 的暗示置之不理，故意走去問小帥弟怎麼來的。

小 Man 也很識相，馬上說：「今晚玩得很開心，別太介意喔，純粹是好玩才出那些題目的，再見了喔。」

然後頭也不回地就走了。

我看著小帥弟。本想可以載他去我那打一炮的，沒想到他也自己騎車，我只能乖乖陪他走到他車邊。沿路他問我以前玩過沒、他好緊張、後來一下就出來覺得很丟臉、小 Man 很敢玩，眞厲害。又聊了幾句，他就說要回家去了，明早還有什麼活動的。

目送他離開後，我的下面奇癢難耐，被挑逗了太多次，就是一股想出來的衝動。我知道回去ＵＴ一定也不約到人，於是騎車回家經過四號公園時，我衝進了公廁，就在公廁裡打起手槍。不是不能忍，而是覺得這樣奇異的夜晚，不能只是以在家自己打手槍來結束，就算只是打手槍也必須是個特別的地方。我故意站在小便斗最後一格，這間廁所是最多同志出沒的地方，我打定主意要在這裡射精。其實那時已經凌晨三點，根本不會有人，但我仍站在那裡打著，想著可能被人撞見的刺激感，跟今晚所有刺激的畫面。我很快出來了。

我離開時，廁所都沒人進去，但我還是很爽，覺得自己很敢。然後我騎車回家，坐在電腦前寫下我生平第一次的脫衣撲克大冒險。

強姦色Top

我是個 Top（一號），一個很好色的 Top，性慾很強，幾乎每天都會打上一次手槍，晚上不方便找炮時，也會跟人玩槍訊。我身高只有一百七十二公分，但是骨架生得好；雖然沒特別去練腹肌，但小腹還算平坦，加上當兵時每天被操伏地挺身，讓我至今還有胸肌的輪廓。

我常上UT去釣人，但玩久了，難免碰到重複的人。而且老跟一些金剛芭比玩，我也沒什麼興趣了。

那天，我在UT上碰到一個認識很久的哥們兒：羅哥。他是個怪咖，也號稱是個 Top，但專門只找 Top 玩。我有時會和他去三溫暖玩，因爲都是 Top，所以從沒有怎樣過，只在洗澡間互相打量彼此的身材，然後聽著他的健身經。他是那種把自己練得很壯的人，又勤於跑海邊，所以有一身古銅色的肌膚，身材非常的標準；他也很自戀，每次去洗澡，都慢條斯理地擦拭他傲人的下體。我跟他去試用過某知名連鎖健身房一次，他就是那種我常聽朋友說會在裡面光著身體走來走去、洗澡不拉簾、在鏡子前大方展示自己身材，甚至用毛巾慢慢吸乾蛋蛋跟屌水分的那種 Man 貨。他很自豪自己比異男還 Man，但我卻不敢像他這樣大方裸裎自己。不過我喜歡欣賞他的身體，一開始認識時只敢偷偷看，後來發現他自戀到喜歡所有人都去看他，甚至摸他、稱讚他健碩的身材，所以後來去三溫暖，我也都大方地打量他，甚至會問候他身上最近多練出來的肌肉。

話扯遠了。話說那天在UT巧遇他，他主動跟我聊天。

其實，我對在UT上跟 Top 聊天興趣缺缺，因爲那種號稱 Top，卻跑來跟 Top 約炮的，多半上了床就變成婊子。我碰過幾個連下面都硬不起來的，還敢自稱 Top，他們還都會裝自己是第一次，想嘗試當 Bottom（零號），但我看他們根本很熟練地就翹起屁股了。

而我不找「Top的另一個原因是，我只喜歡被吹，不喜歡吹人。我跟一個Top約過，硬要我吹他，還抱怨我技巧不好。我心裡忍不住暗罵：幹，老子又不搞這套，我就是不喜歡吹人，不行喔！

是的，你可以說我是個驕傲的Man貨，很自大。但實話是，我知道我這種樣子就是在UT很受歡迎，就是永遠有打不完的炮。

但碰到羅哥那天，我就是沒找到適合的對象，所以我慢慢地跟他聊，直到收集了幾個人的MSN才一起上去換照片。另外兩、三個馬上被我否決掉了。起先我看到羅哥的身材照片，嚇了一跳，以爲今晚又要上個金剛芭比，後來一看臉照，才發現居然是他。他說他有好幾個MSN帳號，這一個是專門用來約炮的。

看到是他，便聊了起來。開始只是閒聊，他說他也想找人玩玩，我說是呀，但可惜我們都是Top，我也不幫人吹的。其實我奢望他接口說不然我們約了互打好了，若眞搞上他，可是我的性愛光榮史上最驕傲的一章。

我忘記是怎麼開始聊到這個「行動」的。我們沒說要互打什麼的，但是他開始說他最喜歡找那種號稱是Top的人打槍，結果卻硬上對方。他成功過很多次，因爲他的身材眞的很好（一百八十四公分高，體重就不知道了），我想可以輕易制伏其他人。他自己的說法是，通常碰到他這種極品，很多人都願意被他開苞。不過他幫Top開苞時，可從來不溫柔的，不會那種先放進去、等對方習慣了再慢慢抽動，而是直接壓住對方的身體，然後硬插、猛抽。他說這樣才有強姦Top的快感，不然他大可以找金剛芭比玩一般的性愛。他說得很吸引人，而原本就性慾高漲的我，內褲已經濕了一片。這個話題讓我非常興奮，我從沒想過可以強姦另一個 Top。

於是他說出了他的計謀：他要我假裝是「修雙學位的」，上網釣一個純 Man 貨ＥＳ（藥物性愛），然後約去賓館，接著一起強姦他，如何？

我一開始以爲這只是一般網愛常聊的角色扮演遊戲，便跟他說得起勁，沒想到他是認眞的，甚至開訊讓我看他玩角色扮演買的一套警察制服——他已經穿在身上了。

好吧，制服是眞的，但實話是，他看起來就像Ｇ片海報會出現的肉慾警察，完全沒有眞警察的那種氣質。不過我想許多人是會幻想被他這種警察臨檢、搜身，甚至強暴的！我連他們的潛台詞都想好了：「我可以忍受你粗暴的對待……」

其實我非常惶恐，因爲他開始認眞的說計畫進行方式，而我根本只是大屌脹得精蟲溢腦，想趕快出來，於是在色迷心竅下，我竟答應了讓他來我家討論這個計畫。其實我有一度沉浸在跟他一起強姦另一個 Top 的性幻想中，覺得好像很簡單，於是答應了。但一告訴他我家地址、他一下線，我馬上後悔，因爲我沒玩過ＥＳ，感覺會惹到麻煩。而且強姦一個人，這是違法的事，如果出了差錯怎麼辦？我正在懊悔自己答應太快時，他竟然已經到了。

他沒穿上制服，但是一副胸有成竹的樣子。他仔細告訴我計畫，說他可以約人，然後去賓館，最好去新北市那種便宜不知名的賓館，這種賓館比較怕事，不會裝一堆走廊監視器，而且用假的ＩＤ也沒關係。

計畫是，約到人後，就直接約在賓館見。他會在賓館先開一間房，然後等我的簡訊。他會事先幫我在手機簡訊的寄件箱裡留幾封短訊，當作我們的暗號。例如，一旦順利進行，就傳Ａ：「**我明天晚點進公司**」；若計畫有變，便傳Ｂ：「**我身體不舒服要請假了喔**」等等。

然後他拿出準備好的E（搖頭丸），告訴我一顆是眞的，吃了會茫，比較沒有力氣反抗；另一顆是假的，是柔沛，防止脫髮的，吃了不會有什麼反應。兩顆很像，所以對方應該不會發現。他說我們進去後，讓對方吃下藥，我就可以傳簡訊了，然後大約五分鐘後，他會敲門，我去開門，他會穿著警察制服進入，假裝是警察，說據報有人在用E，然後制伏那個人，接著就可以任意強暴他了。

計畫聽起來很簡單，但我怎麼聽都覺得一定有什麼破綻是我沒想到的。如果有什麼意外呢？如果那個人去控告我們呢？如果那個人吃E過敏死了呢？這種社會新聞好像常聽說。總之，我的恐懼取代了慾望，羅哥卻開始上網約人。

「不會怎樣的，因爲對方也吃E，也違法了啊。而且網路這麼大，怎麼找人？加上我選的賓館，是不會在櫃台裝監視器的那種，不會留下我們的身影。」羅哥自信滿滿地對我保證：「反正我們做完事就走了，搞不好那個Top還會因此感謝我，幫他找到新的天堂呢，因爲被強姦可是很多同志的性幻想，同時被兩個又帥又壯的Top強姦，可是幻想中的極品……」

他說得非常順理成章，我不禁懷疑他這樣得手過幾次？若他是個老手呢？這讓我一則以喜，一則以憂。喜的是，代表他經驗老到，比較不會出問題，也代表那些被強姦的人是乖乖認命了，沒再張揚開來；憂的是，我會不會也只是一顆棋子呢？跟這樣的人一起做這種事，感覺自己被賣了都不知道。

我還沒來得及細想，他就說他在UT上找了一個Top，只有一百七十五公分，若眞打架，不至於打輸他。

我聽到打架兩個字，冒起一陣雞皮疙瘩，他卻叫我繼續用MSN跟那人交換照片。

因爲箭在弦上，我只好乖乖照他意思做了。那時很矛盾，一方面很期待有個不同的性經驗，二方面又希望沒約成，我恐懼的事就都不會發生了。

但還是約成了。約成的原因是，那個 Top 條件非常地優：腹肌有隱約的線條、胸肌非常明顯，不輸給羅哥；單眼皮，一副大學生樣子，號稱是運動員。他叫阿成。

我們約在三重一間小賓館外的便利商店門口見。我一見到他，下面就硬了起來。他就是那種我夢寐以求要搞的陽剛男，我在UT從沒遇到過。他看到我時，似乎也有眼睛一亮的感覺。

他問我：「你是阿賓？」

我點點頭。不知爲何，Top 當慣了，話總是比較少，似乎 Bottom 總是負責要去找話題的那個。

他看看旁邊賓館問：「怎麼約這？」

我回答：「因爲方便呀……」爲了掩飾心虛，我還加了句：「還算乾淨。」

他點點頭，我看著他：「進去嗎？」

他又點點頭。我習慣地走在前面，經過他旁邊時，他拉住我的手，舉起手上的菸，示意等他抽完。

我就在旁邊等。他沒說話，我也沒找話題。他抽完菸，用手掐了我的屁股一下，在我耳邊說：「等會操死你。」

然後他就往裡頭走。我愣了一下，覺得自己的台詞被人搶走了，很不習慣。他率先走向櫃台，付了錢，還辦了登記。我暗暗慶幸我至少沒留下什麼資料暴露身份。但是我忽然想到可能會有監視器，趕緊把頭壓低。

阿成辦好手續後，轉身酷酷地說：「走吧。」

我跟他去坐電梯時，還瞄到櫃台小姐露出詭異的笑容。

他做著以往是我在做的事：開門，讓我進去。我還在想要怎麼騙他吞藥時，他從後面一把抱住我，用力地吸我的耳朵。我有點呆住，想這下要怎麼辦才好，我可不願意被當成Bottom就這樣給上了。

他用力地在我耳邊吹氣，像我以往會對Bottom做的事。我沒什麼興奮感，只覺得有點荒謬，第一次體會到，原來這樣作Bottom根本沒什麼快感可言。他卻開始大力地呼吸，問我：「喜歡哥哥怎樣對你？」

這是我的台詞！我心裡叫道。

我不知該怎麼回答，同時發覺這種台詞的滑稽可笑。

他開始脫我衣服。我突然想到該怎麼引開他的注意：「你不先用藥嗎？」

我後悔自己該說E，而不是藥。他仍在我耳邊廝磨：「這麼急？」

我結結巴巴地說：「我藥上來得慢。」

他放開我，我緩緩走向梳妝台，一面從包包裡拿出準備好的藥，一面望著他。他開始脫自己的上衣，而我緊張地將藥抖了出來。他走過來，手又伸進我的屁股夾縫裡捏著：「這麼緊張？第一次？」

我惶恐：「不常做。」

「沒關係，哥哥會讓你上天堂的。」他說。

他從藥盒裡拿出一顆威而剛吃了下去。我趁他仰頭吞藥時，趕快拿假的E吃了下去。他看著我笑：「想不想吃哥哥的大屌？」

他笑著摸自己的褲襠處。我彷彿看到以往的我跟Bottom做愛時的樣子，原來就是這麼自傲到可笑的地步，好像自己的屌是稀世珍寶一樣。不過我倒眞想看看他是否如網路上所說的這麼長。我脫他的褲子，一把拉了下來，他的屌的確很大，也很漂亮地勃起著。他用手按按我的頭，我知道他示意我去吹他，可是我根本不想，只好裝裝樣子伸出手來回地摸。

他見我不肯吹，又湊過來：「不想吃哥哥的大屌嗎？」

我不知該怎麼辦，便說：「你先吃藥吧。High了才好玩，我去一下廁所。」

他詭異地笑著，我看他吞下E後，就趕快去浴室發出了那則簡訊：「**我明天晚點進公司。**」

這時阿成竟然走了進來，從我身後抱住我，用手伸進我的褲子裡、穿入內褲、直接用手指探索我的小菊花。這是我很愛用的一招，這招很狂野、很猛，會讓Bottom覺得我迫不及待想要進入他的小菊花。通常我還會伸手去探他們的屌，前後夾攻，這時他們多半是完全勃起的狀態。沒想到他也用了一模一樣的一招，手伸了過來，拉開我的褲子，露出屌，我自然也完全勃起了。我們看著鏡中的自己，而他來回替我打著槍。我一面很爽，卻又擔心他的手指探入我的菊花洞，更想著怎麼羅哥還不來。

他再次靠近我耳朵，問：「爽不爽？想不想要？」

我心想：你瘋了嗎？這樣是會多爽？

但我還是配合著點頭，希望拖延一點時間。他又說：「讓哥哥也爽一下吧！」

然後他反轉我身，讓我面對他。我這才發現他已經脫到一絲不掛，屌似乎又比剛剛更大了一些。他再次用手壓我的頭，示意我去吹他，我不甘願地蹲下去，他的屌就直挺挺刺了過來。我先躲過了一次前進突刺，用手替他打起手槍，他裝出很爽的聲音，但根據我的經驗，這樣根本不會爽到這種地步。然後他開始用兩隻手固定我的頭，準備再一次的前進突刺。

這時，門鈴響了，我們同時望向門口，愣了一下。他說：「別管他！」然後門鈴又響了第二聲。

我說：「我去看看，不然等會又來打擾，很掃興。」

我高興自己的機智，居然想出這麼好的理由。我很快穿好褲子，他則圍上浴巾。我按照計畫先打開一個小門縫，讓羅哥可以用力推開門，而他也眞的依計畫，非常非常用力地推開了門，讓我直接後退摔倒在地。他一進來就說：「警察！」

阿成愣了一下，本能地往房間跑，但根本沒地方跑。羅哥一個箭步衝上去抓住阿成，然後一拳打了下去。我愣住了，我沒想到羅哥會眞的揍他，這不在計畫中，要是他受傷就麻煩了。我仍呆呆地倒在地上不知該怎麼辦，不知該繼續演戲，還是就馬上變成同夥？這時我聽到身後房門自動關上的聲音，心裡鬆了一口氣。

阿成在羅哥的手中掙扎，阿成一直辯解著：「我們沒有怎樣！只是吃搖頭丸而已！」

羅哥非常熟練地反制住了阿成，要阿成乖乖配合，否則就叫媒體來拍，阿成在慌亂下相信了羅哥的話。那時羅哥露出的凶狠模樣，眞是像極了我印象中行徑惡劣的警察。阿成乖乖躺在地上，羅哥用手銬反銬住阿成，再把地上阿成的內褲塞進他嘴巴。本來安靜的阿成，開始大力反抗，想叫出聲音，但根本不可能。

這時，換羅哥附在阿成耳邊說：「放心，哥哥會讓你很爽的！」

我看到阿成的臉上露出驚恐，似乎知道自己中計了。羅哥一把抱起阿成，將他摔到床上，阿成一摔到床上，馬上反身面對羅哥，用腳踢著。羅哥則獸性大發：「對，盡量掙扎，越掙扎哥哥越喜歡！」

羅哥不小心被阿成踢了一腳，但卻露出了滿意的笑容。他再撲過去抓住阿成的腳，然後用力一拉，將他拉向自己，用身體壓住，再把阿成轉身，屁股翹向自己。阿成那時早一絲不掛了，但屌卻因爲威而剛還是翹得老高。羅哥壓住阿成後，開始脫下自己褲子，這時阿成變成面向我，我看到他眼中的不安、憤怒與哀求，而我只能站在牆壁邊看著這一切。

我很難敘述當時的心情，我的屌也因爲第一次目擊強姦過程而勃起著，但心情又刺激、又惶恐，因爲似乎沒有我想像中的平和。若按照G書跟G片的情節，被害人不會掙扎這麼久，不會露出這麼痛苦的表情。照理說，這時他們應該已經乖乖地等著被進入了，然後再過一會，就會由痛變成爽了。但阿成的樣子卻讓我有點不忍。

此時羅哥已經掏出高脹的屌，他因爲無法一面壓住阿成一面脫衣，因此只露出一根屌。我第一次看到他完全勃起的屌，讓我讚嘆不已，果然好屌！

然後羅哥叫我幫他戴上套子。我愣了一下，羅哥說：「快呀，天知道這個傢伙乾不乾淨！快，讓你有機會摸哥哥的屌，還不快點！」

又聽到這種愚蠢的話，但我卻照做了，因爲我眞的可以摸到他美麗巨大的屌。我拿起阿成準備的套子，羅哥卻說：「不是那種一般Size的，我套不進去，我包包裡有加大Size的！」

我乖乖從羅哥身後的腰包裡掏出套子，替他戴上。當然，我技巧不好，因爲Top不需要替別人戴套子，只需要戴自己的，或由Bottom用嘴巴幫忙戴。但我還是笨手笨腳地完成了這個工作。

羅哥詭異地看著我，說：「哥哥先爽，爽完就換你！」

接著羅哥朝阿成的屁眼吐了一口口水。阿成開始瘋狂地扭動，不讓羅哥進入，羅哥試著要進入幾次，都進不去。羅哥叫我幫忙壓住阿成，我正在遲疑，羅哥於是大吼：「不管怎樣你已經是共犯了，到底想不想爽？」

我心一橫，就替羅哥壓住阿成。阿成透過內褲的叫聲更大了，腳也掙扎得更厲害。我轉頭不去看阿成的表情，怕自己不忍。羅哥再次瞄準目標，一次挺進，而我看到戲劇化的一瞬——阿成的屁股不動了，羅哥整根硬插了進去。然後，羅哥滿臉漲紅地大喊：「幹，眞緊！」

我趕緊看看阿成，怕他窒息還是怎麼了。他也滿臉漲紅，整個臉因爲痛苦而扭曲，眼角還流下了眼淚。然後他的表情更痛苦了，因爲他的頭被壓得不停來回在床上扭動。羅哥開始大力地抽插。我聽羅哥說過，他絕不會對Top客氣的，但我親眼看見時還是感到震驚，因爲他不只猛力抽插，甚至用拚命來形容都不爲過。他非常大力地抽插著，阿成的表情還是很痛苦，但變成閉上眼睛，似乎只想趕快結束這一切。

而我呢，我卻因爲羅哥大力地抽插這幕活春宮，再次精蟲溢腦，整個興奮了起來，甚至感到我的馬眼流出了大量的水。我不顧阿成的感受了，伸手去玩他勃起的老二。我知道爲何羅哥要我騙他吃下威而剛了，因爲這樣阿成在被強姦時，老二還是可以翹得老高。我必須承認，身爲一個Top，在做愛時看到Bottom的老二翹得堅挺是很滿足的，因爲這種肉體的愉悅感是騙不了人的。我不喜歡Bottom在被進入時，整個老二就像一塊死肉癱在那裡。我大力替阿成打著槍，已經完全進入強姦的快感中了。我甚至跟羅哥眼神交會、相視而笑。

接著羅哥大力地挺進阿成的屁眼中，發出一陣低吼，大口喘著氣，我知道他射精了。看到他射精的樣子，我的老二再次挺了一下。羅哥喘了幾口氣，看著我說：「小老弟，換你了！」

羅哥放開阿成，而阿成也在我的套弄下，早射精了，精液流得我滿手都是，但他的老二仍高高舉起，像根永不言敗的戰槍！

羅哥從阿成身體起來時，阿成沒有掙扎，也許他意識到掙扎也沒有用吧。而我迫不及待的過去補了那個位置。羅哥貼心地從身後拿了一個套子替我戴上，這舉動讓我有點嚇一跳，不只因爲他細心注意到我興奮得忘了戴套子，還有他純熟的戴套技巧，這麼輕滑又挑逗性地就替我帶好了套子。然後他用手掐住我的龜頭部份，在我耳邊說：「好好表現給哥哥看，別讓哥哥失望！」

我的龜頭被掐得腫脹，他一鬆手，我就像脫韁的野馬衝刺入阿成的體內。但是，其實阿成的洞沒我想像的緊，也許因爲羅哥的屌剛離開，那個洞還鬆鬆的。但幾下之後，就很有感覺了。我還是用力的抽插，因爲剛剛羅哥用力抽插的畫面一直在我腦海中出現，我告訴自己不能輸他，但這只是個模糊的念頭，要怎麼贏他我也說不出來，畢竟不可能事後訪問阿成：「誰讓你比較爽？」

在我猛力衝刺時，我看到羅哥已經脫掉衣服，站到我們身邊，並開始撫摸自己又再次勃起的下體，而阿成已經累得完全無法反抗了。羅哥開始用手摸我的後背，然後坐下來摸阿成。接著，羅哥手伸向阿成的下體，上下擺動著，我想他在玩阿成勃起的屌。

突然，阿成的洞又緊緊地收了一下，緊得讓我幾乎要射了。我吸一口氣，停止動作，努力轉移注意力，不讓這遊戲結束得這麼早。我停了一下子，阿成的洞還是很緊，但我慢慢適應了，只是少了潤滑液，我的龜頭感到微微地腫痛。我放慢速度，再次慢慢抽插著。羅哥用手去拍阿成的屁股，每拍一下，隨著清脆的聲音，阿成的屁眼都緊縮一次，我的快感就上來一次，但我已經可以忍受這種痛楚。這時，羅哥卻開始用嘴巴輕咬我的乳頭，才幾下，我就忍不住了。我抽出老二，拔下套子，終於忍不注射了出來。我大口喘著氣，剛才所有的慾望一股腦地全部往阿成的背後射出。我喜歡看自己精液四處噴射的樣子，可以由精液的量判斷這次的高潮有多猛。而這次顯然是近年來最猛的一次，量很多，又遠，阿成的頭髮上、側臉上、背後全都是。羅哥接過我的手，前後弄著我的老二，同時也牽引我的手去探弄他的老二。他又再度勃起，似乎更堅挺了。

他將臉湊過來對我說：「哥哥喜歡你剛才的表現。」

一陣喜悅湧上心頭。但我看看時間，不過十幾分鐘，是我歷年做愛時間最短的一次，也許是因爲強姦的興奮感強力地刺激我吧。

這時羅哥走去用衛生紙擦乾淨阿成身上的精液，讓阿成平躺，頭附在阿成耳邊說：「好好睡一覺，起來就沒事了。」說完，我看到羅哥拿出阿成口中的內褲，塞了一顆東西進入阿成口中。

我問羅哥：「那是什麼？」

他說：「安眠藥，讓他好好睡一覺，我們好做其他事。」

「其他事？善後嗎？像電影裡擦去所有我們的指紋？」這時罪惡感湧現，我發現自己剛剛參與了一起強姦，這可是犯罪的。這念頭一起，所有興奮感馬上退去。羅哥卻走了過來，用他的屌輕碰我擱在兩旁的手，問：「剛剛這樣你就爽了嗎？」

他勃起的屌開始頂我的手掌，我的屌竟不聽話地又開始有了反應，微微地準備抬頭，但我其實有點害怕：「不然呢？」

「我上網約一個Bottom來3P怎樣？」說著他的手輕碰我的乳頭，一下捏著，一下輕柔地按著。

我問：「這樣好嗎？阿成還在。」

「可是他睡著了呀，這可能是你這一生唯一一次玩這種遊戲，你要今晚這麼快就結束了嗎？」羅哥說。

然後我感到羅哥的手握住了我的屌，原本只是微微勃起的狀態，馬上又站立了起來。他的手技太好，我似乎完全被掌握在他手中。在我理智還沒完全被淹沒前，我說：「你想怎樣都可以，但我不當零！」

羅哥笑著用力捏了捏我的龜頭：「你知道這種話只會讓我更想上你。」

我驚恐地看著羅哥。他的表情似笑非笑：「好吧，我再約一個我的炮友來3P，或者要約你的？」

我想阿成在昏迷中，約羅哥的炮友，我比較不用擔心要解釋這麼多。於是我點點頭，他便走去門口拿起一進門就放在地上的袋子，掏出手機撥號。

過了一會兒，他轉頭對我說：「那人沒開機，不然上網看看他在不在線上好了，或者看哪個炮友在線上可以約的。」

「上網？」我問。

他指指他手中的袋子，拿出筆電，放在桌上，示意我幫忙開機一下，他去廁所。

我開機，抓好網路，按登入ＭＳＮ，發現他有好多個帳號，不知該登入哪一個。廁所傳來他尿尿的聲音，水柱清晰大聲地注入馬桶中，讓我想到他的大屌尿尿的樣子，沒想到這個也讓我挺了一下。

然後，他探出頭來問我：「要不要喝水？裡頭有礦泉水。」

「好，幫我拿。」接著我問：「要用哪個帳號登入？」

「最下面那一個：lovelybottom@hotmail.cam」他說。

我愣了一下，問他密碼。他再次探出頭來說：「iou1069」

我笑了一下。

隔了一陣子，他走出來，遞了一瓶開好的水給我，我不疑有他喝了下去——以往我非常小心不喝網友開過的水或飲料的。

他說做完愛要多補充水分，而我也眞的渴了，一瓶就灌了下去。

接著上了線，我看到一張皮膚白皙的清純男孩照片顯示在ＭＳＮ的圖示上面，覺得眼熟，於是我問他：「怎麼會用這種帳號？」

他笑了一下說：「這是專門用來勾引異男的。」

「勾引異男？」

「除了強姦 Top 外，我更喜歡強姦異男，樂趣更大。」

我有點驚訝。同志一般出事不敢張揚，可是異男呢？

他笑著補充說：「你想會上UT來的異男，哪個不是懷疑自己有同志傾向？否則上來幹嘛？何況他若眞是異男，出了這種事，更不敢張揚。」

我想想也對，於是指著照片說：「所以這張照片是用來勾引異男的？」

他說：「對，他們喜歡清純像女生的同志，這樣可以降低自己的認同問題。」

這時羅哥更靠近我，我感覺他的胸膛貼著我的後背，手指在我的背上探索。

「所以你也會裝C去勾引異男上鉤？」我問。

「只要能夠達成目標，我不擇手段。」羅哥說。

聽到這句話，我心頭一冷。然後我看到更多他所謂「清純」的照片。

根本是個C貨。

「這是你？」我驚訝地說。

我感覺到他的手開始沿著我的脊椎往下滑，於是我用手肘去擋住他的手：「你知道我不當零的！」

而且他的照片也讓我原本硬挺的下面軟了下來。

他輕附到我耳邊低喃：「我知道，所以我更想要你！」

我一聽大驚，想起身反抗，卻發現自己完全使不上力氣。這時我才驚覺自己喝的水有問題。

我努力想保持清醒：「你要對我怎樣？」

「你說呢？」羅哥笑著說。

我努力想拖延時間：「爲什麼要這樣？」

「我想你根本不記得我是誰……」

我努力集中注意力：「我認識你？」

「我就說吧！」羅哥的笑意更深。

「我什麼時候認識你的？」我驚恐地問。

「五年前的一個晚上。我們約了要打炮，結果見了面後，你嫌我太C，竟然掉頭就走了！就因爲你們這些自以爲是的Top，讓我開始下定決心也要變成一個Top，一個更Man、更猛、只玩自以爲是的Top的Top！」

我趁著還有力氣，努力地說話：「你有病……」

「有病的是你們，什麼無聊自以爲是的遊戲，我要你記住，你今天被一個C貨強姦了！你的第一次是給了一個網路上綽號叫長腿姊姊的人給奪去的！」

「我不知你在說什麼……」

我還想做最後的掙扎，但是我的意識已經越來越模糊了。我只記得，他在我耳邊說的最後一句話是：

「放心，姊姊會讓你很爽的……」

晴天朗朗

朗：

1

此刻的我，正看著熟睡中的你。

這可不是我日常的行程。平常的我，在這個時候應該吃著早餐、看著報紙，耳朵聽著新聞台裡可有可無的資訊轟炸，好震醒一夜的宿眠。但此刻的我卻坐在床邊，看著你。

一晃眼，我們也即將邁入第十五個年頭。你說任何東西都有保固期，任何用了十五年的東西都該進廠維修一番，甚或汰換新機。即使沒有故障，也該是換合約，宣示自己品牌忠誠度的時候了。

你列了一張單子，要我好好檢視下列零件是否都還可以正常運作，或者其實已經到了只能勉強堪用的地步，而我也乖乖地核對了：

第一，我還會在早晨睜開眼睛盯著你的臉打量嗎？這曾是我說過最喜歡你的時刻，因為那時的你安靜得像個很滿足的嬰兒，帶著一抹似乎全世界幸福都被你擁有的微笑。你說，你偷偷練習這種笑容很久了，因為你總是先我一步起床，佈置好一切幸福的元素，加上那抹微笑，讓我每天早晨都能從你的臉上了解，我是這樣地帶給你幸福感。

第二，我是否還會在激情時迫不及待地扒光你身上的層層防衛、親遍你全身肌膚、渴望做最深入最徹底的結合？我是否還期待著每一次性愛時光？是否還想要完全地佔有征服你的身體？我的慾望可曾稍退？

第三，我還能聽進你叨唸的每一件事情嗎？還是我已經習慣把你當成另一個媽媽了呢？我還在乎你最細微的感受、關心你的一顰一笑、以及背後未語的意涵嗎？你還是那個輕輕一笑就足以牽動我全身上下每根神經的人嗎？

第四，我還記得自己曾說過的所有美好誓言嗎？如果你拿出那些年少輕狂的山盟海誓來一一檢驗，我是否還有勇氣義無反顧地勇往直前，告訴你，不管世界多大多遠，我都陪著你走？

第五，當我說著那三個字的時候，我心裡想著什麼呢？我是真心實意地說出口嗎？我還願意維持這樣的心多久呢？

此刻的我，看著熟睡的你，想著你的清單，我多想告訴你：

第一，我不會再於你沉睡時凝望著你了，因為過多的肉毒桿菌，讓我已經看不見那抹漾著淡淡幸福的微笑。眼前只是一塊塊僵硬隆起的肌肉，動也不動地阻隔在我們的雙唇之間。

第二，我無法再迫不及待地扒光你身上所有衣服，因為你的每件衣服都所費不貲。你還記得我不小心撕裂你 Prada 上衣那次，你狠狠踹了我一腳，讓我記住片刻的激情代價太高了——對你來說價值兩萬四千八，對我來說，它就像 Master 信用卡的廣告，被情人踢一腳，疼痛，無價。

第三，我絕對沒有把你當成媽媽，因為以你的功力，絕對是祖母級的了。而且，你絕對不只是「叨唸」的程度而已，你太低估自己的口才了，親愛的。如果陳水扁再出來選總統，我會推薦國民黨派你出去參選。至於你的一顰一笑，就像我第一條所回覆的，我分不清那是你該有的自然表情，還是肉毒桿菌打太多的後遺症。不論哪一個，我想都不是好事，所以就學著不要去猜想了。

第四，是的，我曾說過很多蠢話、做過更多蠢事，但我想我還不至於蠢到在你面前告訴你關於這些事情的真實答案。你知道的，真實帶給我的傷痛，往往讓我無法承擔。所以我會堅定不移地告訴你，我願意，只要我體力還辦得到的，我都願意。只是你也知道我體力越來越差了，所以是心有餘而力不足呀。

第五，我希望你可以在我說那三個字的時候，停止胡思亂想，例如：「親愛的，就算你說了一百萬次的『我愛你』，也不代表你就真的愛我」之類莫名其妙的想法。你到底對這三個字的匱乏感有多重呢？這讓我感覺自己像被老師要求罰寫的孩子，無緣無故地被一再處罰。

親愛的，以上都是我內心最真誠的話。但我知道，我無法真誠地告訴你，一如我一再強調的，真誠帶給我的傷痛太過巨大，是我身體上不能承受之「青」呀。

於是我想我會這樣告訴你：

第一，我不會再趁你熟睡時打量你，因為你的那抹微笑已經印刻在我心底了。無論如何，它都不會被歲月抹去，直到我老年癡呆症發作那天才可能消失。

第二，性愛真的是一種需要體力與激情的運動。在過去十五年，我已經吻遍你全身的每一個「孔」——從你後面那可愛緊緻的小孔，到遍布你全身的毛細孔，甚至連鼻孔、以及你忘記修剪的鼻毛都吻遍了。我想，維持我動力的已不再是激情，而是一種無可取代的熟悉感。單只要聽到你在我耳垂的兩聲輕嘆，我就知道該怎麼做才能讓彼此在同一時間達到高潮。

第三，我已經漸漸有重聽的現象出現，不過我想我會調適得更好的。至於猜你在想什麼，親愛的，相信我，我無時無刻不在做這件事，好讓我的日子更好過。

第四，我還是願意陪你去看這個世界有多大，但我想你更清楚我們的荷包有多大。

第五，雖然說這三個字已經是一種慣性，可是就像心理學說的，同一個謊話說了一百次，你就會相信它是真的了。更何況我不是在說謊。我也許說得很無心，但我真的很認真在做這件事，否則，我不會在此認真思考這些問題。

親愛的，是的，過了十五年，我無法說服你，也無法說服自己說，我像過去一樣愛你，或者我們的性像過去一樣美好。但我確信，過去十五年來，我做的每件事都是為了讓我們的相處更融洽、生活步調更和諧。如果我曾說謊，那也是為了維護我們美好的生活而說。

親愛的，請相信我。當我此刻還在認真思考著，怎麼樣才能表現出「很真誠的敷衍」的同時，我想很多話你就不必再追問了，因為我做的一向比說的好很多、很多。

所以，現在我要親吻你如腫瘤般紮實的臉頰，在你耳邊低喃：「我愛你。」然後悄聲離去，好讓我們的生活平順地跨入下一個十五年。

晴

2

晴：

看了你的回信，讓我忍不住流了眼淚。是喜極而泣嗎？說實話，我不知道這份喜悅是感動於你的信？還是在你眼中，我如腫瘤般充滿肉毒桿菌的臉還有知覺、還可以笑、還可以感受到眼淚的溫熱，而感到慶喜？

在你悄悄盯著我看的早晨，在你坐在書桌前緩慢思考寫下一字一句的同時，我也在心中演了一齣《妻子的誘惑》戲碼，等著你的信如聖旨般昭告我下一個十五年的正宮地位。

不過，在這裡，我也要鄭重地告訴你：

第一，的確，過去十五年來，我總是早你一步起床，佈置好讓你覺得幸福的元素。但所謂幸福的元素，其實就是我一直努力避免讓你看見我素顏的樣子。相信我，我並非不敢用真面目對你，而是不願意害你去行天宮收驚。而且，如果你不再仔細打量我的話，我也懶得每天這麼早起化上假裝是素顏的淡妝。你大概不知每天早晨在你翻身時驚醒的感覺吧？這個動作我已經做了十五年了，只要你願意，我可以繼續再做十五年。

第二，這個問題很實際。我們的確做了十五年的愛，你也吻遍了我的全身，包括總讓我害羞又不禁一直發笑的腳趾頭。但你要知道，為了拯救你日漸下滑的體力——更重要的是，你的男性自尊——這十五年來，我假高潮的次數已經直逼我們偉大前總統陳水扁說謊的次數了。不管你表現如何，我永遠都賣力演出，金馬獎就算不肯頒給我最佳演員獎，也至少該在十五年之後給我一個終身成就獎！但是，親愛的，只要你願意繼續演下去，我也會盡職地扮演好我的角色。

第三，說真的，我也很不願意像個嘮叨的祖母。但如果你總是能記住我交代的每件事情、總是能做到我期望你做的每件事情的話，我想你會更享受我絮絮叨叨的「誇獎」。況且，你也知道，我每天最大量的運動也只剩下動動舌頭了。你不是一直抱怨我過度僵硬的臉頰嗎？醫生建議每天多說話，可以讓顏面神經放鬆到比較自然的狀態。所以為了我的美觀與你的福利，我想你能體諒的，對吧？再說，我已經注意到你有重聽的現象。我相信再過幾年，你就會成為一個假裝有在聽、其實根本把助聽器給關掉的欠扁糟老頭。所以算一算，你能聽我囉嗦的時間也沒剩幾年啦！你就再忍忍吧！

第四，提醒你那些曾說過的蠢話，也是為了讓你想起當年勇，為了喚醒我們青春不再的記憶。你要知道，與其花錢去上一堂好幾萬的「尋找生命力」，不如陪我作作這些年輕的白日夢。我當然知道那些蠢話只能說說，如果你真要帶我闖遍天涯海角，我八成還要帶上一堆保養品、健康食品外加一台衛星電視才願意出門。而且，我才捨不得拋棄我的《夜市人生》跟你耗上幾天幾夜咧！只是覺得偶爾作作年輕時的蠢夢也挺美的嘛。

第五，就像你說的，每天要你說「我愛你」，就是一種最徹底的催眠課程。就像我從不吝嗇「催眠」你，說你是個「好男人」、是個「好老公」、「你好厲害」、「好風趣幽默」一樣。這些讚美的語後玄機，你大可參考我姊妹的同步翻譯，譯文如下：

「好男人」，意思是「你很無趣，每天只會窩在家裏看電視，一點生活情趣也沒有」；「好老公」，是指「你其實超怕老婆的」；「你好厲害」，意思是「天呀，你真的像電視廣告說的只剩一張嘴！」；「好風趣幽默」，是說你「油嘴滑舌、還自認很風流倜儻，根本是個自以為是的自大狂」。

是的，這些我常說的話，在我姊妹耳中聽來的實際意涵便是以上翻譯。但我才不會用這麼真實的話來「恭維」你呢！還不是每天都說些好聽的話來讓你開心？所以，我想簡短的三個字，是我能忍受字數最短的「謊言」了，而且又毫不費力，腦筋都不用轉就可以說，還不用像我每天都要絞盡腦汁想怎麼讚美你呢。不管你是出於欺騙還是真心，只要你肯做，我都覺得你還有心要維持這段關係。這樣你懂了嗎？

所以囉，親愛的，我在此鄭重跟你宣布，在未來的十五年，我仍然會在每天早晨繼續佈置你喜歡的幸福元素、仍然會以不斷的「生命高潮」來取悅你、仍然會每天叨唸你，好提醒你我們都還活著的事實。人家說要活就要動，這就是我最喜歡的活動，就像你喜愛打麻將一樣，我想這很公平。當然，我仍然會翻開年輕時的情書，逼問你未曾實現的夢想，好提醒我們還有很多沒完成的事可以去做；我也仍然會每天逼問你是否愛我，好讓我們都在心中謹記這段關係跟這三個字。

最重要的是，所有的這一切，我只願意跟你一起完成。

歡迎進入第二個十五年囉。

朗

3

朗翻開去年十五週年紀念日寫給晴的情書，跟晴的回信，一陣感動越過心頭。

他一直是個感情豐沛的人，努力經營著在同志圈少見的長久關係。跨過第一個五年時，他覺得很理所當然，不瞭解別人欽羨的眼光；跨過第二個五年時，他開始感到自己的幸運，即使不用別人的驚嘆聲提醒，他也知道他們的不容易；到順利跨過第三個五年時，他開始感到壓力，因爲維持這段關係似乎成爲「必要」的神話傳統了。尤其在這個同志戀情普遍連十五天都難以維持的年代，十五年的下個目標眞的是天長地久了。這已經不再只是他的目標，而是一個所有同志朋友的目標。這讓他感到壓力。尤其在跨過第二個七年之癢之後，他覺得可怕的不是還會癢，更可怕的是麻木——對什麼都變得麻木。他怕他們變成彼此生命中的雞肋，食之無味，棄之可惜。

因此，最近他正接受一些「理論派」朋友的「專業理論建議」。這些好友大多只懂理論，實際生活中沒有任何人經營超過五年的戀情，因此很多建議在他聽起來有點可笑。但朗還是認眞聽了他們的建議，希望可以在他們的生活再激起一些火花。即使不到火花的程度，有些漣漪也是不錯的。

4

因此朗做了他們有關係以來最大膽的嘗試，打算在他們邁入第十六週年的紀念日時，震撼一下彼此的生命。

四月十三日，黑色星期五

他們相識是在一個黑色星期五，一個無聊的大學鬼怪活動。那時朗打扮成矗小「欠」，一副很「欠X」的樣子出現，是全場的開心果；而晴則硬被畫上了奇怪的姥姥裝。那種狀況下是不太可能來電的。

後來又有機會碰到，朗藉口說他好姊妹想認識晴的某個朋友，所以開始跟晴撮合他們。沒想到一年後卻是晴跟朗交往了。到了眞正交往第三年，晴才從朗的口中知道，眞相是朗那時被晴低沉沙啞的嗓音煞到了，沒想到晴那天只是單純地感冒，所以那樣的嗓音後來並沒有再出現。但卸了妝的晴有種鄰家大男孩的氣質，讓朗很心動，也就繼續下去了。

誰也沒有想到一走就走了十五年。

晴花了很多年的時間才記起來四月十三日是他們的週年紀念日，通常會提醒他記得的原因是那年的四月十三日正好是黑色星期五。

其實晴不算是個浪漫的人。對他來講，能夠花錢買個禮物打發這天是最好的。可是這十五年來，能送的他都送過了；不能送的，例如醫美機構美容禮券，他也送了。朗收下禮券時足足演了一週的戲，一方面表面上要控訴晴嫌棄他老了，另一方面則偷偷計畫著要怎麼用它們。

朗愛演戲，晴愛看戲，偶爾也跟著一搭一唱。他們之間有種獨特的冷幽默，外人難以理解，但他們卻樂此不疲。

兩個人最大的好處就是都屬於樂觀派、開得起玩笑的人。彼此雖然常常鬥嘴、互虧、爭辯，但彼此說好了沒有隔夜氣，果眞這十五年來也都能安然度過。即使幾次大的事件，例如晴跟一個人長達半年的出軌關係，或者朗出國工作一年半，最後也都安然過關。

晴是個實際的人。你若問他經營之道，他的答案很簡單，也十分現實，就一個字——「懶」！

他光想到離開朗去找新的對象、重新適應彼此、重新進入人肉市場（事實上，他心知肚明自己已經只能進入豬肉市場了），就感到害怕。因此「懶」成了他維持這個關係最名正言順的藉口：他「懶」得吵架，所以試著不跟朗爭辯，只會偶爾逗逗朗；因爲「懶」得計畫，所以家裡大小事都交給朗去計畫處理；因爲「懶」，所以連嫌棄的力氣也懶得出，順其自然悠哉過生活；因爲「懶」，就把自己放在一個安逸的人身旁。不用改變是最好的懶惰法！

因此，「懶」這個字成了他經營這段關係的最佳註解。有時連思考都很懶，不會去想要不要過一輩子，或要不要去作點不同的嘗試。甚至懶到連偷吃的力氣都沒有。

當然，這是玩笑話。雖然他的確常把「懶」字訣掛在嘴上，但他的確逼自己去「懶得看清」很多相處的細節，好讓彼此更順利地走下去。

這天他安排提早下班，去買朗喜歡吃的烤肋排。他知道依照朗的習慣，週年紀念日是西餐時間，適合出現的菜餚只有西式的。光這點，他就學了好幾年，才搞清楚什麼節日該買什麼回家加菜。

此外，他很自信地拿著今年的週年禮物。這可是個順水人情，他因爲業績表現得好，所以公司獎勵他，把他的員工旅遊假期獨立出來，給他去峇里島二度蜜月。當然，沒人過問他的蜜月對象是誰。這在他們公司是個禁忌的話題，因爲誰也不敢問上司帶出去的到底是大太太、小三或小女友，反正那是自己該解決的事，別影響公事就好。因此晴很高興地打算瞞天過海，把這份不花錢的禮物變成自己費心準備的二度蜜月之旅。他跟朗的默契在於，他知道朗一定會馬上發現這是員工旅遊券，但朗會很高興可以藉機演另外一齣戲。反正晴已經抱定主意這趟旅遊的錢都由他出了，因此朗的戲再怎麼演，都會是喜劇。

他高興地帶著肋排，跟那個裝著電子機票的信封回家，信封上還寫著「這是個驚喜」，提醒朗在看到內容時要適當地演一下。

晴帶著開心的笑容開門。他已經很習慣朗在特別的日子，全裸罩著圍裙在廚房煮菜的樣子。第一次他看到時很興奮、第二次看到時也很興奮，但在看過十次後，要繼續表現出興奮的眼神，那就需要一些演技了。幸好他被朗訓練得很好，一個爛導演碰到一個爛演員，其實也是最佳組合的一種。

可是這天進門時，晴隱隱覺得不對。朗爲何身形變瘦了？而且臀部又恢復了以往的結實，難道朗又偷偷去做了什麼美臀術？他估算著，要在屁股打滿肉毒桿菌需要多少CC跟多少錢。但還是很敬業地走去拍朗的屁股，告訴他「你好性感」，順便掂量看看這屁股到底打了多少針。

意外的是，屁股摸起來異常自然，完全沒有肉毒桿菌的僵硬感。晴腦中瞬間充滿無數疑惑：

「他又花了多少錢？」

「等等，這不是他的屁股呀！難不成我在做夢？」

「咦，怎麼怪怪的？」

晴正狐疑的時候，忽然，有個一樣光著身體、只穿著圍裙的男人也走進廚房。晴驚駭地瞪大眼睛，因為走進來的人不是別人，正是朗！晴跟朗同時笑容僵住，一同看向晴停在那個屁股上的手，又同時抬頭看著屁股的主人。一張陌生的臉映入眼簾，晴這才意識到：屁股的主人不是朗！但晴的手已經驚嚇得無法移開了。

更令晴錯愕的是，這張陌生的年輕面孔竟朝著晴笑了笑，態度自然地說：「你一定就是晴了！」

晴尷尬地點點頭，場面陷入冰封中。朗故作自然地走向晴，用開心得有些詭異的語氣說：「他是今晚的嘉賓喔。」

那個陌生的年輕面孔馬上補上一句：「神祕嘉賓！」

年輕男孩對晴擠出一個陽光四溢的笑容，閃耀得晴差點要找出公事包中的墨鏡戴上。朗的笑容由尷尬變成僵硬，緩緩走向晴，皮笑肉不笑地用唇語問：「你的手不是沾了三秒膠吧？應該還可以移動吧？」

這時晴才意識到自己的手從未離開過那個結實渾圓的屁股。晴急忙抽開手，假裝沒事伸手去摸自己的頭髮，摸了兩下，又覺得不妥，才慢慢把手放到褲子裡頭去。

一片沉默。晴尷尬地對朗低喃：「親愛的……」

晴用眼神示意朗跟自己去外面，兩人多年培養出的默契此刻發揮得淋漓盡致：晴滿臉寫著「你最好解釋清楚」的表情，那通常是出現在朗的臉上，晴意外地發現原來自己早已經學會了一模一樣的表情。

朗比較機靈，馬上想到一個爛藉口：「你一身汗臭，我去幫你放洗澡水！」

晴馬上跟著爛下去：「對，我下班後最喜歡做的第一件事就是洗個熱水澡……」

晴跟著朗走到門口，還不忘畫蛇添足一下，回頭對著那個小男生說：「洗熱水澡可以幫助放鬆……你下次試試……」

小男生笑了出來。晴的笑容馬上又變成尷尬，趕緊低頭出門，跟著朗進了房間。

朗已經作足了戲，打開水龍頭。晴急著衝進去，劈頭就問：「你到底在想什麼？」朗尷尬地露出笑容。看來是時候把「驚喜」的眞相告訴晴了。於是，朗拿出一本晴的「珍藏筆記本」，晴看到的瞬間立刻傻眼……

5

四月一日

大家真的該熟記這個日子。請永遠記住，這是愚人節，所有的話都別太當真！除了那個幾年前發生的哥哥跳樓悲劇之外（這裡請大家默哀一分鐘致敬）。

通常愚人節的玩笑話會在當天結束時被告知是個玩笑，偏偏朗的姊妹跟他開玩笑時，忘了提醒他：「這只是個玩笑。」

於是當朗跟他的姊妹認真地討論該如何慶祝第十六週年，希望來點不一樣的特別節目時，他的姊妹順口說出了：「找個人回家3P如何？」

朗居然當真了。

是的，這是晴的性幻想。朗一向都知道，因為晴有個私藏小筆記本，記錄著各種他想做的「情趣」。例如，當他看完某些G片後，會想嘗試「冰火九重天」，也就是傳說中先含著熱水口交、再含著冰塊口交。不過事實證明，那個樂趣不大，而且除非是在浴室作這個實驗，否則當你結束遊戲，要收拾一地的「殘局」時，會顯得剛剛的無聊舉動更幼稚可笑。

事實證明，大多男人的性幻想，還是存在於幻想階段最有爽快度。

又例如，晴想嘗試所謂的ES，但這一直只是列在小筆記本上的一條，因為朗是個虔誠的教徒，所以某些東西是不可能碰的。

而3P就是這些情趣中的一項。

因此朗在聽完這個建議後，即使笑得花枝亂顫，但還是很認真地問了：「那要怎麼找到這個人呢？」

「聊天室呀！」兩個姊妹異口同聲地回答，好像那是天經地義的事一樣。

於是那天的聚會過程中，朗表面上假裝只是好奇，不經意詢問姊妹的3P經驗，但暗地裡則努力記下所有細節。

根據姊妹對朗的瞭解，他們相信幻想已經是這個教徒最大的「犯戒」行為。誰也沒想到朗當真了，而且非常認真的執行起來。

●四月三日

朗終於找到時間偷偷上了聊天室。他其實以前偷上去過，但只覺一陣混亂，根本無法開始，最後就匆匆下線，再也沒有上去過了。

他手機中的幾個同志交友軟體，他也只是裝著好玩，看看解解饞，甚至連照片都不敢放。

朗這次可是鼓起勇氣，參考了姊妹用過的暱稱，取了一個自己還算滿意的：「熟男一對找3P」。

光是打完這個名稱，朗就興奮了好久。

誰知道他一上去，立刻被一堆邀約文字轟炸。沒想到一大堆人密他，他也很有誠意地一一回覆。只是他速度緩慢，根本沒時間問別人問題，只有不斷回答問題。例如，他們兩個的自介、何時、住哪、想找怎樣的等等。朗認真地回答了一輪，浪費了一個多小時，結果最後全都是嘴炮的。

朗沒想到這麼難約，於是敗興下了線。

並且開始認真想其他的「禮物」。

●四月五日

這天晴去掃墓，朗一個人在家。他再次鼓起勇氣上了聊天室。

也是一堆人在嘴炮，而且顯然大家是「每逢佳節倍思春」，清明節打炮似乎比祭祖更吸引人，很多人都說可惜不是「現約」！

裡頭甚至有個自稱是「體院不分」的，很主動跟朗聊天，而且問得很詳細。那人展現了十足的誠意，先自介了——內容還包括自己性器官的大小——然後才禮貌地問朗可以自介嗎？這在蠻橫的網路戰場實在少見的有禮，讓朗花非常多時間跟他溝通，包括他們喜歡的姿勢、是否用藥、是不是安全性行為、抽不抽菸、會不會喝酒助興、有沒有特殊的姿勢需求或性癖好等等。朗都一一回答，但避重就輕，沒跟他提其實這也是他們第一次找。因為過去幾天聊天的經驗，他發現承認自己沒有經驗，大多就沒有下文了，因為既然要玩，大家顯然都想要找會玩的、敢玩的，好玩得盡興。因此這次朗選擇性忽略他的這個問題，反正聊天室這麼大量的訊息流竄，漏看很正常，只要展現十足的誠意就好。

在換了照片後，他們還聊了一下，甚至要了朗的MSN，接著就消息全無了。朗還怕是他斷線，在線上掛了好久，直到確定他沒有再出現，朗才失望地離開。

那天因為是假日，其實聊的人還不算少。即使是嘴炮殺時間，也是挺愉快的一段時光。朗這樣認為。

那天，還有另一個有一搭沒一搭在跟朗聊天的大男孩，叫作小天，因為他很喜歡演《十七歲的天空》的楊祐寧。

小天還算幽默，只是回話速度超慢，總要拖個三分鐘才回一句，偶爾還會牛頭不對馬嘴地回答。後來朗才搞清楚，是因為小天同時在跟很多人聊，所以有時會誤傳。

因為小天一開始就明說是無聊找嘴炮，所以朗對他挺真誠，甚至坦承自己第一次約、挺緊張的。小天建議朗可以去「中老年同志」那個聊天室試試，讓朗覺得很受傷，但也不好說什麼，畢竟自己真是中年人了。

不過後來朗才搞清楚，原來有些人聊得愉快，但又不想換MSN，就會先去一個人少的聊天室換照片，這樣比較好聊。不過通常朗都一次跟幾個人同時在聊，所以不太可能突然跳去其他聊天室。

那天朗倒是有跟小天交換MSN，只是交換後也沒真的聊過就是了。

結果，當天的收尾，還是一事無成，只留了電話給兩個人。但朗其實心裡明白，會打來的機會微乎其微。因為他慢慢搞清楚了同志的性生活生態，大多數的態度就是「餓了就吃，渴了就喝」：有錢有閒有時間就去吃好一點的牛排餐；沒錢沒閒沒時間，吃路邊攤的滷肉飯或者便利商店的速食也是非常OK的。重點在於他那一刻的需求被滿足了。

在這個前提下，朗清楚，要在四月十三日黑色星期五時，這些「海綿體寶寶」剛剛好處於僵直狀態（雖然一點也不難），才可能來電。但朗的個性無法忍受隨性，凡事都該有計畫，然後按照計畫走，這是最穩妥的方式。而且還是十六週年的特別日子呢，絕不允許意外的！

●

四月十日

這幾天朗還是陸續有上去約人，但已經認清機會越來越渺茫的事實。除非朗願意突破自己的性格，在週五當天一下班立刻努力約人。他知道這是最方便最直接最有機會的方式，而且還是真正意義上的「驚喜」，因為對方怎麼樣連他都不知道。但也只敢想想，他打算還是照計畫走。

反正他已經有了備案，就是去福山植物園。這是晴一直想去的地方，但總是沒有時間安排。這次朗正好有朋友預約了一個團的名額，他就要了兩個座位。拿這個當禮物雖然不算特別，但他知道晴是不會計較的。晴沒像自己這麼在乎形式，朗甚至感覺，要是沒送晴任何東西，晴搞不好還會鬆一口氣，因為這代表「戒嚴時期」正式結束，以後再也不必為這一天而煩惱了。不過朗可沒打算這麼容易就饒過晴。從進入「戀愛遊戲」第一天起，晴就該知道這是一個至死不休的遊戲，除非晴拒絕再玩，否則，就該遵循遊戲規則、盡該盡的義務，同時也提醒晴這段關係的責任。

這是朗一直堅持很多事的原因。責任跟習慣密不可分，他要成為晴生命中唯一戒不掉的習慣——當然，事實是晴戒不掉的習慣還挺多的，例如打麻將、喝酒、抽菸、放屁等等。

這天晚上，小天居然主動敲了朗，又開始有一搭沒一搭地聊著，聊到朗好幾次都想告訴他自己要下線去看《康熙來了》。但小天總是會正好丟出一個新問題，害朗始終沒法離開。

在聊了一個多小時後，小天突然問：「找到要3P的人沒有？」

「沒有，不好找，可能找不到吧……」朗感到有點丟臉。

沒想到小天居然問：「那我可以嗎？」

朗愣了一下。因為小天感覺就是十七歲的少年，他可不想惹上什麼麻煩，因此朗裝傻，問小天：「可以什麼？」

「可以跟你們3P呀，你很蝦欸……」小天回。

朗這時突然又開始演起戲來：「原來你是找不到魚喔？」

「……？什麼意思？」

「不是都說沒魚，蝦也好。你說我很蝦，所以代表你沒找到魚……」

小天丟一個無言的表情：「大叔，你是活在北極嗎？有沒有這麼冷？」

朗其實是喜歡跟小天聊天的，因為小天讓他充滿創意，可以耍冷，但他沒想過要跟小天發生那種關係。他覺得小天應該只是在逗他，或今晚太無聊的緣故。

誰知，小天突然打開視訊，著實嚇了朗一跳。朗只會交換照片，還沒跟誰視訊過，而且自己看起來非常非常邋遢，就是一個中年大叔的樣子。

幸好，小天沒有要朗開視訊，只開自己的給朗看。

「怎麼樣？」小天問。

「什麼怎麼樣？」

「你不會還想驗貨吧？大叔？青春的肉體很值錢耶。」

朗乾笑：「就是因為很值錢，才怕我們消費不起呀……」

「屁話少說，要或不要？」

「你滿十八了嗎？」朗還是怕會犯法。

「早二十一了！」

「了不起……」朗鬆了口氣。至少不用擔心會因為玩未成年弟弟，毀掉自己的紀念日。

「我的鳥每天都起來的！」小天說。

「為什麼？」

「A、B、C、D挑一個。」

「什麼？」

「選擇題呀，隨便選一個答案。」

「可是我沒看到答案呀？」朗一頭霧水。

「叫你選你就選嘛！」

「那D好了。」

小天於是回答：「以上皆是。」

「什麼？什麼以上皆是？以上哪三個皆是？」朗感到莫名其妙。

小天回答：「A、戀父情結。B、好奇，感覺你是個好人。C、無聊，想找事做，而你感覺很好欺負。」

「我當這是恭維，謝謝。」朗忍不住笑開。

「所以咧？要不要？」

朗遲疑了。

「你的遲疑對我是一種羞辱！」小天生氣了：「再見！」

「好、我要、我們要……」朗慌張起來：「那我們要不要先碰個面討論細節？」

「不要，不是驚喜嗎？」

「你要是不出現那就真是驚喜了……」朗想事先計畫好一切的「控制魂」又開始蠢蠢欲動。

「我們現在說好，那天任何一方後悔放鴿子，就爛雞雞！」小天回答。

聽到這句話，朗一點也不開心，因為這聽起來像場兒戲，讓他更不放心。

「我問你一個問題，你客觀地回答我。」朗說。

「說。」

「你建議我那天要準備一個備胎嗎？」

小天傳一個詭異的表情符號。

「你那天最好準備好威而剛！」小天不滿被質疑，在視訊上對著朗挑起眉頭：「把你電話給我。」

朗遲疑一下，還是留了。

沒一分鐘，電話就響了。

「這是我的電話。我不想先碰面，但我們可以找一天你方便時討論一下你想怎麼樣給他驚喜。」

隔著話筒，小天的聲音還有著幾分稚氣，但內容卻異常篤定，似乎很熟練，讓朗有點不知所措。

電話掛斷後，朗深呼吸了好大一口氣。他沒想到這要成真了。就像第一次去三溫暖一樣，雖然意淫過好久，但真正到了三溫暖門口，他還是後悔了……

四月十二日

這天晚上晴去健身。其實他有點犯懶，是朗硬逼他去的。過了中年後，新陳代謝明顯下降，他們正進入生命新的階段，要變成別人口中的「熊Couple」了。即使朗不太願意承認，但至少目前他還可以做些災難控管，不要讓熊變成豬。

晴前腳才出門，朗已經傳了簡訊告訴小天可以討論了。

於是他們透過視訊，講了大概的計畫。其實計畫講了也等於沒講，因為計畫就是小天要趁晴沒回家前，先進家門，然後跟朗一樣換上圍裙。不過朗沒提出要小天也全裸的要求，是小天自己說他可以全裸的，這樣可以比較快融入情況。

接下來就是朗會準備晚餐。這個部份比較尷尬，因為他們到底是要全裸吃晚餐呢？還是怎樣？總不能都脫了衣服又穿回內褲，感覺好繁複……

於是小天說，那就乾脆大家一起全裸吃晚餐呀，這樣很像歐洲電影情節。

接著，最重要的就是進入「主菜」時間。小天搞了半天才知道朗口中的主菜就是「3P」的高潮戲，但朗顯然也不知該怎麼討論下去。

「那就順其自然了喔。」小天說。

然後對話就變成了朗要準備的晚餐菜色、小天很有興趣、他也想學之類無關緊要的話題。

而這天晚上，朗還因為興奮而失眠了，最後不得不吞了一顆安眠藥才能入睡。

6

四月十三日

所有的故事最精彩的部份都在於意外！

這天下午，朗按照往常請了半天假，採買回家，打算優雅地準備晚餐。小天說他會提早到，一方面是混熟一點，二方面是小天眞的想學做菜。

但偏偏晴卻打電話來，要朗開車帶他母親去拿體檢報告。這本來是他姊姊要做的事，可是姊姊的孩子下午在學校出了點事，必須趕過去，所以最後協商的結果就是朗這個下午沒事的人去完成。

朗很幸運地跟他那沒有名分的婆婆相處融洽，因爲她總會教朗一些私房菜，或者跟朗抱怨她的子女，而且她知道這些話最終都會進到晴的耳朵，所以那些她想講又不方便當面講的事就由朗順理成章地代爲宣佈。例如每年晴包的紅包數字。朗的婆婆有個非常好的說詞，說晴是家中長子，包的紅包總不能比弟妹少，拿出來不好看。而且晴沒結婚、沒小孩，這作媽的總要偶爾替他攢點積蓄，以免老了成爲餓死都沒人發現的獨居老人。講到這裡，她又會自己接口：「你們感情這麼好，有個老來伴也是不錯的。」

朗覺得婆婆什麼都心知肚明，只是從沒說破。

於是那天下午朗臨時要載他婆婆去拿體檢報告，順便陪她買些週末要用的菜餚，做菜時間因此變得極度壓縮。朗一方面要假裝從容，另一方面又擔心不知道小天何時會到，還要同時算計著乾脆改一改晚上的菜單，那些作工繁複的菜就免了。

當然，最重要的，朗必須在他婆婆面前扮演好一個盡職的「媳婦」角色，要伺候她伺候得周到。其實跟老人相處很簡單，多說點甜言蜜語、多提提她感興趣的「當年勇」話題（沒有一個老人不愛「想當年」的），然後再對她的當年勇發出一點讚嘆聲，就一切搞定了。

等送完婆婆回家，再趕回家時，已經四點半了。

朗慌忙將要燉煮的菜下鍋，把要切、費工夫的菜也都先處理好。一面作，朗忍不住佩服自己的「賢慧」。大致處理好後，看看時間，才五點。於是朗優雅地沖了個澡、噴上香精，然後穿上圍裙，悠哉地等小天到。朗前兩天特別去買了兩條新圍裙，因爲覺得給小天穿舊的不太好。朗想，小天進門看到自己這樣，也會比較容易放鬆，總比兩人要面對面一起脫衣服要好多了。

這時門鈴響了，朗對著鏡子快速照了照儀容，然後優雅地走去開門，同時做出一個請的動作。

「鞋子脫外面嗎？」

「脫裡面就可以了。」朗說，同時正納悶著小天的聲音怎麼不太一樣，難道他用了變聲器跟自己聊天？

朗一抬頭，心臟差點要跳出喉嚨。一個陌生中年男人站在門口，他的樣子很普通，但穿著某種類似制服的工作服。

朗正打算關門去套上衣服時，他就進門了。

「你們家機上盒在哪？」男人問。

朗隨著他的移動，也跟著移動自己的身體，深怕他看到自己裸露的背面，卻疏忽了門還開著。一個小女孩的笑聲立刻從門外傳來：「媽，你看朗叔叔沒穿褲子！」

朗趕緊回身關上了門。因爲動作太急、關門太大力，那個維修人員也倏地轉身，嚇得朗趕緊轉過頭面對他。但已經來不及了，顯然他看到朗背面全裸的狀態，朗看到他努力憋住笑，整個臉漲紅到快要炸掉的狀態。

「機上盒在那裡，你先看一下。」朗假裝沒事地說完，迅速背對男人移動到臥房，套上一件睡衣，再故作鎮定地出來。

望著男人檢查機上盒的背影，朗才想起這兩天晴一直抱怨看林書豪打球時都會有馬賽克出現。這一刻朗眞想殺了他！都不先說會有人來修！

那個維修人員開始測試網路，這時門鈴響了。朗這次先在門眼確定了來客是小天才開門。一開門，小天就獻上一大束的紙摺玫瑰花。

「Happy Anniversary！」

然後小天就過來給朗一個擁抱，感覺好像他們很熟一樣。但朗一直處在很尷尬的狀態。

小天進門，朗還沒來得及暗示他有個外人在，小天就看到那個維修人員。

「嗨，你一定是晴了，你跟照片上看起來……不太一樣？而且還準備制服。很奇特的制服……」

朗趕緊咳嗽接話：「晴還沒回家，他是機上盒維修人員。」

這時朗看到小天的臉垮了下去。顯然小天剛剛的所有作爲都是硬裝出來的，只爲了讓場面不要太尷尬。一旦狀況不如他的預想，便縮回年輕人該有的羞澀樣。而朗畢竟是年屆中年的人，臉皮厚一點，急忙要讓小天自在些，於是拉他陪自己去廚房選飲料喝。

進了廚房，朗順口一句：「唉，現在的工人都不像我年輕時的工人那樣可口有看頭了。」一句話頓時化解了尷尬的氣氛，兩人突然變回孩童，一起笑得不可遏止。

然後兩人拿著飲料回到客廳，坐在那裡，等著維修工人離開。氣氛其實有點僵硬，因爲朗跟小天本來就不熟，光要找話題就使盡全副精力了。現在還卡了維修工人，讓兩人找話題也不是、不找話題也不是，場面沉默地尷尬著。

朗不斷看著時鐘，深怕晴要是太快到家就什麼戲都沒了。因此朗急中生智，打電話要晴順路去一家高級超市買個迷迭香回來。晴即使略有不耐，但想到是週年紀念日，朗下午又才帶著自己的母親去拿體檢報告，因此也就閉了嘴，乖乖去了。

好不容易，六點多時，維修工人走了。

朗送走維修工人，開始另一陣尷尬。他不知自己是否現在該脫下衣服。在經歷了這麼多的意外，朗開始越來越不篤定了。

但朗還是一鼓作氣，脫下了睡袍，露出光著的屁股，然後回頭假裝大方地告訴小天：「我快悶死了！」

小天笑了出來。朗也鬆了口氣：「我有替你買一套新的圍裙唷。」

小天有點靦腆地笑了：「其實我已經準備好了。」

小天邊說邊脫下衣服，原來他已經把圍裙穿在衣服裡面了，爲了要把圍裙穿在裡面，還要把下襬折起來，綁在腰際。朗又驚又喜，這才注意到，剛剛因爲一團混亂，都沒發現小天腰際過於蓬鬆的狀態。小天將圍裙放下，然後緩緩脫下褲子跟內褲，朗有點難爲情，但看到小天圍裙上的字樣，還是笑了出來。圍裙上寫著：「Cook easily, Fuck hardly」。

小天脫下衣服後，故作鎮定地問：「那這些衣服要放哪？」

「我幫你掛在房間吧。」

之後，小天開始幫朗佈置餐桌、擺餐具、開紅酒。接著因為朗去上洗手間，而晴正好進門，順勢就將手放在小天的屁股上……

就這樣，朗快速交代完小天的來歷，跟今晚的驚喜。他要晴洗好澡、穿上內褲，就準備出來吃飯，盡量表現得自然一點，要有成熟男人的樣子。說完，朗就沒事人一樣出去了，剩下一臉驚駭的晴。

7

晴知道自己曾開玩笑提過幾次找人來3P，但其實他只是色大膽小的打打嘴炮。尤其在他步入中年、身材開始變形、體力明顯下滑的時候，他實在不想找人來羞辱自己。但他當然不能說出口！

晴急忙打了個電話給他的一個玩咖哥兒們，Ray。Ray照例不接前兩通電話，因為除非真正緊急到打第三通，否則錯過就錯過了。到第三通時，Ray才接了起來。

晴壓低著聲音，抓著話筒小聲的求救：「我需要你……的威而剛！現在就要！」

但因為聲音太小，雜音又太大，Ray根本無法聽清楚，直到晴幾乎用吼的，他才聽清楚。

「我人在台中呀！」Ray懶洋洋的聲音從話筒另一端傳來。

晴幾乎要昏倒了，匆忙掛上電話，想著還有誰可以調得到。

事實上，朗跟晴已經半年沒有性生活了。對於一對十六年的同志伴侶來講，這實在沒什麼，他們很多時候都各自解決自己的性需求。像晴是去按摩，朗則會靠自慰。但從半年前開始，晴就發現自己「性趣」全無。他試著去按摩了兩次，但這兩次他都沒有勃起，所以沒有所謂的「Happy Ending」。他藉口說這陣子太累了，可是一個中年男人幾乎半年沒有性生活還是挺不正常的。但這種事對誰也不能講，他甚至不敢告訴朗，因爲朗很神經質。他查過一些資料，覺得應該是中年焦慮，加上前陣子眞的工作壓力太大而引起的間歇性性功能障礙。他有想過去就醫，但反正一直也沒機會「使用」，所以也就拖著。光是想到要走去醫院跟醫生說：「我無法勃起」，就讓晴整個頭皮發麻。

之前他就跟Ray提到，要借兩顆威而剛來備用。沒想到在還沒拿到時，意外就來了。晴一陣脊椎發涼。外面坐著自己深愛的男人，跟一個可口的小男生，難道他要上演未戰先敗的戲碼？這個臉可丟不起呀！

晴又打了個電話給年紀比自己大一點的朋友旭哥。旭哥說他沒用過，但他可以幫忙問問看。

於是晴掛上電話，一面想著還有誰可以幫忙，一面對著自己的老二說話。這是他從沒想過會做的事。

「拜託你爭氣一點好嗎？只要今天，之後你想休息多久我都不在乎了，抬頭一下嘛！給點面子嘛！」

然而晴不管怎麼愛撫它還是打它，它都還是毫無羞恥地低著頭，沒有任何反應。

就在這時，旭哥打電話來說他可以調到貨。

「但你要怎麼拿？」旭哥問。

「我已經要上『戰場』啦！拜託你無論如何，幫我這一次，運補給到『前線』吧！不管花費多少『軍餉』，我都願意負擔！」

被晴的氣魄所感召，旭哥於是答應會聯絡那個人，讓晴跟他通個電話。

電話掛上後，晴才鬆了一口氣。這時傳來敲門聲。

朗以非常壓抑的聲音，低聲說：「Honey，我們都在等你用餐呢！」

「馬上好！」

晴可以辨認出這種聲音。雖然外人在，朗不會發作，但外人走後，這筆賬是要算好一陣子的。

於是晴三下兩下沖了澡，穿上朗準備的性感緊身內褲。只是晴最近又稍微「熊」了一點，所以內褲顯得非常緊。晴照了照鏡子，努力縮起小腹，似乎還是難以遮掩。但至少最急需的砲彈問題解決了。

8

晴走進餐廳，小天已經坐定位了。晴尷尬對小天點頭致意，然後也坐了下來。

這時，朗全裸地端著最後一道菜出來，晴看到簡直是目瞪口呆。

「寶貝，你不冷嗎？」

「事實上我們今晚是天體派對，Dress Code 是肉色……」

朗說完，自己都覺得一陣寒意襲來。但還是立刻露出挑逗的表情：「事實上你是目前唯一穿著衣服的人唷。」

晴看向小天，小天也微微點頭。

「那你幹嘛替我準備內褲？」晴緊張地問。

「我怕你不敢全裸地走出來嘛！」朗用有點僵硬的笑容回望他。

「喔……」

於是晴緩緩地脫掉了他僅剩的內褲，然後三個人坐定位。

「我想我們先舉杯慶祝我們的週年紀念。」朗笑著說，聲調微微地上揚。

三個人舉起杯子，喝了紅酒，接著開始用餐。

用餐的過程很愉快，因為晴很幽默、很會找話題。而他都刻意避開今晚要進行3P的事，只是單純地閒聊。但晴其實是在展現他慣性的社交長才，他內心還在盤算著等會要送來的東西。小天也因為緊張，不自覺地一直喝著酒，一杯接著一杯，還一直說自己喝不醉的。用餐的氣氛雖然好，但卻有種詭異的氛圍，似乎大家都在避談等會要上場的「好戲」。

好玩的是，小天像個孩子一樣，準備了「十萬個為什麼」來問他們兩人的相處之道。比如怎麼認識的、怎麼度過七年之癢、怎麼維持平衡、跟家人的關係、跟同事的關係、有沒有共同的社交圈、為了對方放棄了什麼、做過最浪漫的事、最難忘的週年紀念日慶祝法等等。

小天的一連串問題讓晴跟朗又重溫了那些過往的甜蜜點滴，兩人自然地交換眼神、嘻笑調情。他們有自己的溝通頻率。

席間只有小天起身去上廁所時，氣氛尷尬了一下。因為大家都注意到了小天的老二，是那種勃起過還沒全消下去的狀態。光是這層意淫，就讓朗臉紅不已，而晴則尷尬地想著，這一刻他到底希望自己可以因此勃起，還是不要好呢？

直到小天回到座位上，氣氛才又變回家庭聚餐的樣子。

終於晴的手機響了。他像找到救命恩人一樣，去房間告訴對方地址、問明價錢，還確認了吃下去多久後會產生效力。

晴講完這通電話，整個人像是大復活一般，回到餐廳，開始他拿手的調情戲碼。先是誇獎朗，然後也順勢誇獎小天。手開始跟小天的手有了微微的接觸。這是晴的調情方式。雖然朗內心感覺很奇怪，可是他不得不佩服晴，因爲畢竟人都來了，至少要讓小天放鬆進入情境。晴顯然深諳此道，藉著一些親密話題的引導，開始跟小天產生越來越多的肢體接觸。朗也慢慢放心下來，他一直很怕今晚變成一場不堪的回憶，現在看起來似乎還好。甚至有個念頭一閃而過：下次再約３Ｐ，直接約來打炮就好了，幹嘛自找麻煩還要培養感情呢？

但是光是想到，他就覺得自己犯戒了。實在不該有這種念頭的。

就在這時，門鈴響了。

料想是後援補給送來了，晴急忙穿上睡袍去開門。送東西的人似乎猜想到了什麼，表情滿是曖昧，讓晴因心虛而紅了臉，趕緊付錢打發他走。

晴的藉口是因爲明早開會臨時要用，所以公司送來文件，要晴今晚翻譯好。晴還自備了一個可以裝Ａ４公文的牛皮紙袋，讓可信度變高。但晴壓根忘了，明天是週末，不用上班，還自以爲撒的謊很聰明。

朗當然沒點破晴。而小天似乎已經有點茫了，也沒在仔細聽晴講話。晴爲求逼真，甚至翻出文件邊走邊瞄了一眼，假裝不經意地說：「還好，看起來不難。」

晴進房放下牛皮紙袋時，朗正好端上甜點。按照計畫，甜點要在客廳吃。甜點是一個鮮奶油蛋糕，朗發揮他看過的所有G片橋段，跟晴筆記本裡的性幻想，決定在切蛋糕的時候，跟小天一起拿鮮奶油攻擊晴，讓晴全身沾滿鮮奶油，接下來應該自然就可以發生親密的肢體接觸。是的，這一切在想像中都很完美，除了沒考慮到另一個主角可能會喝掛，跟他們家昂貴的絨布沙發可能會沾到鮮奶油的問題。G片裡的男角們從來不用費心收拾殘局的！

等晴脫光衣服出來，朗已經將蛋糕放在客廳上，並用眼神暗示小天過來。但小天徹底茫了，完全忘了計畫，而朗是沒有所謂Plan B的。

晴見餐桌還是杯盤狼藉，來回看看朗又看看小天，不知道現在是怎麼回事。

「晴，你扶小天過來吧，我們在客廳吃蛋糕慶祝。」朗尷尬地指揮晴。按計畫，這時候早該將奶油噴得晴滿身都是了。

「喔，好。」晴走去扶起小天，兩人終於順理成章有了親密的接觸。小天幾乎是趴在晴的身上才走到沙發，一坐到沙發就昏死過去。他的醉態讓晴跟朗很尷尬。如果趁這時跟他發生關係，不就眞是禽獸不如的行爲了？

朗跟晴互望一眼，不知道現在該怎麼辦。

「要我先發動攻擊嗎？」朗緊張地想著。

正在遲疑時，小天突然坐直身體，醉言醉語地高喊：「遊戲開始！」然後小天用手抓起一大塊蛋糕，看得朗跟晴愣住了。晴正打算開口要說什麼，小天卻已經不受控制地將蛋糕往自己身體塗了上去。

「我是蛋糕……吃我……」

可是他那個樣子，實在讓人很難下嚥。晴開始擔心他昂貴的沙發。

「我們要不要把他扶去哪裡？要是蛋糕沾到沙發怎麼辦？」晴說。聽到這句話，朗才徹底清醒。這沙發要清洗起來可是勞民傷財的事。可惜兩人還沒來得及下決斷，小天已經飛身撲向兩人，同時抓了兩坨蛋糕往兩人身上砸去，接著用力壓倒他們。兩人一陣錯愕，只見小天趴在他倆中間，手上的蛋糕已經砸到沙發上。

晴整個臉都綠了。朗則開始意識到，這會是場災難。然而小天完全無視兩人的臉色，還伸出沾了奶油的手指放到兩人嘴邊，要兩人吸吮，可是兩人早已興致全無——尤其是朗，他看到晴發綠的臉，擔心他精心準備的驚喜已成爲晴的夢魘，全身忍不住開始緊張，而他一緊張就會放屁、拉肚子。

他不知道的是，晴腦袋裡擔心的根本不是這麼一回事。晴意識到沙發的清洗費確定要付了，既然都花了錢，哪有不盡興的道理？但他根本沒想到戰事這麼快就要開始了，所以還沒吃威而剛，現在他得趕快去吃威而剛，被他們發現他軟趴趴可不妙。

於是晴假裝翻身，將小天的手搭到朗的身體上：「你們先……」

接著晴就不知該說什麼了，只好尷尬地笑笑，說：「You know……」

之後，晴便一溜煙衝去房裡吞藥丸。

晴的行爲被朗解讀成「生氣了」。這讓他更加愧疚緊張，肚子也跟著開始咕嚕咕嚕。

就在這尷尬的時候，一旁早已茫得渾然忘我的小天，忽然開始沒有意識地舔起朗的身體，可是舔的部份卻是朗的胳肢窩，讓朗忍不住狂笑。朗是很怕癢的。

在房裡吞藥丸的晴，聽到朗的狂笑，心裡不禁有點吃醋。

「怎麼可以這麼 High 呢？這個人是朗找的，一定是朗喜歡的菜。」晴不悅地想。

嫉妒眞是可怕的暈頭藥，讓人忽視了顯而易見的事實眞相。如果晴夠仔細想，就會注意到小天其實是自己的菜：斯文清秀型、略帶點文藝氣質，而且跟年輕時的朗還有幾分神似呢。可是這一刻他卻因嫉妒之火而完全忽視這些事實，混亂的腦海中同時浮現了好幾種聲音：

「他們認識多久了？」

「也許朗早想跟他做了，所以趁著今天約他來，那要我要做什麼？」

「我什麼時候該出去？」

「藥效好像要半個小時，要是小天或朗吹我吹了半個小時才硬，不是很丟臉？」

這些念頭此起彼落地在晴的腦海中湧現。

這時，晴忽然意識到外面的嬉戲聲離自己越來越近。原來小天發現朗怕癢，竟開始瘋狂追著朗、搔朗的癢，搞得朗只好四處奔竄。最後朗才想到把他交給晴是最實際的做法，反正晴已經生氣了，讓小天繼續去激怒他也無妨了。

於是朗跟小天衝進房間。朗自然躲到晴身後，一邊還持續傻笑著。小天則繼續發瘋，裝出恐怖的聲音高喊：「老鷹來了！」

晴注意到小天的老二已經槓了起來，直挺挺地，而且很漂亮。他已經很久沒看到活生生硬挺挺的年輕老二了，這個刺激讓他也跟著槓了起來。

小天衝上前去要抓朗，卻一陣暈眩，倒在晴的懷裡。晴抱著小天，兩人硬挺的老二碰在一起，起了奇妙的化學反應，晴開始眞的興奮了。這是多難得的機會！有朗的懿旨，他可以正大光明玩一個弟弟！於是晴開始發揮他的一身功力，一邊抱著小天，一邊伸手撫摸小天的身體，同時扭動屁股去跟小天的老二鬥西洋劍，一前一後突刺著。

朗看到兩人的親密動作，終於鬆了一口氣。只要晴玩得開心，他就滿意了。可是看到晴顧著小天，完全沒注意自己，又不免一絲失落。

這樣想的時候，晴忽然伸手抓住朗，把朗拉了過去。於是三個人抱在一起，耳鬢廝磨。朗見小天已經毫無招架能力，只能任由他們擺佈，無法採取主攻，於是便主動蹲下去，開始替晴跟小天口交。朗很注意晴的感受，所有的動作一定先服務晴，然後才去服務小天，而且服務晴的時間絕對比服務小天的時間要多要長。

晴也很細心，怕朗太累，便扶著朗站起身，換自己蹲下去服務兩人。可是晴畢竟是下半身思考的動物，小天新鮮粉嫩的老二還是比較能激起晴貪婪的佔有欲望，只是他的理智還在，知道不能冷落朗。

吹著吹著，晴越來越興奮，因爲過去的幻想終於成眞。他光想到自己居然眞的可以照筆記本裡的情節搬演，就已經開始流淫水了。

晴像捧著珍寶般把玩著小天的老二。他的尺寸一般，可是充起血來，一整根粉嫩粉嫩的，硬實度也非常夠，有隨時都要噴發的感覺。晴只要稍微玩弄幾下，小天的老二就會自己一翹一翹的，讓人看了很興奮，似乎在訴說著永不低頭的青春意志。

是的，年輕的肉體這樣吸引人，不只是身體的新鮮度、緊實度，還有讓人浮想連篇的情色度。晴開始玩起他好久沒玩的「身體實驗」——在陌生的「國度」裡，尋找對方的性感帶。時而輕捏鼠蹊部、時而按壓會陰處、時而用舌頭猛攻龜頭、時而用手指刺激老二的根部。隨著每個試探的動作跟對方身體的擺動，熟悉對方身體的新大陸。

這時，小天突然蹲了下來，開始替晴跟朗服務。嚴格說起來，小天技巧並不出色，甚至不太會用嘴唇包住牙齒，有時還太過用力，讓敏感的龜頭略感痛處。但是晴跟朗第一次性交過程中可以這樣「閒來無事」看著對方，感覺甚是有趣。

朗望著晴，不知他此刻正想著什麼？朗心緒澎湃，一方面擔心自己等會的表現，另一方面又想著今天只要晴快樂就好；但又想到這是小天的第一次，也要讓小天盡興才行；最重要的是，看著忘情陶醉的晴，朗深怕晴的魂就此被勾走。

而晴爲了避免尷尬，便閉上眼睛享受小天的口技。很久沒被陌生人吹了，上次被陌生人吹也是三年前出差去日本的事了。這一刻他無法望著朗，看到朗專注的眼神會讓他整個失去玩樂的興致。

而小天大概太想表現得不一樣，又是第一次同時吹兩根老二，所以變換速度跟口交的時候顯得粗魯。他把自己看過的G片情節都搬演出來，還用他們的龜頭對著龜頭互相磨蹭。雖然小天弄痛他們好幾次，但看到他這麼賣力在取悅自己，他們也不好表現出來，只好默默感受小天的手感。當小天拉著他們靠近對方時，兩人就趕緊自己往前，免得小天拉痛自己。晴抱住了朗，開始跟朗接吻、愛撫，而小天則不斷用兩人的龜頭互相磨蹭。小天覺得這實在太有趣了，晴也因此流出了大量的淫水。

這時晴主動拉著小天站起來，三個人躺上了床。沒想到小天不知哪來的天外一筆，突然就把朗的腿抬了起來，舌頭直接往朗的屁眼攻過去。朗一陣驚訝，因爲晴已經很久沒這麼粗暴地對待自己了。朗對自己的身體很明瞭，他第一個瞬間想到的是剛剛不斷在放屁，自己的小菊花會不會殘留令人不舒服的餘味……

但不想還好，一想肚子又緊張了起來！朗立刻飛也似地翻起身、衝向浴室。一坐上馬桶，伴隨突然一陣爆響，朗開始狂拉肚子。這串聲音異常響亮，朗自己也是一驚。

門外傳來小天的笑聲，朗不禁感到尷尬，趕緊開了水龍頭，用水聲蓋住後面的噴發聲。在一陣噴發過後，他才想起來今天早上爲了晚上的活動，他特別吃了很多高纖食物，好在遊戲開始前清乾淨腸胃，沒想到下午一連串意外突發，讓他壓根忘了要去清潔自己肚子的事，加上緊張性的腸躁症，現在才會這樣火山爆發。

朗害羞得臉都紅了起來，思緒亂成一團。「希望剛剛的屁沒有噴到小天的臉上」、「希望小天不要覺得我是怪胎」之類的想法猛烈地撞擊自己的腦袋。忽然朗想到，剛剛的「爆發」那麼大聲，一定會成爲小天回憶裡最大的笑點。光是想到這裡，朗就想挖個地洞鑽進去。

爲了挽回局面，朗急忙找出放在廁所的iPad，傳了一封訊息給晴：「拜託，我不想成爲明天PTT甲版上鄉民討論的笑柄，請好好『搞定』小天，今晚他才是主角。」

傳完後，朗才鬆了口氣。等確定肚子裡的東西清乾淨了，才慢慢關上水龍頭，然後沖了個澡，一邊注意聽著外面的動靜。

突然，朗聽到一陣嘔吐聲。他趕緊開門衝向房間，眼前的景象讓他當場目瞪口呆：只見小天趴在晴身上，對著晴的老二大吐特吐，嘔吐物濺得到處都是，更別說朗爲了今天特別換上的全新絲質床罩組。

被吐得一身的晴呆坐在床上，一臉錯愕。朗則馬上恢復鎮定，先去扶著小天進廁所，讓小天趴在馬桶上。在房間的晴這才反應過來，快速用被單擦了擦身體，再用被單包住嘔吐物、拿去髒衣籃，然後趕去廁所看小天。

小天已經變成乾嘔。等小天嘔完，朗就扶著小天進浴缸，幫小天沖澡。朗看了晴一眼，晴馬上知道朗的意思，快速回臥房換上一套新的床罩組，而且這次他故意挑了一套最舊的，怕小天要是再吐一次，朗可能眞會拿襪子塞住他的嘴，把他踢出家門！

小天洗好後，朗拿乾淨的浴巾幫他擦拭了身體，然後扶他坐在馬桶蓋上，用吹風機快速地吹乾他的頭髮。從頭到尾，小天始終低著頭，分不清到底清醒沒。

晴換好床罩後，過來幫朗扶小天到臥房床上，兩人一起把小天擺好、蓋上被子。之後兩人套上睡衣，悄聲離開臥室，還不忘把門帶上。一走出臥室，晴和朗就相視而笑，而且一笑就無法停止。

接下來呢？眼下玩3P是沒希望了，晴於是泡了兩杯茶，拿到客廳。今天眞是荒唐的一天！朗雖一臉疲倦，但握著手中這杯熱茶，似乎一切都値得了。

晴挨著朗坐了下來，喝了一下茶，順便告訴朗剛剛發生的事。

原來朗的屁聲太過震撼，讓小天笑到在床上一直翻滾。大概太興奮了，所以一直翻滾的結果就是酒意整個衝上腦袋，讓小天突然一陣天旋地轉。本來晴想讓小天休息，沒想到小天卻自己爬到晴的身上，低聲說：「我要！現在就要！」，之後便含住晴的老二瘋狂地吸了起來，還做了幾次深喉嚨的動作。不做還好，一做就引起反胃，接著就是朗看到的景象了。

兩人互看一眼，交換了一個會心的笑，然後放下手中的杯子。朗習慣性地依偎到晴的懷裡，這才驚訝地發現，晴居然還處在勃起狀態！

朗瞪大眼睛不敢置信地看著晴：「不會吧！都這樣了你還可以勃起？這樣很禽獸耶！」

晴臉紅了起來，小聲地咕噥了一句。朗沒聽清楚，於是晴又小聲在朗耳邊說了一次：「其實我剛吃了『奇淫合歡散』，才會這樣的……」

朗笑了出來：「什麼？你吃了什麼？」

「你知道的……我怕表現不好……」晴的聲音越來越小聲。

朗一意會是什麼意思後，立刻笑到無法自拔。晴有些不開心地低喃：「一點也不好笑……這還眞是個大驚喜……」

朗止住笑。他一向拿捏分寸拿捏得很好，有些笑話是怎樣都不能開的。

「所以你打算怎麼辦？」朗斜著眼看晴，一邊抿著嘴止住笑意。

晴露出淫笑：「根據武林秘笈記載，吃了『奇淫合歡散』如果不讓精血出來，會全身奇癢難耐，最後充血身亡！」

朗忍不住又笑了出來。晴也跟著笑了。接著，朗很深情地吻了晴一下，而晴也深情地回望著朗。

「謝謝你費心的安排。」晴溫柔地低語。

兩人又擁吻了起來。一切是這麼柔和、安靜。

朗用手去觸摸晴硬得發燙的老二，輕柔地來回搓弄。然後兩人喬了一下姿勢，很有默契地開始69起來。兩人完全不需要再去試探對方的身體反應，就知道彼此的好惡——朗喜歡晴吸吮他的肚毛；晴則喜歡朗用嘴巴含住自己的龜頭，然後用大拇指跟食指旋轉自己龜頭冠的部份。兩人的動作都很溫柔從容，互相安靜地吸吮著彼此。在感到對方身體整個柔和後，朗就擺好一個自己最舒服的姿勢，讓晴順利地進入自己。不知爲何，也許因爲剛剛的那場意外，讓這一刻的所有感官都被放大了。朗已經很久沒有感受到晴的這種熱情，而晴也可以感受到朗的興奮。但一切都很平和地進行，沒有太過張揚的激情或戲劇化的快感，只是很純粹享受彼此身體的熟悉度跟溫暖。

兩人做完後，躺在沙發上互相擁抱。朗很喜歡這種時刻：感受晴從後面抱住自己時，鼻息所帶來的溫度。這讓他感到很安心。

兩人又躺了一會兒後，才起身一起去洗澡。朗看到晴還是堅挺的老二，覺得太有趣了。已經好幾年沒看到晴這麼性致「高昂」了！

於是朗開始玩弄起晴堅挺的老二，但晴此時已經渾身沒力，懶洋洋地說自己真的累了。兩個「老人家」體力真的已經到上限，朗自己其實也開始打呵欠。回不了臥房的兩人便一起走向客廳，就著小沙發抱睡在一起。本來有個陌生人在家裡，朗是不可能安然入睡的，但是這一刻，他卻如此安心。甚至不用去喬好位置，兩人就能立刻躺成彼此最舒適的角度。

以往都是晴會先入夢，然後朗數著晴的鼾聲入睡。今晚，朗數著晴的心跳聲，感覺晴的老二還頂著自己的屁股，然後很安穩地沉沉入睡了。

9

朗醒來時，已經是早上七點多了。

他走去臥房，但卻沒見到小天的身影，只看到被小天鋪得整齊方正的被子。看著空蕩蕩的床，朗有點悵然若失。

晴也跟著起來了。兩人互看一眼，不知該說什麼。

「……想吃什麼早餐？」晴有些遲疑地問。

「隨便吧。」朗回答。

晴於是走向廚房，洗起碗盤準備早餐。

趁晴在忙，朗打開自己的手機。沒多久，就收到小天的簡訊。時間是凌晨四點。

朗：

實在很抱歉這樣不告而別，可是我昨晚的表現真的好丟臉，實在不知該怎麼面對你們。感覺我好像破壞了你們的週年紀念日，等我想好，再送上禮物好好補償你們！

出門時看到你們甜蜜地抱在一起入睡的樣子，讓我深受感動，忍不住激勵自己，也要找到屬於我的「晴」天！

其實我很高興我來了。謝謝你邀我參加，讓我看到了，原來同志圈也有這樣長久關係存在的可能……

最後套句被用爛的廣告詞，但卻是我最真心的祝福：

「一定要幸福喔！」

等你們二十週年時，我會送上大禮的。放心，不會是我自己XD

小天

朗開心地把簡訊給晴看。晴看完也露出甜蜜的笑容，伸手摸了摸朗的屁股，溫柔地說：

「謝謝你的安排，但明年我想我們還是傳統一點好了。」

朗笑了笑，搶過晴正在洗的碗，用頭往洗衣機的方向點了一下。晴只能苦笑，他知道家裡的分工準則，凡是朗不想做的，都是所謂的粗重活，該由自己負責。而現在這個粗重活就是清理小天昨夜的嘔吐物。已經隔夜了，想必「發酵」得慘不忍「聞」。

晴悲壯地走向洗衣籃，突然記起自己年輕時在金馬影展看過的一部電影：《慾望殘骸》。這一刻，這個片名如此清晰地浮現腦海，與眼前即將面對的慘況互相輝映。

而朗一面洗著碗，一面想著，下午眞的該跟晴去健身房了……

全部幹掉

1

我是個性慾很強的雙性戀者。五專之前我只交過女朋友，到念二技時因爲單身了一陣子，又沒錢交女友，那時也沒網路，不像現在這麼容易找一夜情對象。於是機緣巧合下，我發生了第一次的同志性行爲。

我的第一次同志性經驗是跟一個長相白皙、個頭矮小，有點像女生的同志──小慈，他是跟我一起打工的工讀生。發生的那晚，我們這批打烊班比平常晚打掃完，當我們準備回家時，他的摩托車突然發不動了，於是央求我載他回家。本來我只打算載他回家後就自己回家，但在我摩托車上時，他藉口手冷，就將手放進我的外套口袋，還將整個身體貼著我。一開始不太習慣，接著我慢慢感覺到他的手指似乎透過我的口袋，在我大腿上來回移動。其實隔著厚厚的冬衣，我的感覺不是太強烈。但我突然記起另外一個打工仔阿草曾抱怨過，有次小慈帶他回家過夜，結果晚上阿草睡覺後，小慈竟對阿草下手，用手幫阿草打手槍。阿草在一半時就醒來了，但怕尷尬，就繼續裝睡。

之後他就離小慈遠遠的。但我問他爽不爽呢，他尷尬地笑笑說，第一次被人家打槍，感覺挺特別的，如果不爽，他早把小慈踢開了。

那時我已經沒性生活一陣子了，每天都靠雙手解決，有時一天要打兩次，已經有點厭倦自己打槍的感覺。想起阿草的話，我的色心便點燃起來。

於是，到了小慈家門口時，他問我冷不冷，要不要直接睡他家時，我假裝猶豫一下，就說好。我想他晚上會幫我服務吧。

晚上洗完澡後，我便故意只穿著三角褲出來。我知道他一直在偷瞄，我也假裝很累，馬上就躺上床，並且假裝睡覺。

其實我因爲色心起了，一直處於勃起狀態，但他實在洗澡洗太久了，我竟迷迷糊糊眞的睡著了。不知睡了多久，忽然我感覺到有一隻手在來回弄我的屌。我驚醒過來，猛然張開眼，一回神我就想起來，一定是小慈在替我打手槍。我於是不作聲，將眼睛閉上，享受他的手技。

他的手技眞的不錯，用了很多花招，不像我只會用力快打。我享受著，但馬上想要更多。我懷念屌被濕潤的舌頭舔、被嘴巴含住的快感，於是用手壓了一下小慈的頭。他顯然被我的舉動嚇了一跳，因爲他的動作整個停了下來。我又用手去按了他的頭一下，他才頭也不抬地含起我的屌。

我永遠記得那一刻的感覺，就像我第一次插進女生屄的感覺。雖然嘴巴沒這麼緊，但那種感覺很奇妙，也許因爲我知道吸我的是一個男的，所以感覺特別興奮。一開始他只是在舔我的大屌，然後又吸了一下，我就受不了了，於是一把壓住他的頭，把他的嘴巴當成一個洞猛幹。我幹了幾下，感覺他想掙脫，我就用力抓住他的頭髮，整個人更來勁地猛幹他，似乎是有點洩憤的感覺。他似乎被我的狠勁嚇到了，索性停止了掙扎。沒幹了幾下，我就忍不住整個噴射在他嘴裡。我射了很多，由於我每天都打槍，所以一般量都不會太多，但這次我可以感覺我噴射了好幾次，而且最後一次，他的喉嚨卡在我龜頭冠的部份，幫我做了幾次深喉嚨，讓我特別爽。我不知射了多久，直到感覺大屌停止了噴射的動作，整個人就癱軟在床上，手也跟著鬆了。小慈馬上起來跑去廁所，我聽到他似乎在嘔吐的聲音。我沒理他，去拿了桌上的衛生紙，擦乾淨精液後，就躺回床上睡了，因爲我也不知該怎麼面對他。說「對不起」

嗎？還是說「謝謝」呢？

我躺上床回憶著剛剛的刺激感，他隔一陣子出來時，我已經快睡著了。

那晚我們各自入睡。但之後，我就開始了我的雙性性生活。當我需要時，就會找上小慈，他永遠不會拒絕我。

他帶著我的人生進入了另一個高潮。

2

自從第一次以後，小慈就成為我的發洩對象。當我想發洩，又不想打手槍時，我就去小慈家睡覺。有時他會問我要不要載他回家，有時我也會主動問，這似乎成了我們之間的暗號。但通常他主動問我時，我即使很想，有時也會拒絕。我故意用這種方式控制我跟他之間的關係，因爲我不要他覺得他可以利用性慾控制我。

每次去他家，我們的模式都是我先洗澡。洗完澡後，我就穿著內褲上床躺著，他自己弄好就會過來開始幫我服務。我從不主動開口要求他幫我做什麼，也不會去示意他可以開始了。我故意讓這一切就好像第一次那樣，是他在騷擾我。

現在想起來，我的確對他很殘酷，畢竟那時我還沒辦法眞的接受自己跟男人發生性行爲。我覺得同性性行爲是很變態的，大概是我不想去面對眞實的自己吧。

但越是逃避，我們之間的性就越激烈，也越變態。

漸漸的，我習慣了小慈替我口交跟打手槍的方式，久了也就沒當初那麼刺激。有幾次小慈故意用他的屁眼來蹭我的屌，來回轉，但我就是不肯進去。即使我的確想過跟女生玩雞姦這一套，但感覺插了男生的屁眼，我就眞的變成一個回不了頭的變態了，於是我一直不肯進去。

後來我又交了一個女友，於是開始有三個月時間都沒跟小慈怎樣。我知道小慈很不開心，但我們從沒討論我們的關係，我也就覺得不必爲此歉疚。

直到一次，我跟小女友吵架。我小女友是個處女，堅持只肯幫我打手槍，最多上到三壘，讓我吸吸她的乳頭，就這樣而已。但處女總是很能吸引我的興趣。那次吵架吵得很兇，我心情不好，便去了小慈家。

我在他家門外敲門敲了很久，他都沒開門。我知道他在家裡，所以一直敲，越敲越大聲，直到隔壁的房客都探出頭來，但我根本不管。一陣子後，小慈大概怕他們向房東抗議，才將門開了一條縫。但是他沒打算讓我進門，只是冷冷地叫我走，他不想見我。我根本不管他，就用力撞門，門一撞就開了，小慈一個踉蹌往後倒。

我進去，立刻先惡人告狀，擅自搜起他家，粗聲粗氣地質問：「你家有別的男人？」

他說：「關你什麼事？」

他一面拉我一面推我，搞得我很氣，用力推開他。

「滾出去！」

他對我大吼。沒想到這句話激怒了我。

「你不懷念我的大老二了嗎？你不是很癢，一直想我進去嗎？」我嘲諷他。

他繼續推我。這時，我不知發了什麼瘋，猛然一把拉住他頭髮，把他往床上推，然後就整個人上去壓住他的身體，不讓他反抗。接著我就開始脫他褲子，他很努力反抗，但越反抗只讓我越興奮。我拉下自己的褲子，我的屌因爲知道我要雞姦他而翹得老高。

我看到他的屁眼就想插進去，但我沒這種經驗，不知道肛門跟女性陰道結構不同，根本沒辦法這樣就進入。小慈很緊張，大概是因爲我眞的很用力，讓他嚇到，而我根本不管這麼多。我看到了一個洞，我只知道我要征服它，我要用我的大屌操到他哀哀叫。

我試了幾次，都沒順利進入。越是這樣，我越想進去。於是我站起來，將小慈屁股往上拉高一點，然後又一次刺入，這次龜頭部份進去了一點。小慈痛得大叫。我的龜頭其實感覺很緊，但這讓我很興奮，畢竟那時我已經大概九個月沒進入過女體了，只能靠女人的嘴巴發洩。小慈的屁眼緊緊地掐住我的龜頭，讓我爽得不得了。

但是我停了一下。因爲我不能太過興奮，如果強姦犯早洩，這才是最好笑的笑話。我忍住一會，然後又一鼓作氣往裡頭猛刺。小慈再度痛得大叫，而我整個陰莖已經完全刺進了他的肛門。那種感覺很特別，我眞的差點噴了出來。我有點受不了這麼緊，加上小慈一直在掙扎，即使我能控制自己，也控制不了他的身體。我努力穩住自己，不讓自己太早射出來，並且更用力地壓住小慈。我不想讓他動得太快，讓我不能控制。我一直忍耐著陰莖的疼痛到我可以忍受時，才開始慢慢抽插。我沒辦法抽插得太快，因爲這眞的是我碰過最緊的洞，我不大有把握控制得住自己。

小慈被壓得停了一陣，隔了一陣又開始掙扎。他喘著氣，我可以感受到他越來越賣力地反抗，而我越來越控制不住他的身體。於是我開始將整個身體力量往他身上壓，這樣可以暫時控制住他，也讓我的陰莖不這麼痛。接著我喬了一下角度，找到一個最不痛的角度抽插兩次，發現慢慢變得比較順暢了，便開始猛力地抽插。我抽插得很快很猛很大力，小慈的反抗沒這麼大了，可是我卻越來越不能控制自己，才一下子，我就感到我要噴了。我用力頂了進去——後來我才知道我應該頂到了他的直腸壁——小慈大概因爲疼痛用力掙扎，卻讓我噴的量更多。雖然我是內射，但我可以知道我一定噴了很多很多的量，因爲那陣高潮持續了很久，我想是我有性經驗以來最久的一次吧。（以後即使我習慣了同志性行爲，越來越能掌握技巧，但也沒這次高潮帶給我的震撼感）

我不知噴了多久，直到陰莖整個停止抽動，我才躺到小慈身上，整個壓著他。我大口喘著氣，那是我第一次看見他的眼淚，他的眼淚無聲地流了整臉。而我只是閉上眼，回想剛才的高潮。

我忘了這樣的姿勢維持了多久，小慈動了一下身體，推開我。我看他走進浴室，而我就起身，穿好衣服（很快，因爲我只將褲子拉到膝蓋處）。然後我走到浴室，看到他在洗臉，我原本想說什麼，卻還是沒說，就走了。

那次之後，我正式進入了這個慾望城國，再也回不了頭了。

3

與小慈肛交過後，那種高潮讓我遲遲無法忘懷。但我不敢去找他。一方面我強姦了他；二方面，我那時還不太敢正視自己可能是同志的事實。

所以大概有一個月我避開小慈，故意跟其他人換班，專挑小慈沒班的時候上夜班，然後靠著回想那夜的高潮來打手槍。

忘了過了多久，我又碰到小慈。那天，我下班後忘記拿東西，回去店裡時碰到他。他沒說什麼，只說自己換地方住了，我之前聽他講過，他一直想換個有窗戶的房間。當我要離去時，小慈在我手中塞了一個字條，上面是一個地址。

一天，我跟哥兒們喝完酒，有五分醉吧，聽著那些男人吹噓自己最近的幾次精彩性經驗，讓我有點不爽。

「幹！老子玩過玻璃的屁眼，你們誰敢？」

我在心中大喊，但我始終沒說出口。

那夜我趁著酒膽去找小慈，到他那裡時，我已經醉得差不了，倒頭就睡在他床上。

中間昏昏沉沉地醒來一兩次，我知道他又開始吸我的屌，但我根本沒什麼太大的反應，甚至不知道我有沒有出來。大概凌晨五點多，我醒了，全身赤裸，衣服都被丟在一旁。我頭很痛，起來去廁所，看見我的上衣被洗過晾在廁所，猜想自己大概吐了吧。

我回到床邊時發現小慈也光著身體，我看到他的屁股，便走了過去。這是我第一次面對一具赤裸的男體，以前都是我裝睡，小慈自己來服務我。我坐到床邊，看著小慈的裸體，我實在不能說我喜歡他的肉體，他非常瘦，又異常白皙，我唯一能接受的是他跟女生差不多的特質，讓我能說服自己不是個心理變態。我想去摸他，又覺得這樣做很變態，但我看著他光溜溜的屁股，居然就想到那夜在他體內的高潮，忍不住又勃起了。

我用手去套弄自己的屌，看著他的屁股，然後走去翻動他的身體，握著他的手，讓他的手握住我的屌，再上下套弄。但根本一點興奮感也沒有，我終於忍不住，用手去摸小慈的屁眼。我摸了一下，就收回手。

就在這時，原本只是跟著我上下無力套弄的小慈，卻忽然伸出另一隻手拉我的手，往他的屁眼探過去，用我的手指來回碰他的屁眼。我知道他的意思，於是試著用中指在他屁眼外圍繞圈圈，再試著插入。這時我感覺他的另一隻手對套弄我的屌有了比較熱切的回應，顯然我做對了。但屁眼實在不像陰道，會因爲摩擦而流出淫水，沒有潤滑的效果。我想了一下，便試著用中指插了進去，但沒有潤滑，小慈顯然沒有太舒服。這時，他鬆開了我的屌，然後往自己的手上吐了一口口水，再用沾了口水的手重新套弄我的屌。我雖然自己這樣打過槍，但別人這樣對我還是第一次。有點溫熱的口水，加上潤滑的效果，使我的興趣被激了起來，屌又更挺更大了一點。於是我學著小慈，喬了一下坐姿，靠近小慈的屁股，然後往他的屁眼也吐了一口口水。我看到小慈的屁股扭動了一下，這個動作竟讓我興奮，大概我知道自己做對了吧，於是我抽出中指，用中指去沾了小慈屁眼上的口水，再次刺入。這次小慈的屁股開始自己慢慢動了起來，看到他屁股的扭動，讓我很興奮。

小慈開始發出微微的呻吟聲。他張開大腿，暴露出他也勃起的屌，我第一次這麼正視他的屌，原來他這麼瘦，但勃起的屌也不小，跟我的差不多大，但看到他這麼巨大的屌，只讓我有點倒胃口。小慈看我沒動作，便自己用一隻手去玩自己乳頭。我有點不知該怎麼做，除了好好幹他屁眼，我對親吻他的身體，或所謂的前戲根本沒興趣。小慈的屁股扭動得越來越大力，我的手指掉了出來，他也不再替我套弄，反而玩起自己的屌，然後把屁股對著我，一隻手玩自己的屌，另一隻則伸出中指往自己的屁眼插進去，居然開始在我面前自慰起來。

他自慰的樣子很淫蕩，我第一次聽到他發出淫叫。以前他替我口交時，都是我在叫；上次強姦他，他也只是發出痛苦的叫聲。這次，他卻發出了我從未聽過的淫叫，而且故意學女生那種淫叫，不是很大聲，但是很催情。

他越玩越激烈，屁股也越扭越大力，我的屌也跟著越來越硬。接著他往後退，用手握住我的屌，用力地來回套弄了兩下。我知道他示意我進入他，我起身正準備要幹，他卻忽然從床頭櫃裡拿出一罐東西，往我的屌上擠出那涼涼的液體。我的屌瞬間因爲冰涼，而翹得更高。他又沾了一點往自己屁眼塗去，然後像表演特技一樣，讓他的屁眼在我面前一開一闔。

看到這畫面，我終於受不了刺激，起身用力插了進去。這次大概是因爲小慈的配合，我很順利地就進入了他，那種很緊的感覺再次襲來，我用手穩住了他的屁股，直到我可以忍受爲止，才慢慢開始抽插。我一面抽插，小慈也配合地扭著。我不知過了多久——應該沒有太久，因爲小慈的屁眼眞的很緊，我無法像插入女性陰道一樣這麼持久——小慈突然停住，也示意我停住，然後他不知怎麼弄的，來了個大轉身，把我推倒。我的陰莖掉出他的肛門，他整個人往我身上坐了上來，我來不及反應，他已經喬好角度，一屁股坐上了我的屌。這個姿勢其實很爽，但我實在很不習慣，因爲我不習慣看著小慈正面全裸的樣子，但現在他的屌就正對著我的臉。然而小慈根本不管我，開始自己上下搖動起來，我只好轉過頭去不看他的屌在我面前晃動。

小慈動得很快，很有技巧，同時又很會淫叫，加上我不想一直看著他的屌晃來晃去，所以沒多久我就出來了。我要出來時，抓住他的屁股，整個人坐了起來，用力向上插入他的屁眼，插了幾次就噴發出來。然後我就倒下來，小慈也順勢趴在我的身上。

我躺著喘氣，酒意再次襲來，我完全不想動。我忘記我是否失神了一分鐘，再次驚醒是因爲小慈發出淫叫聲的關係。我抬起頭，看見他仍坐在我的腰際，自己打著槍，發出劇烈的喘息聲。我還來不及反應，他忽然就射精了，精液就這麼往我射了過來！有一些甚至噴到我的臉上！我非常生氣，一把推開他翻身坐起。他被我推開完全沒有生氣，反而笑得很開心，笑得整個人躺在床上。我憤怒地起身去廁所洗臉。

我洗完臉時，小慈湊過來要親我，我一把推開他，把他往床上推去，但他仍笑得很開心。我看到他的變態反應，非常不爽，穿起衣服要走。

小慈得意地在我身後高喊：「這次是我強姦你！」

我心裡很不舒服，穿好衣服瞪了他一眼，就離開了。

4

我和小慈的關係開始是出於畸形，也就一直這樣持續下去了。

一開始是他主動偷摸我，後來是我強暴他，再來是他激我。我們的關係從一開始，便註定是這樣糾結而扭曲的發展。

我們每次的性愛都很狂野，他似乎很喜歡我來硬的。我們也幾乎沒有所謂的前戲，因爲我根本不可能去親吻他。不要說嘴唇，連他的胸部我都有障礙。我只在乎他那緊緊的屁眼，一個可以供我發洩的洞。

我忘記我們第三次的性愛是怎麼開始的，不過大概的過程，就是我去他家睡，他爬過來偷摸我，然後我就強暴他。會開始用強暴這種方式是因爲，每次他幫我吹硬後，就會在我耳邊呢喃：「強暴我！」

我並不是每次都想要用強的，但只要我照一般程序要進入他時，他就會又踢又叫，很用力地打我。他很懂得激怒我的方法，總會激得我非強來不肯。然後做完愛，兩人都精疲力竭時，又都有很爽的感覺。

但我再也不在他那裡過夜。每次做完愛，我就趁他起身去廁所時離去。也許我始終無法面對他跟面對自己吧。

我們大概一週會做愛兩次。即使他會放同志色情片給我看，我也偶爾會瞄到，但我根本不可能去舔肛，最多用手指去摳他肛門。而且除了他的肛門，我拒絕碰他任何地方。每次我出來後，他就躺在一旁自己打出來，而且他會故意叫得很浪，有時還會故意將噴出來的精液弄到我身上。他知道我恨這種感覺，我討厭被另一個男人精液沾到的感覺，他那樣只會激怒我，但我越生氣，他就笑得越開心，我下次就會越用力地強姦他。

我印象最深刻的一次，同時是跟小慈的最後一次，也跟強暴有關。

那時我已經快要去當兵了，我下班後去他家，他拿一瓶可樂給我喝，我不疑有他，他家冰箱的飲料我都是隨手拿來喝的。但那天喝完後，我洗完澡，竟然就睡著了。

我醒來時，發現我的手被銬在鐵架床的鐵架上，全身光溜溜的，嘴巴裡塞了一塊布。我嘗試用力移動手銬，讓手銬撞擊床架，盡可能發出最大的噪音。我第一次被這樣銬著，心裡有非常不好的預感，感覺他會對我做什麼可怕的事。

終於，我看見他從浴室走了出來。他滿臉笑容，光著身體，將勃起的屌在我面前晃來晃去，甚至用屌來搓弄我的臉。

然後他用手把我的屌打硬。我不知爲何，即使心裡有一絲緊張，我的屌依然非常的硬，甚至比平時還硬。接著，他忽然一屁股坐了下去。這時我們已經有非常豐富的肛交經驗了，我知道用潤滑劑，讓進入時比較不痛，但這次他居然沒用潤滑劑，就狠狠地坐了下去。我的龜頭突然整個被緊緊地壓住，很脹很痛，卻無法射精。我從來沒這麼痛過，忍不住發出一聲低沉的怒吼，我發覺那反而刺激了他，他開始非常快地上下擺動屁股。我必須承認，雖然那非常地疼痛，但也非常地爽快。然後他轉過身，面對我，用手指狠狠地捏我的乳頭，非常用力，我忍著沒發出聲音，但我的眼神告訴他我會殺了他。

誰知，他像是被我刺激到了，竟低下頭咬我的乳頭！他是眞的發狠在咬，我痛得發出低吼，然後更狠地瞪著他。我可以感覺我的乳頭破皮了。

他狂笑起來，更加用力在我的屌上下擺動，直到我出來爲止。

結束後，他走到我面前，在我面打起槍來。我知道他打算對我顏射，我認了命地閉上眼睛，至少眼睛不要被精液沾到。沒多久，我就感到臉上一陣熱熱的液體。我恨死這種感覺了。

我等了一下，發覺他沒有意思想要鬆開我，於是我又開始大力地上下撞擊手銬，發出巨大的聲音，沒想到他居然用毛巾包住手銬，減少了聲音。我狠狠瞪著他，他居然朝我吐了口口水，然後狂笑著離開我的視線。

我憤怒了很久，但又因藥效而昏睡了。再次醒來時，他又在用手狂套弄我的屌，非常快速地，我的屌不知被他這樣套弄了多久，就射出精液了。但其實我的屌已經脹得非常痛，早就過度使用了，以往只要打槍超過三次，就會有這種不舒服感。而我還感到精液在我臉上乾掉後的不透氣感。沒想到即使這樣，他還是不肯放開我。

這時，我最怕的事發生了，他居然把我的身體轉向一邊！我原本沒什麼掙扎的大腿立刻開始狂踢，我知道他要攻擊我的肛門，那是我的禁地，他以往會挑釁地想用手指去碰我肛門，我都非常生氣地打開他的手。這次我無法反抗了。他用身體壓住我的腿，讓我扭成一個非常不舒服的姿勢。我聽到他吐一口口水的聲音，然後感覺肛門濕濕溜溜的，接著就發現他的手指在我肛門邊徘徊。我努力不動，我知道越掙扎，他就越開心地想玩我，於是我閉上眼，等著這一切的羞辱都過去。他用手指插入我的肛門，我痛得要死，甚至不知道他插入幾根，只知道很痛很不舒服。我懷疑他怎麼可能喜歡當零號，根本一點也不可能感到舒服。不知過了多久，他又開始玩我已經疲憊的屌，強迫我又射了一次，但那應該只是水了吧。

我就被這樣擺著，在羞辱和痛苦中昏睡過去。我再次醒來時，手已經被鬆開了。

我搖搖晃晃地起身，看到他睡在一旁。瞬間，滿腔的怒火和恨意貫穿我全身。我立刻拿起桌上的手銬，粗魯地將他反銬。他痛得驚醒並且大叫，但我知道這正是他要的，他要我強暴他，而且是狠狠地強暴他，否則他大可以離開，但他卻睡在這裡，等著我發洩怒火！

我眞的很用力地強暴他，把他整個人倒栽蔥一樣地放著，然後從上面去強姦他。我非常非常用力，而且我前面已經射過三次，現在根本痛得無法射精了。我搞了一陣子，連自己都累了，就趴在他身上休息，但我一休息，他就叫醒我，嘲笑我沒力了。我那次居然眞的賞了他一耳光，他卻還是笑，於是我又更用力地幹他，他卻越笑越開心。

我不知那次瘋狂的強暴持續了多久，因爲我根本無法射精，就斷斷續續一陣一陣的雞姦他。直到最後太陽出來了，還是無法射精，我也累了，最後我起身，穿上衣服。在離去前，我才鬆開他的手銬。然後不管他在我身後叫罵，頭也不回地離去了。

我再也沒回去他那裡，因爲我感覺到他生命裡巨大的黑洞不是我能塡滿的。而我生命裡巨大的黑洞，也才剛開啓而已。

5

接下來就是當兵的日子。我的性慾還是很強，主要是因爲我是陸戰隊的，體能被操到我人生的極致，每天跑五千是家常便飯，伏地挺身至少也是兩百下起跳。一開始以爲這種極致的體能訓練可以減少我難耐的性慾，沒想到當身體習慣時，性慾就更高張了。下部隊後，我每天都會打手槍，可是很痛苦，因爲我很少有獨處的時間，我們的浴室是沒門的那種，我無法安心地玩弄我硬邦邦的屌，只能速戰速決。唯一比較長的「擦槍」時間是站單哨時，一個人在油庫那種地方，一待就是兩個小時，也不會有人經過，比較可以盡興地玩。我甚至用過冰涼的眞槍去摩擦肉槍，可是快感也不能持續太久。我想盡各種其他方法，但能得到的興奮感實在有限，玩久也都膩了。

跟大家混熟後，我開始跟軍中的弟兄去嫖妓，平均兩週會去搞一次。我不知道其他人的狀況怎樣，但他們常笑說我一定是故意裝久，因爲我每次一節都覺得不夠爽，一開始都搞兩個小時，後來爲了不讓他們等（他們多半買一節，大概一小時），我就都控制在一節半。我眞的聽過我們常去的幾家，後來有幾個小姐都怕我，因爲雖然我付比較多錢，但他們說跟我做完，那天也別想接客了。我其實聽了很爽。

但妓女玩久後，也就沒趣了。因爲我沒碰過盡職的妓女，他們大部份都像死魚一樣攤在那裡，連叫床聲都比日本AV的女優還假，讓我不是太愉快。

我開始懷念小慈那緊緊的屁眼，而且他很會玩也很敢玩，口交技巧更是一流，又毫無羞恥，什麼都敢做。我記得有一次他甚至叫我尿在他的身上，我覺得太變態，沒這麼做。

隨著對屁眼的懷念越來越強，我開始注意起我們連上的一個二兵阿漢。他是南部人，一副忠厚老實樣，體能一級棒。他剛進來時，健壯的身材引起其他老兵的注意，想故意電他，就跟他比伏地挺身，沒想到車輪戰還輸給他。事實上他一直死做，到第二天還去醫務室看肌肉酸痛。那時起我就注意到他。

我剛開始很抗拒，因爲他跟小慈一點也不同。跟小慈在一起時，我根本把他當女生在看，我不用去面對自己內心對男體渴望引起的焦慮。但是認識阿漢以後，我驚訝地發現，他發達的肌肉跟男子氣概也非常吸引我。

他會開始跟我走很近，也是因爲我被慫恿著去電他，跟他比腕力、比跑步、比伏地挺身。我們一共比了五項，我最後險勝一項，於是他老是找我，說要再跟我比。也許是因爲我沒特別想電他，不像其他老兵一樣難搞，他也覺得我體能不錯，所以也慢慢跟我越走越近。

他升上一兵那天，當晚就憨憨地拿著臉盆，興高采烈地跟著我走向浴室，說總算可以跟我一起洗澡了。我們那邊不同兵階是不能一起洗澡的，二兵洗澡的時間最短，限制最多。

那是我第一次看到他裸體，他大概以爲自己還是二兵，三兩下就脫下衣服，開始快速地抹肥皂，像洗戰鬥澡般。其他老兵都拿他身材開玩笑，因爲他眞的很壯，屁股又很翹，最引人注目的就是胯下那一坨肉，很巨大，讓人想不注意都不行。老兵們有聽過傳言，都以看好戲的心態看他到底多大，有一個甚至走到他旁邊，直誇阿漢的傢伙很大喔，「清槍」要清很久吧！然後藉機摸了一把，阿漢也只是傻傻地笑著擋開。我看到那一幕，沒想到竟有些微微的勃起，幸好大家把注意力都放在阿漢身上，我趁機趕快躲到角落去洗，別讓自己太難堪。

當晚，我上了很久的廁所，因爲我沒想到我竟會幻想著阿漢的身體，然後打槍。這大概是我當兵以來，在營區裡最爽的一次打槍經驗吧。

自從發現自己對阿漢有性幻想後，我也越來越無法克制自己想親近他。因爲我跟他最麻吉，所以應該滿有機會跟他玩那種男生無聊的摸雞雞遊戲，但是我一直不敢。隨著對他的慾望越來越強，我發現自己居然經常在妄想如何能好好摸摸他的肌肉、翹臀跟大屌。我不知自己到底怎麼了，他的傻笑越憨厚單純，越激起我想搞上他的慾望。

我第一次看到他勃起，是在有一天，我們站在一起尿尿的時候。由於一起洗澡洗慣了，尿尿誰也不會在乎別人瞄來瞄去的。那天，我越看他的大屌，越心癢，竟有點勃起的狀態。他大概不小心瞄到了，就虧我說：「學長，你的也不小喔。」

我只好尷尬地笑笑：「還好啦，我一直覺得普通而已，這樣看都不準。」

他說：「你太謙虛了啦。」

「我的大概只有十五公分而已。你的呢？」因爲一直關注我翹起的屌讓我有點緊張，我急忙將話題移到他身上。

「我沒仔細量過耶，可能二十吧。」阿漢用憨憨的表情回答出驚人的數字。

「見鬼了，怎麼可能二十。」我瞪大眼睛。

「我也不知道啦，不重要吧。」阿漢聳聳肩膀。

「不行，我怎麼知道你是不是吹牛，我去拿尺來量。」

說完我就眞的去拿尺了。我回到廁所時，因爲滿腦子充滿如何量他勃起大屌的幻想，老二已經翹得老高了。而他還眞的一直呆呆站在那裡等著，屌還露在外面。

「可是沒秋怎麼量？」阿漢問。

「你不會自己弄秋喔?是沒打過槍嗎?」我說。

「喔。眞的要量喔?」阿漢呆呆地問。

「不然呢?我跑去拿尺白拿喔?」

他又呆呆地點了點頭:「喔。」

接著阿漢就轉向廁所裡頭,開始套弄。弄了兩下,又說:「學長,去裡面量好不好,這樣給人撞見不好看。」

正合我意,於是我們兩個躲進隔間。他開始認眞套弄,弄了一下,搖搖頭對我說:「這樣不好硬啦。」

「你連打槍都不會喔?」我裝作嘲笑的樣子,其實屌已經因爲阿漢的表演興奮到又硬又燙。

「會啦,只是沒在人面前打過,感覺很怪。」阿漢緊張地辯解。

「那我陪你打?」我說,對自己敢提出這麼大膽的提議感到很驚訝。

「喔。」阿漢再次呆呆地點點頭。

機會難得,我立刻脫下褲子。早就是勃起狀態的屌立刻彈出來,阿漢看到也一驚,笑著說:「學長,你血路很通嘛!」

我笑笑,摸起自己的屌。我看他的也微微勃起了一點,但還是不夠硬,於是我說:「你沒看過打槍教學喔?」

「打槍還有教學的喔?」

「有呀,眞笨。」我伸出手,裝出幫他打槍的動作。他看了只是呆呆地笑。

於是我壯起膽，用手去摸他的老二，他身體明顯抖了一下。

「別緊張，不會吃了你。」我說，然後回想起小慈的那套手技，開始認眞地套弄他的大屌，果然三兩下就在我面前翹得老高了。

我還認眞地在玩，發現他已經出水了。他縮了縮身體，尷尬地說：「學長，可以量了啦。再下去我就要出來了，會弄髒你的手的。」

於是我拿出皮尺，量了一下，果然是二十多，快二十一了。

我有點興奮，但又不知道接下來該怎麼辦。因爲通常依照我的性幻想，我們這時就開始69或互打，沒想到眞的遇到了這千載難逢的機會，兩人居然只是尷尬地僵在原處。

就在這時，他忽然問：「那學長，你的多少？」

我把尺遞過去：「你幫我量比較準。」

他低下頭，認眞開始幫我量。我趁他量的時候，故意將屌挺向他的臉，碰了他的臉一下，他趕緊站起來，大喊：「不要這樣啦，很噁耶。」

但他也只是笑笑地說，我也跟著笑笑：「量好沒啦？」

「好像只有十五。」阿漢說。

「什麼『只有』十五？是你有末端肥大症好嗎？」我大喊。

他笑笑：「好啦好啦。」

說完，他竟然就穿起褲子，要開門出去了。見我動也不動，他疑惑地問：「學長，你還不出來喔？」

「幹，我要大便，快滾！」

於是他就出去了。而我當然就開始狂打手槍，那次我連射了兩次。有了這次接觸後，我當然更積極的籌劃下一次的親密接觸。

6

自從有了跟阿漢的親密接觸後，我們兩個就越走越近，因爲我們都碰過彼此的屌，但誰也都沒再提起這件事。

軍中的男生都喜歡吹噓自己的床上功夫，正好我跟阿漢都不是這一掛的，每次都是在一旁聽而已。他大概是眞沒經驗，我則懶得理這些人，要是我說出我跟小慈那段荒唐的過去，包準他們嚇得瞠目結舌，一個屁也不敢放了。

不過我倒很喜歡跟阿漢一起聽那些男人臭屁，因爲每次聽完，阿漢都會在私下問我有沒有跟這個一樣誇張的經驗？他跟我坦承，他只有一次經驗，是二十歲時，送給自己的成年禮。他去了一間黑漆漆的妓院，連對方長相都沒看清楚，就結束了。他跟他唯一一任的女友，也最多是女生幫他打手槍，因爲女的是基督徒，肯在婚前讓手發生性接觸，已經是奇蹟了，更別提他根本不敢開口要女生幫他口交。

他喜歡聽我的經驗，我的性經驗非常豐富，即使不去談小慈的那段，其他也足以令他嘖嘖稱奇了。關於這種事，我不太喜歡吹噓，通常怎樣就是怎樣。反正男生幹過幾次，技巧練好了，時間久一點，都不會差太多，只是我比較敢玩而已。

有幾次，我越說越高興，也明顯感覺他漸漸有點坐立難安，頻頻換坐姿。他越是這樣，我就越興奮。

以往我講完後，他就會離開，我當然知道他是去打槍，但我也不點破。

有一次休假，我們都沒有回家，一起找了間旅館休息，我又故意聊起我的「戰績」，我總算受不了了，跟他說：「都是你啦，害我也秋了。我要去滅火一下。」

他呆呆地說：「喔。」

「要不要一起來？」我下了床，故作鎮定地問。

他望著我，似乎有點驚訝。

「幹，又不是沒看過你秋的樣子，教你幾招爽的。」我說。

結果他就乖乖地跟我到了廁所。我一進去，就直接拉下褲子，自己假裝很認眞地打了起來。他似乎有點嚇到，只是看著我。

我催促他：「幹，你是在看表演喔？」

他就跟著掏出老二，慢慢套弄起來。我看得出來他沒太投入，原本有點硬的老二，似乎有慢慢軟下去的狀況。我想這不行，不能放過這次機會，這次要是讓他爽了，才可能有後續，否則以後再也沒機會。而且如果這眞是最後一次，那我更要爽到。於是我伸手去摸他的老二，他嚇得急忙後退。

「幹，教你更爽的打法啦，不要只會死打。」我說。

他愣住了，呆呆地僵直在原處。於是我趁機先用手套弄了他幾下，他一開始屁股有點向後縮，大概後來也感到爽了，屁股就慢慢放鬆了，隨著我的手前後搖動。

我想著小慈替我套弄時的手技，不只是前後來回地套弄，還會用虎口掐住龜頭冠旋轉幾下，或用手撥弄一下馬眼，尤其馬眼出水的時候，用大拇指去玩弄出水的馬眼，會很興奮。

我一面玩著他的屌，一面瞄他的表情，他已經閉上眼睛，陶醉在我的手中了，可是這樣我哪裡會爽呢？有這麼一刻，我意識到眼前這個男人是自私的，只顧著自己爽，完全沒想到我，但如果他想到我，他就不是異男了！但我想要更多，於是我突然停下手，用手拍了他翹得老高的屌：「你很爽耶！你當我是妓女喔？」

他剛剛那種陶醉的神情馬上變回平常有點呆滯的樣子，我看了就想笑，但忍住了。

「那不然呢？」他呆呆地問我。

我打蛇隨棍上：「你不會也幫我服務一下喔？」

他似乎有點驚訝：「這樣好嗎？……我只碰過自己的老二……」

我假裝生氣：「幹，你當我很常摸別人的老二喔？」

他呆呆地笑了出來，我也跟著笑。之後我拉住他的一隻手，說：「你握著我的屌，跟著我這樣做就好了。」

他遲疑了一下，但我不願意讓他想太多，我知道當兵當習慣的人，很容易一個口令一個動作，尤其這種精蟲溢腦的時候，想擺佈他的大腦只要搞定那個小頭就可以了，於是我馬上用手去握住他的屌，並催促他：「快點啦，早點結束去吃飯啦！」

於是他也握起我的屌，學起著我的手技。可惜這眞是需要訓練的一種技巧，即使我用各種方式玩弄他的屌，玩得他的屌不斷滲水，但他還是只會死打，前後套弄，只有偶爾會學我稍微變化一下，不過我已經很滿足了。突然，一個以前不小心映入眼簾的G片情節在我腦中一閃而過：兩個男人互相打，之後一起達到高潮。

於是我閉上眼睛，想著那個畫面，想像我們在彼此手中達到高潮……

就在我陶醉的當下，突然感覺他急速從我的手中抽離。我張眼看他，只見他躲到一旁面對著牆壁，自己快速套弄著。我看他身體的抖動，知道他射精了，那沒看到的部份在我想像中更加色情，於是我趁著這股淫勁，也讓自己出來了，而且我故意朝著他的屁股，讓一些精液噴到他身上。他被噴到後，倏地回身，正好看到我高潮的表情，他趕緊避開眼睛，假裝沒事，走進浴室洗澡。我看著他射在牆上的精液，頓覺一陣可惜。

接著，我就跟他一起洗了起來。由於在軍中一起洗澡很正常，他也沒多想，只是我們從來沒有靠這麼近過，我故意傾身去拿沐浴精，讓自己的屌碰到他的屁股側，但他沒有什麼太大的反應，只是忽然間動作變得很快，三下兩下就洗完了，全身還濕淋淋的就似乎很想趕快逃離現場。

「等會要去吃什麼？好餓喔……」他胡亂擦著身體，像是想緩和氣氛似的亂說了點話，接著就快步走出去了。

望著他離去的背影，我依然停留在剛剛的慾望殘骸中。第一次，我有了想品嚐牆上那些精液味道的慾望。我被自己的這種慾望給嚇到了。

7

半夜，我們睡在同張床上。我故意翻了個身，將腿搭在他的大腿上。我看著他，這是我第一次這樣看著熟睡中的人，看到他白天呆滯的表情在此時變得如此祥和，我喜歡這樣的他。不知爲何，暗戀上他讓我變得很……娘。

我知道這些事是小慈以前會對我做的，現在我卻用在另一個男人身上。想想就覺得很奇怪。

看他睡得那麼熟，我故意用膝蓋去慢慢頂他的屌。他的屌軟趴趴的，而且因為是夏天，他只穿一件內褲，被子也被他自己踢開了。我看著那個小小地突起的丘，一開始只是用膝蓋去慢慢地碰他，看他仍然熟睡，終於鼓起勇氣，像小慈那樣，將手伸了過去。先假裝不經意放在那一坨上面，但看他毫無反應，我便慢慢用大拇指輕觸他的老二。剛碰到時，只是微微地撫摸，但是看到他的丘慢慢隆起，在我的手中慢慢變硬，我變得很興奮，開始找到他龜頭冠的部份左右按捏，然後用手去玩他的馬眼。才一下子，他的內褲就濕了起來。這讓我很興奮，索性用手從他的睪丸伸入，我喜歡從根部握著他的大屌，那讓我很有滿足感。下午時無法這樣自在地握著感受他，現在卻可以這樣，我越來越大膽，將他整根老二掏出內褲，用手上下套弄，接著俯身將他的屌含在口中。我上下吸吮，那感覺很奇怪，我沒幫任何男人口交過，可是卻發生得如此自然，好像是嬰兒會喝奶一樣自然發生了。我貪婪地吸吮著他的大屌，另一隻手開始玩弄他的乳頭。他結實的身材、硬挺的胸肌跟清楚分明的腹肌讓我極度興奮，我用手繼續套弄他的屌，嘴巴則開始進攻他的乳頭。就這樣，我來回在他乳頭跟龜頭之間移動，有時還會去親吻他肚臍下方延伸的一排腹毛，甚至故意去咬這些腹毛。

我完全陶醉在自己的行動中，忘了他會不會被我驚醒。

突然，我感到一雙手把我的頭給捧了起來。我有點驚訝，望著阿漢，而他直直地注視著我，說：「學長，我等你很久了……」

接著他就親吻了我。深深的一吻，就像我吻所有女生那樣，用舌頭進攻，是「恨不得要深入他們身體的每一處」那種狂烈法。我不記得我們吻了多久，只記得最後一個動作是他突然低頭吸起我的大屌。他的嘴巴這麼溫熱，快速套弄著我。我第一次這麼興奮，才一下子，我就出來了……

是的，我出來了——我也驚醒了。

原來這是我人生第一場的同志春夢。我沒想到夢遺這種事情居然還會在我身上發生。我感到非常難堪。而且我不是下午才出來過嗎？怎麼晚上還會夢遺？我以爲只要「手排」得勤勞，就不會發生「自排」的事情了。

尷尬的是，我沒有多的內褲可以換了。

我轉身看著身邊的他，仍在熟睡中，好像剛剛的那場巫山雲雨與他毫無關係。不知道爲何，我突然感到一絲落寞。

好吧，就像我說的，暗戀讓我變娘了。你不太習慣，我比你更不習慣。

8

那天之後，我還是沒放棄想跟他發生關係的可能，可是他似乎都避著我。我們沒有再一起打過槍，那是唯一的一次。

不過聰明如我，在恢復理智的時候，還是可以正常放餌釣魚的。我知道每個男人都有性慾需要發洩，尤其身處在軍中，體力正在人生巔峰的時刻，卻被塞在苦悶的壓力鍋裡，精蟲溢腦卻必須憋著不能出來，那種痛苦就像萬箭穿心一樣吧？都是男人，你知道的。

阿漢很憨厚老實，不願意花錢去嫖妓，覺得很浪費錢。他說他在存錢，要幾年後存到一百萬好跟女友結婚。我對這些蠢話毫無興趣，我只是想知道怎樣可以再讓他跟我發生關係。

最後，我想到了一個方法，不是直接的，而是間接的：我去找個女的，然後玩3P，這樣我就可以看到他所有做愛的過程了。

我忘記透過什麼管道找到這位小姐的，我只知道，男人在精蟲溢腦時，不僅創意十足（想想發明用香蕉跟膠帶自製自慰套的男人吧，那需要多少創意呀？），而且也膽大包天。於是我找到了這位小姐，而且說服她願意只用三千五百塊的價錢一次服侍我們兩個。當然，我跟她說我們很能「自理」。

我並沒有花太大的力氣就說服了阿漢，畢竟3P的情節他只在A片上看過，連幻想都沒有過，因爲那不是他的世界會發生的事。

我們照例去找了旅館，並洗了個澡，過程中他又緊張又興奮。其實我也是第一次跟人家玩3P，卻因爲是自己安排的，所以要故作鎮定。我藉著嘲笑他的緊張來讓自己安心，告訴自己：反正只是做愛，又不是沒發生過！

誰知道那個女的居然很不敬業地遲到了半個小時，而且那時還沒流行手機，只有B.B. Call。但就算Call了她也沒回。阿漢居然因此鬆了口氣，直說：「沒來也好，不然也怪尷尬的。」

我心裡卻是充滿著不安，畢竟我知道這種精蟲溢腦的衝動大概只能利用一次，以後大概很難再有機會可以看到阿漢性愛過程中的淫蕩樣子了。

大概隔了四十分鐘後，這個女的出現了。她比我上次見到她要普通一點，不過對我沒差，因爲我的注意力都在阿漢身上。女生進來，很自然地就走進浴室，出來時已經只剩下一套內衣了。

阿漢呆呆地立在那邊。我也沒好到哪去，還傻在那想開場白。女的倒是爽快，先開了口問：「時間寶貴，你們是車輪戰還是一起來？」

阿漢沒說話，我可以感覺到他的不自在。於是我故意裝作平常的語調說：「隨性就好。」女的走過去放下她的皮包，我就湊過去開始揉捏她的胸部，但其實一直偷瞄著阿漢的反應。當我用老二去磨蹭她的屁股時，阿漢立刻紅著臉，露出想看又不敢看的樣子。我喜歡他這種樣子，示意阿漢過來，但阿漢卻沒動作。

「你朋友害羞呀？」女人問。

我在女的耳邊低語：「他暖機時間比較久，可是一旦熱起來，怕你吃不消……」

說完，女的笑了出來，阿漢的頭垂得更低。

見阿漢不敢有動作，我打算先來暖個場：「那我先來了。」

說完，我就熟練地解開她的胸罩，她那對巨乳立刻蹦了出來。我以前曾對這種 Size 癡迷過，現在卻毫無樂趣。不過我必須演戲給阿漢看，看到他精蟲溢腦頭昏眼花時，好戲就上場了。

我吸吮著女人的乳頭，順便脫掉她的內褲，用手指探進她的小穴，故意用手撥開她的陰唇，給阿漢看。我可以想像阿漢看得口乾舌燥的樣子，接著我冷不防把女的抱起，順勢放到床上，用手猛烈地抬開她的大腿，舌頭開始在她的胯下進攻。好吧，這麼做眞是犧牲到家了，我從沒舔過任何妓女的小穴，我想她大概也不常被舔，這麼做完全是因爲希望她可以敬業點，露出淫蕩的一面，這樣阿漢才可能快點加入我們。

在同志性行爲上我可能只學會了狂抽猛幹，可是說到跟女性的性行爲，我可是「探穴」

高手。我自認舌功一流，而且很會找女性的陰蒂，只要刺激到那裡，聖女也矜持不了多久。只是通常我不會這麼快就探到那裡，不然後面的抽插如果沒有更High的高潮來收尾的話，會很丟臉的。不過這次爲了吸引阿漢，我可是全面進攻，希望她趕快浪起來。果然在我找到她的G點後，她全身不由自主地扭動，淫水直流，聲音也變得更自然更放縱。我當然不忘看著我的阿漢，只見他的褲子已經高高隆起。

我開始故意發出喘息聲，好讓這場春宮秀更逼眞有趣。見阿漢已經浮現飢渴的神情，我把握機會，抬起頭大喊：「還不快脫掉褲子！」

阿漢從呆傻中回神，脫掉了褲子。我暗笑，接著繼續命令：「還有我的，你沒看到我正在忙嗎？」

阿漢遲疑了一下，但還是走了過來，脫掉我的褲子。我的外褲好脫，內褲卻因爲勃起而緊得很。而且我故意誇張口交的動作，讓我的屁股上下擺動，害他不容易脫，偶爾還故意用屌去撞阿漢的手，可是阿漢都沒說話，只是努力幫我脫。他脫掉後，我立刻下達指令：「幫我戴保險套！」

他愣了一下，接著開始尋找保險套。他大概是已經昏頭了，找了半天，才找到擺在床頭上，非常顯眼的保險套。

當他替我戴上去時，我的屌又勃起得更大了。等他替我一戴好套子，我馬上將女人的屁股抬起來，開始用屌在她的小穴周圍畫圈圈，這時可以看到阿漢的大屌早已翹得硬邦邦的了。

我看著阿漢，故意伸手很用力捏了他的老二一把，嘲笑地問：「你打算只當個觀眾嗎？」

阿漢不知怎麼回答，也不知該怎麼加入，我看得出來，便說：「沒看到她的手跟嘴是空著嘛？去她旁邊跪著。」

阿漢終於加入了戰局。他跪到女人的身旁，那女的很敷衍地用嘴舔了一下阿漢的屌，但光是這樣阿漢的身體就興奮得抖動起來。女的開始用手服務阿漢，他於是閉著眼享受。我趁機賣力地進入，而且第一下就故意直搗黃龍，刺到她的G點。我可以感覺她身體興奮地顫抖，她的手勁大概也變強了，因爲阿漢的表情顯得更爲享受，他那原本閒著沒事幹的兩隻手也終於知道要反應，開始去摸那女的胸部。我看了很興奮，因爲代表阿漢越來能投入戰局，等會就更有機會任意擺佈他了。

好吧，說到這裡，我必須承認，要一面處在精蟲溢腦的狀態，還要一面設計所有細節眞是一件很累的事。但想到這是我可能唯一一次跟阿漢最親密的接觸，我就更賣力地思考著怎樣可以設計好他。

我奮力抽插了一陣，之後拔出來，對阿漢說：「換你了！」

阿漢愣了一下，但是我異常鎭定，撕開一個保險套，替他戴上，他見狀更是愣住了，像被定住一般僵直在原處。這是我第一次幫男人戴套子，其實有點緊張，但因爲阿漢比我更緊張，所以根本沒注意到我弄了一陣子。我原本想表現出很熟練的樣子，卻顯得有點笨拙，幸好沒人注意到。

而且，能夠藉機觸摸到阿漢發熱的大屌，還眞讓我高昂不已！但是總不能一直抓著他的屌不放，於是我拍拍阿漢的屁股，說：「換你了。」

阿漢走過去，女的卻翻了身，改成跪著的姿勢。我仔細看著阿漢進入她的過程，他那滿足的神情同時也滿足了我，那是一種很奇怪的爽快感。

女的開始幫我口交，我可以感覺到她的賣力，大概是想回報我剛剛讓她高潮了兩次吧！

我看著阿漢，知道他非常興奮，可是我又怕阿漢因爲太興奮而提早結束了戰局，因此刻意提醒：「阿漢！阿漢！」

我叫了幾聲，他才回神，看著我，又是那副呆滯樣。我急忙說：「留點精力，等會還有好玩的！」

阿漢呆呆地笑了。我喜歡那個樣子，那後來成爲我尋找男人的原型——毫無心機的憨厚笑容。

我趁著阿漢在賣力抽插的時候，鑽進女人的身體下面，這樣她就可以用69的姿勢幫我口交，而我則可以同時舔她的陰部跟阿漢抽插瞬間的根部！這是我目前能想出最大膽的性幻想了。我努力用舌頭刺激著女人的陰部，激得她的淫水直噴，大概很少被抽插又被用舌頭刺激吧，最讓我興奮的是順便舔到了阿漢大屌的根部，雖然是隔著保險套，但我已經很滿足了。

中間有一度因爲女的太過興奮，臀部扭動過大，阿漢的大屌被甩了出來。這是我第一次有機會用嘴巴承接住這根大屌，我當然不浪費機會，狠狠吸了一下，甚至故意用手抓住阿漢的大屌，舌頭快速在他的龜頭部份舔了一下，然後假裝是要幫他塞回去小穴，卻趁機套弄了一下。這些已經是我最大膽的嘗試了，我怕做得太明顯，但阿漢卻似乎根本不在意，似乎當是中場休息。我把阿漢的大屌塞回小穴，阿漢繼續狂抽，我聽到阿漢的喘息聲越來越粗重，我眞怕他馬上要結束了，於是再次用手趁他抽插時，把他的大屌拉了出來。

「怎麼了？」阿漢遲疑地問。

女人和阿漢同時坐起，看著我的臉。我則像個被抓到的現行犯，感到極度尷尬。但我馬上急中生智，轉移他們的注意力：「我們來眞的3P吧！」

「什麼意思?」阿漢問。

我賊笑：「三明治！」

女的這時用手做了一個防禦的姿勢：「我不肛交的！」

場面頓時有點冷，我馬上附在她耳邊說：「別掃興，我加錢！」

女的想了一下，才勉強答應：「好，但你在後面，不能太大力，否則我把你踢開，就算結束！」

我點點頭。

我讓阿漢躺在最下面，女的則趴在他的身上，很快將阿漢的大屌沒進小穴。我先等他們都放好後，才緩緩地要插入。不過我走的不是「後門」，而是故意也插入同一個小穴！我聽到女的開始大叫，但我不管，因爲我想要用我的屌磨擦阿漢的屌，我也眞的這麼做了。我放進去後，停在那裡，裡頭眞的很緊，女生發出沉重的喘息聲。我要阿漢不要動，因爲兩個一起動，我想她會受不了，如果她喊停，就沒戲唱了。

我開始用手玩弄女的乳頭，讓她分心，並且沒有任何動作，只是輕咬她的耳朵，跟她調情。有那麼一刻，我眞佩服自己是箇中高手。

直到我感覺到女的喘氣聲漸平，我才開始緩緩地轉動屁股。我很小力，也很小心，但其實我的目標是用我的龜頭去頂撞阿漢的龜頭，他的大屌比我的大，因此目標明顯，容易進攻。

我開始慢慢加快我的速度，全速朝阿漢的龜頭冠進攻。但是一想到我們兩根屌密切地貼在一起摩擦著，我就興奮過頭，一時竟忘了要收住力氣，而是全速進攻。女的也越來越痛，開始大叫，我卻用身體壓住她，繼續衝刺。我不能停，我必須讓阿漢先高潮，這是定律，要先滿足對方，自己必須是最後爽的那個。

幸好阿漢也在我的老二進攻下快速地繳械投降了。我聽到阿漢粗重的喘息聲，我也跟著射了。這次的高潮達到了過去經驗的巔峰，我整個沒力地躺在女的身上。

但大概不到一分鐘，女的就翻身去洗澡。

阿漢還躺在那裡，滿臉淨是滿足。我看到他滿足的樣子，很是欣慰。我一直盯著他的臉看，他偶爾睜開眼看到我殷切的眼神，只是傻笑，又別過頭去不敢看，剛剛的狂放一下變得嬌羞。看到他這樣，我滿腦子只想對他做些色色的事，所以我故意把自己的屌又弄硬了，還拉著他的手放在我的屌上，問他：「怎麼辦，又硬了！」

阿漢只是傻笑：「還是學長厲害，我沒辦法再來一次喔！」

「你才一次就不行了喔？」

我的手也順勢摸到他的屌，果然軟趴趴的毫無戰鬥力了。

「年輕人，這樣不行喔。」

我故意套弄了一下他的屌，他用手擋開了，我本想繼續去抓，女人卻洗完澡穿好衣服出來了。

「付錢吧，總共是五千！」那女的說。

我不想跟她爭論，這種時候討論價錢太煞風景了。幸好我早準備了足夠的錢，我付給她，並且送她去門口。她要出門前回身看了我一眼，意味深長地笑著，小聲地在我耳邊說：「男女通吃的感覺很爽吧！」

然後意有所指地看了看阿漢，沒等我反應，就出門了。

我回身，發現浴室門已經關了起來。我去轉門把，門卻是上鎖的，這是第一次阿漢在上廁所或洗澡時把門鎖上。不知爲何，我突然感到非常嚴重的失落，甚至有了鼻酸的感覺，是所謂做愛後動物感傷嗎？

我不知道的是，那扇關著的門，就是我跟阿漢關係最後的註解。可是即使在這種時候，我居然還隔著門，在門外自慰起來，想像著原本在我幻想過程中會發生但沒發生的那些細節。例如，我輪流進入那女的和阿漢之類的。我很警覺地聽著水聲，打了個快槍，因爲阿漢洗澡從不超過五分鐘，一塊肥皂從頭洗到腳。我快速將精液射在衛生紙上，等阿漢出來時，我已經一臉沒事人模樣坐在床上，一副等著要進去洗澡的樣子。

我們擦肩而過，我故意側身，讓他的手在經過我時碰到了我的屌。最後一次，我這樣想。

那天之後我們眞的什麼都沒發生了，因爲兩週後，他下基地去了。而我則在他沒回來前，就退伍了。

我跟他就從此失聯了，他成爲我在軍中最美好的回憶。不只是性，而是那種戀愛的感覺，我第一次嚐到了暗戀的滋味。

然後那些經驗，也引誘我更積極地進入同志圈去了。

那是條不歸路吧，我想。

9

退伍後，我每每懷念起跟阿漢還有小慈的過往，就一陣心癢難耐。我知道我已經深深地陷下去了，我想是因爲這些經驗太難得了，而且都不圓滿。你知道的，人總說，得不到的永遠是最好的。因此我更積極地尋找同志性行爲，但只是性行爲，不是感情。肉體上我可以承認自己偏愛跟男性做愛，因爲他們眞的比較放得開，比較敢玩，也比女生容易上手很多。不像追女生，要請她們喝酒、吃飯、看電影，一個「前導戲」至少也是兩、三個月。同志畢竟是男的，想辦法把他搞硬了，就成了。

那時網路也不發達，我唯一知道的「覓食處」是那時的新公園。於是我幾乎每個夜晚都帶著鴨舌帽流連在新公園。我研究出最容易上鉤的打扮，就是牛仔褲配上一件偏小的T-shirt，那時的T-shirt還沒開始作合身剪裁，只好穿小一號的，顯出我的倒三角身形。我那時對自己的體態充滿自信，尤其那個年代，還不講求人肉工廠，沒幾個人會去健身雕塑自己的曲線，我這種海陸退伍的眞是奇貨可居，尤其還願意流連在新公園這種地方。

在那裡，我享受著當國王的滋味，完全不主動跟任何人搭訕。就像我前面說的，我把自己打扮成最誘人的獵物，等著獵人上門。只是等上了床，他們會發現這隻獵物才是眞的掠食者！

爲了方便，我在西門町租了較貴的套房，因爲從新公園走回那裡只要十分鐘，是個方便快速的距離。

當然，也有時候對象不怎樣，就直接在新公園的廁所草草口交了事。所以你可能很難想像，我有一段同志的情慾經驗，是跟廁所的尿騷味或糞屎味緊密相連的。有幾次我光是在其他公廁聞到這種臭味，腦中就會閃現那幾段在新公園公廁內激情的回憶。

在那裡，我幾乎都被不同的人釣，而且我大多每個只碰一次，只有少數幾個會維持多次的關係。可是我從不跟任何人建立親密關係，我只想要解決性。後來我才知道，這是典型的恐同症，因缺乏自我認同才會這樣。

可是，這樣的狩獵生活漸漸無法滿足我。我感到自己內在有個巨大得連我自己都無法正視的黑洞。越是激烈的性愛，我越容易感到寂寞與惶恐。加上我從不留人過夜，通常做完愛就把他們趕走，孤獨一人躺在雙人床上，更是冰涼。

也就是在那時，我認識了一個令我相當好奇的一個人——豪哥。大家都這樣叫他，我看不出他的實際年齡，但他永遠穿著軍靴、戴著黑色鴨舌帽、一件牛仔褲，配上緊身黑T-shirt。他的身材並不像現在機器工廠訓練出來的鋼鐵機娃漂亮，可是看得出來也是被操過的體態，更有種說不出的神祕氣質。我只跟他講過一兩次話，我猜他大概三、四十了。因爲他不太主動跟人講話，所以我們聊天的次數很少。

我認識的一個小Gay大基曾跟我講過，我跟豪哥其實很像。

大基因爲剪著短髮，身高不高，可是體態勻稱又非常主動，加上很會搞笑，所以在新公園吃得很開，我聽過有人叫他基妹或基姐。我跟他搞過幾次，但僅只於此。可是藉由他，我才慢慢深入了這個圈子，知道了大番三溫暖[註1]、Funky或丘比特[註2]這些同志場所，也跟他去過幾次。只要在這種場合，他都會牽著我，在我身上親熱磨蹭。我通常不太理會，即使他把手放在我的下體，我也不介意，只是我不太主動摸他就是了。

註1　大番三溫暖：90年代台北人氣最旺的同志三溫暖，位於忠孝西路與重慶南路交口，目前已歇業、且該大樓已拆除，原址現為小型公園。

註2　Funky：著名同志夜店。丘比特：位於台北市博愛路的資深同志酒吧。亦稱「名舫」。

Funky的帥哥顯然比新公園的要來得多，機會卻更少了，因爲大家都是驕傲的孔雀，很少主動來搭訕，我身邊又永遠有大基跟他的姊妹跟著，自然主動找我講話的人更少。不過大基講過我很高招，因爲我越是安靜，越引起大家的好奇，大基說總是有人跟他打聽我，只是都被他推掉了。

大基雖然主動熱情，可是在床上的招數跟小慈比起來實在差太多了，跟那些一夜情的狂放更是無法比擬。他只能說是個很敬業但毫無天賦的演員，連要假裝高潮都讓人只能看到他的苦勞，而毫無功勞可言。

有一陣子大基沒了消息。因爲我從不主動找他，所以即使很好奇，我也絕對不會開口問。一夜又帶人回家打炮，打完，要送這個人離開時，一開門就看到大基坐在我家樓梯口。我看到他憔悴的樣子有點驚訝，因爲據說他出門都會「打點」好，第一次看到他這副模樣。被我送出門的人有點莫名地吃味，酸了一句說：「幸好我拿到的號碼牌比較早！」

我也懶得理他，那人還沒下樓，大基就起身抱住我，緊緊地抱住我。我愣了一下，接著我感到他整個身體的抽動。我把他扶進門，卻完全不知怎麼安慰他。我沒碰過這種事，自己也幾乎不會哭，只好任他抱著我。

他不知哭了多久，我甚至沒開口問他怎麼了，是他自己哭累了，才緩緩說，他一個姊妹前陣子爲情自殺死了，所以他去南部參加他的喪禮。

那晚他斷斷續續講著他跟這個姊妹的恩怨情仇。天呀，那眞是全世界最解High的過程！我一開始還認眞聽著，到後來整個放棄。反正我也從不出聲，聽不聽也沒差，自私一直是我毫無掩飾貼在自己身上的標籤。

哭累了，他就自己躺到床上，整個人縮在那裡，要我抱他。

我知道這是我唯一可以做的了，於是就抱住他。他說緊點，我就抱得更緊一點，那是我第一次跟一個男人有所謂的抱睡。不知是因爲我聽故事聽太累，還是夜晚的性愛太猛烈，或者那空著的床終於有了溫度，那晚我在這間小套房睡得非常安穩。大基的體溫跟心跳聲讓我很安心，我不知道原來有種東西比性愛更能滿足我的寂寞：就只是這樣簡單的抱睡。

好吧，再寫下去要變成心靈雞湯了，因此就此打住。這裡只是簡單交代我進入這個圈子的過程。

下面給你辛辣的。

10

第一次走進大番我還眞有點緊張，不知所措。大基很壞，說好陪我，到了門口，看我買了票，他竟然就跑走了，要我好好享受，明天再跟他報告。

我不想表現得很慌亂，於是故作鎭定地取了毛巾跟鑰匙，往裡頭走去。正好也有個客人入場，我便放慢動作，假裝不經意跟在他後面，照他的路線走去置物櫃，再進入澡堂。

好吧，雖然我對自己的身材充滿自信，可是第一次置身都是Gay的環境，而且要全裸洗澡，還是感到有點奇怪。以前當兵，因爲大家都這樣，反而不覺得怪，而且我知道只有自己會打量別人；現在我很明顯意識到，全部的眼光都在打量我，而且像是肉品市場的交易商，寸肉寸金地打量。於是我草草洗了澡，就開始了我的冒險。

誰知道，我還沒走完一圈，就不明就裡被一個人牽住手拉進了小房間。那裡燈光昏暗，我只能看到大概的輪廓。他很直接地用手探到我的下體，並且用他半硬的下體頂我的腿。我丈量了一下，不算小。然後他開始摸我的胸肌跟腹肌，我學得很快，也跟著這樣做，他當然胸腹肌沒我這麼大。就在我還不知該怎麼辦的時候，他已經很主動玩起我的乳頭，手伸進我的浴巾，套弄我的屌。這讓我感到很情色，因爲在新公園還是有眼神來回游移的「交流過程」，我完全沒想到同志三溫暖竟是這麼直接大膽的，簡直是一個色情天堂！這想法讓我馬上處在充血狀態，加上他的手技很好，還馬上就跪下去替我口交起來。讓我更是血脈澎湃、氣血通暢呀！

他毫不囉嗦地直接進攻我的大屌，來回吞吐，甚至作了幾次深喉嚨的動作。我的龜頭冠被他的喉頭卡得很緊，瞬間竟有一絲想射的衝動，幸好我忍住了，並且彎身好讓我的大屌全身而退。我很熟練地把他扶起來，推到床上。經過一年的同志訓練，我已經是個口交高手了，立刻用學來的各種手技配合口交，吞吐吸揉，馬上讓他發出了呻吟聲——我眞是喜歡那樣的聲音，低沉而粗重，是專屬於男人的性感淫叫。接著我感到他身體的顫抖，他急忙扶起我，這讓我很滿意，因爲這代表我剛剛幾乎讓他射了。

說也奇怪，這一年來的性愛訓練，讓我可以憑一開始的猛攻就判斷對方的性感帶，和大概的性愛時間。這對我是很重要的資訊，因爲我不讓自己比零號早射，那對我來講是奇恥大辱。只有一次因爲在 Funky 喝多了，一時忘了控制，而提早出來，即使那次時間也夠久了，但零號始終沒有在我面前射出來，還是讓我感到莫大的汙辱！

此後我便小心地訓練自己的耐力，一次一次地延長時間，並且開始透過各種方式去試探對方的極限，還學會在自己快撐不住的時候，趕快把對方弄射。當然，最完美的是一起高潮，但那幾乎不可能發生在陌生人身上。

剛探完他的底，我便可以很安心地享受整個過程了。不過，關於這位——我第一個在三溫暖遇到的對手——其實後來的過程沒有讓我留下太多印象，因爲他跟後面的第二個、第三個、第四個都差不多。能在三溫暖這麼主動的，也多是玩咖，該玩的、能玩的都會輪番上演，只是看我想不想玩久一點。好笑的是，這個初體驗倒是我在三溫暖玩最久的一次，因爲那時我還不知道這是一個「all you can fuck」的奇妙地方，因此跟他整整玩了一個半小時。之後我最多控制在一個小時之內，這樣才可以保存體力去吃下一道菜。

而且，我很賤的一點是，我之後開始培養出在一個小時之內把對方弄射兩次的興趣。我不知道這是什麼心態，大概覺得跟我玩完後，他還有體力去跟其他人玩會讓我很掃興，因此能夠的話，我都會盡力耗掉他們的體力，並且用盡方法讓他們高潮兩次。那讓我很有滿足感。我特別喜歡看我在幹零號時，他們的老二是勃起的，然後被我的手玩到射精，接著我再射在他們的臉上，那種感覺很爽。

話扯遠了，還是說說我三溫暖初體驗當天的事情吧。我跟第一個玩完後，便沒力地躺在床上。他問我想不想一起離開去吃東西？我說我才剛來，於是他便自行離開了。而我則繼續趴在那裡，原本只是想放鬆，沒想到每隔一陣子，就有人進來摸我的老二。這種感覺眞是奇妙，我感覺自己的老二像是精美雕像，任人參觀。一開始我還挺不習慣，但到第三個，我就愛上了這種感覺。這種人盡可夫的色情感，讓我的老二又翹得老高，隔著那層毛巾，看起來更誘人。但我用手蓋住眼睛，假裝在休息，躺在那任人進來玩弄我的老二。很多人都會進來替我口交，可是通常吸沒幾口，看我毫無反應，他們就自討沒趣走了。我也漸漸學會了這裡的潛規則，碰到不中意的，你可以直接用手抓住他的手，將他推開，通常這是最明顯的拒絕。如果他吸了半天，你毫無反應，通常他們也會走。我只有碰到過一兩個，即使我毫無反應，他們還是拚命吸，想把我給吸出來，但通常這種，我在快到臨界點的時候，就會用手把他們的頭抬起來，然後翻個身，面對牆壁，暗示結束了。

最刺激的一次，是我因爲這樣，居然被人舔肛！因爲我背身面對牆壁，他大概以爲我暗示他要舔我的肛門。一般會這麼主動幫吹的多是零號，這種時候就會自動離去了。沒想到，這個幫我吹的傢伙，竟然就用舌頭開始進攻我的肛門！我可不願意稱自己的那裡是菊花！一開始我可是嚇了一跳，但後來卻發覺原來被舔肛是這麼爽的事。不過他後來試圖要用手指探入，就被我推開了。

在三溫暖另一個印象深刻的經驗，是我不小心走進了「暗房」。那次的暗房不知爲何特別熱鬧，一大群人，至少七八個全圍在一起互摸互吸。我看到立刻就傻了眼。光是意識到有這麼多人在那邊亂搞，就讓我氣血賁張。

等我一靠近，馬上有隻手貪婪地掀開我的毛巾、在我的乳頭游移，甚至有人嘴巴也湊了過來，開始吸吮我的乳頭。我處在異常興奮的狀態中，還沒搞清楚到底怎麼回事。這時主戰場慢慢轉移到我這邊，我可以感覺到有兩根舌頭同時在舔我的大屌；同時有人用手在探我的肛門，只是被我推開了；我的兩邊乳頭都有人在玩弄；有一個人從後面抱住我，用屌貼著我的屁股來回摩擦；還有人牽著我的手去摸他的屌，我也沒讓他失望露了兩把手技，讓他興奮地呻吟著；有一個人來回親吻吸吮我的腹肌，也讓我感到很爽。我眞的像皇帝一樣，第一次被這麼多人同時服侍，感覺還挺爽的。幸好剛剛射了一炮，不然這麼激烈的過程，只怕會過早繳「洩」投降！

這時幫我口交的兩個人拉著我跪了下來，我看到兩個屁股並排著等我進入，於是我就眞的像G片演的那樣，一個洞插一下。只是說是這樣說，其實過程很難，因爲肛門大多很緊，一旦抽出來，要再重新刺進去需要一點時間，但反覆這樣進出倒是很爽，因爲肛門口是最緊的地方，也就是進入的剎那是最爽最痛的。這樣反覆進出幾次，我就感到自己快撐不下去了，更何況後面還有人吸吮我的睪丸、舔我的肛門。這可是我第一次在進入時，同時有人舔我的肛門，沒想到會這麼爽！於是我放慢速度，專攻一個比較瘦的，停在他的體內，恢復一下元氣，再全力衝刺。

這場秀我玩得淋漓盡致，因爲我周邊充滿著人在玩弄我的乳頭、吸我的耳朵、摸我屁股，讓我衝刺得更賣力，到後來幾次幾乎是往死裡幹。零號的聲音越發淒厲，與他剛開始那種虛僞的叫聲，可說是天壤之別。他已經快不行了，伸出手想阻止我，但我可毫無縮手的打算，硬穩住他的屁股又狂抽了幾下，然後就內射在他的屁股裡。我一射完，整個人就無力地趴在他身上，倒是他憤恨地起身推開我，迅速離去。這時暗房突然瀰漫著一股糞屎味，我聽到有人說「蚪賽了」，接著人群便迅速散去，只剩下我沒有離開。我用手摸了一下我的屌，眞的黏黏的。你大概不相信，我還聞了一下，聞到了些許的血腥味，這讓我莫名地興奮——這可是我的戰利品！我滿足地躺在那邊一陣子，等體力恢復了才慢慢起身離開。

那次我在三溫暖一口氣待了十二個小時，一共幹了六個人，射了三次，大概是我性愛史上最輝煌的紀錄了，其中還有無數的人舔過我的屌、摸過我的屌、套弄過我的屌，我的屌第一次成爲主角，超越我而存在，讓我感到非常驕傲，因爲我是它的主人！

後來再去三溫暖都沒有這次這麼瘋狂精彩了。尤其我後來幾乎都不留戀在暗房，因為其他人說那裡都是「鬼」，也教我幾招快速辨識法，例如大基說他會先摸頭再摸肚子，「禿凸」的免談，他的話多少影響了我。

當然，我還是會像管理員一樣去巡視暗房，只有超過六個人的場面，我才會客串演出一下，但也絕不會在那裡幹到幹出來，最多一時興起，幹個幾下意思意思。

而且因為後來再也沒有七、八個人這種大陣仗了，即使有，我也玩過了，所以不再吸引我。我變得越來越挑，本來每次去至少都可以玩兩個到三個，最後甚至變成只有在要離開前，才玩一個我勉強可以接受的。

不過即使三溫暖的樂趣逐漸減少，但它有它的好處：快速、直接，是最快可以驗貨的地方，對方的身材長相屌樣可以馬上摸清楚，不會像後來有一陣子我沉迷的網路那樣充滿不確定性。但缺點是玩來玩去老是是那些熟面孔，玩久也就膩了！

11

進入圈子第三年，我辦了手機，然後開始了我人生第一段的同志伴侶關係——阿偉。我想，這個人幾乎可以說是改寫了我的一生吧！

跟阿偉的認識是在另一家三溫暖：「公司會館」。那時大家都開玩笑，說下班後就去公司打卡，繼續上「大夜班」。

嚴格說起來，阿偉長相一般，不是那種會令人多看一眼的類型。可是他身材不錯，算是趕上健身風潮的第一批同學，而且他的性技巧也很好。他不太愛花時間打扮，這點其實意外地吸引我，因爲我的恐同症讓我無法跟太 Gay 的人走在一起，那樣好像是掛牌承認自己是同志。所以這幾年來，即使跟我感情最好的是大基，可是我也最怕大白天跟他出去逛街吃飯。如果夜晚去同志聚會的地方倒還好，大白天的，他太引人注目了。

我其實對認識阿偉的過程記得不是很清楚，是跟他交往後，他才一點一滴透露出來，彌補了我的空白記憶。

他說，那天他早早就在馬路上看到我，而且故意跟著我走了一大段路。他的心裡很矛盾，一方面希望我不要走進公司會館，因爲這樣別人就不會分享到我；另一方面，他知道，只有我走進公司會館，他才有機會跟我打炮或認識我。

但是當他跟著我一起進了會館，我卻只瞄了他一眼，就沒再多看他，自己去做自己的事了。他跟著我一路從置物櫃走到洗澡間，最後再到小房間區，但是除了在洗澡時我多看了他兩眼，其他時候，我都視他爲無物。他說我都不知道那多傷他的心，雖然他知道自己長相不出色，可是從來沒有光著身體還吸引不了人的經驗，於是他那天抱定主意，就是要搞上我。因此那整晚，他只跟著我，我帶別人進房間，他就守在外面，等我結束，繼續跟著我。

他說我那天一共帶了三個人進房間，前兩個人時間都不長，他也不知道原因，而他是最後一個被我帶進房間的。他說我們一共在房裡待了快一個半小時。

對於這些記憶我泰半是模糊的，但也無意去探究眞實性，因爲我大多時間眞的很活在自己的世界裡，只看到我想看到的人，跟這些人周旋打炮。其他路人我沒有任何興趣。

事後他說，他很難過在我眼中他是路人。而我告訴他：「是的，你一直只是個路人。」

沒錯，我再次當了一個自大的混蛋。在跟阿偉的關係中，我是一個徹底的混蛋，我活該受到報應。不過也因爲阿偉這種牛脾氣跟不服輸的個性，讓我們的關係一拖就是四年。這四年我們極盡拉扯、折磨對方，但他就是死不放手。不過這都是後話了。

回到前提。雖然我不記得跟阿偉進房間前的那些過程，可是我記得進房間後的細節。因爲阿偉算是我在三溫暖打滾這些年來，數一數二的狠角色！

我眞的忘記爲何會跟阿偉走進房間了，我猜大概是因爲我進去三溫暖待了六、七個小時，也沒找到更適合的人，所以都隨便找人上。不過，依照阿偉所說，我會跟他進房間的契機，是因爲他看我在小房間區走來走去，所以故意與我擦肩而過很多次，但我都毫無動靜。最後，他索性把自己弄硬，在我走到轉角時，靠上來將他發燙的屌直接戳進我的手裡。這話的可信度很夠，因爲阿偉眞的很粗很大，碰到這麼大的零號很讓人興奮！於是我便帶著阿偉進了小房間。

一進小房間，他馬上拉掉自己的浴巾，直接用身體貼了上來，然後擺動屁股，用他的屌幹我的手。我的手也順勢握緊，但我沒動作，只讓他自己幹，大概很少碰到這麼主動的零號，我也覺得新奇，尤其一開始就幹手這一招，還讓我挺興奮的。但我只是微微抬頭，還沒更興奮，畢竟玩了這麼多年，泰半的花招我都見識過了，所以我就故意什麼也不做，看他還能搞出什麼花招。

他說他那天，就像是這一生唯一一次跟自己的天菜做愛那樣，用盡了各種花招，就爲了滿足我跟自己。他要讓我記得他的肉體。

很妙的是，他大概也很懂我，他幹我的手幹得這麼爽，但手就是不碰我的身體，只是每次靠近我的耳朵時，呼出沉重的氣息，發出我無法抗拒的男性低沉喘息聲。通常這種時候零號已經手來腳來加口來，開始幫我服務了，他卻完全沒動手的意思，似乎只打算這樣讓自己爽。而我就這樣跟他耗著，也不打算動作，雖然我的屌隨著他扭動的屁股跟喘息聲，也硬了起來，但我就是撐在那裡，看他打算怎麼玩。

我想這就是他厲害的地方，我沒想到他眞的只是不停幹我的手。我雖然覺得沒爽到，但看到他健美的身材，跟漂亮粉紅的大屌在我手中進進出出，也讓我很開心，還正想著他會怎麼玩呢？沒想到在毫無預警的狀態下，他甚至沒有改變速度、聲音或表情，就突然在我手中高潮了。我愣了一下，因爲他的精液射到我的大腿上，那種溫熱的感覺讓我一驚，我沒想到會這樣，通常我會被告知，或有暗示，從沒有這樣就出來的，而且我連爽都還沒開始爽呢！

他幹完我的手，突然後退一步，用手指抹淨自己龜頭上殘留的精液，然後放到口裡舔掉，那感覺很像那句著名的廣告詞：「吮指回味樂無窮」。

接著，他竟然披上自己的浴巾，轉身就打算出去了。這下我眞的愣住了，胸中燒起一把火，我可從來沒有被人這樣當成洩慾的工具，而且如果是靠我的屌洩慾，至少還有點恭維的意思，但只靠手，根本是瞧不起我！當下我徹底被激怒了，因爲跟他不熟，也不敢太過誇張，但我表現出一個一號該有的強勢，馬上箭步上前，摟住他的腰。我知道，摟腰是種親密的舉止，不像拉扯肩膀容易引起衝突，摟腰多半帶有一點性暗示。

接著我粗魯地把他轉了過來，這還是第一次我這麼急著幫零號服務。我猛烈地吸吮他的乳頭，先讓他鬆懈心房，然後我在他耳邊呢喃：「我會你讓高潮三次的！」說完，我就拿出我的拿手絕活——或者說拿「口」絕活——因爲既然放了話，我就不能漏氣！於是我很主動地進攻他的屌，甚至把那根軟趴趴的東西放到喉嚨深處，這是從來沒有過的，因爲我向來「吃硬不吃軟」。我甚至用了一招從別的零號那裡偷來的絕招，就是當他的龜頭在我的深喉嚨時，我想像自己的喉嚨做出漱口時的動作。我癱軟的屌曾被這招重新喚起雄風，我可是第一次用在別人身上！

同時，我的手也沒閒著，一邊找到他的會陰處，開始來回按摩他的會陰，一邊用力捏他的屁股，讓他知道我有多渴望進入。講得難聽一點，我可是押上了我的自尊在陪他玩。

果然兩下子，他的屌又恢復了雄風，重新硬了起來。但我沒打算停止攻勢，我打算讓他知道我的厲害。於是我把他的身體往床的方向推，讓他靠坐下來，接著順勢就把他的腳抬了起來，用舌頭進攻他的屁眼。其實我至今都無法享受舔別人菊花的樂趣，但我喜歡看到零號被我征服的賤樣，沒幾個零號可以抵擋得了被舔屁眼的快感，據說感覺不輸給被頂到男性G點的感覺。當然，我沒被頂過G點，所以無法驗證。

但從他屁股的扭動狀態，我猜他是很爽的。這時我又開始用高超手技對他的大屌搓揉捏玩，舔他的屁眼也越舔越用力。我觀察過零號在眞正興奮時，屁眼會不自主地一開一闔，這種時候，只要稍加刺激，大多會射精。但我很有耐心，一般這種時候我就會將舌頭直接插入屁眼，然後手快速猛攻老二，讓零號達到高潮。但因爲他剛剛才來過一次，我怕一次攻不下來，要攻第二次又要花很大的力氣，因此我耐心等候，繼續玩弄他的龜頭，感覺他的硬度。當他眞正要興奮時，身體一定會不由自主地顫抖，那可是騙不了人的訊號，因此我繼續等待那種顫抖來到。我開始用牙齒輕咬他的陰囊，然後用力吸吮他的會陰處，突然一口把他整根大屌含住，並且來了幾次深喉嚨的進攻，同時手繼續按摩刺激他的會陰部。直到我感覺到他的呼吸開始不規律，我就知道是時候了。於是我突然用舌頭往他的屁眼刺進去，同時手毫不留情地快速套弄他的大屌。我可以感覺他想阻止我套弄，但他還來不及伸手，就噴了出來，而且量並沒有因爲前面噴過而變少。我看到他噴射的量，很是滿意自己的傑作，而他意識到「兵敗如山倒」，也就索性放肆地低吼著，盡情喘著氣。

但我的手還是握著他發燙的屌。其實我老二也早已經濕了一片，但我要報復他剛剛的行爲，於是我趁他還沒回神，就起身圍上我的浴巾，往外走去。我絲毫沒有打算回頭的意思，也沒打算要走慢一點等他來追我，可是我的直覺是，他會追過來。

我往門外走了幾步，發現大家都看著我的方向，一瞬間還以爲是因爲我硬邦邦的老二翹得太高太誘人。但我突然感到身後一隻手拉住我的手，一回身，才發現大家是在看他，因爲他是全裸的狀態。要在小房間的走廊上看到全裸的人，眞是稀有，何況他的身材這麼好，大家都露出飢渴的眼神看著他。但他似乎毫不介意，拉住我的手，將我往他的身體拉過去，然後開始跟我舌吻。他的手搭在我的腰際，慢慢把我往房裡推過去，而我知道全部的人都在看我們——一個全裸的傢伙、跟一個老二翹得老高的傢伙，居然大刺刺在走廊接吻。我沒想到我竟然喜歡這種感覺，大家注意到我的炮友，似乎讓我感到光榮。

我跟著他進門。一走進去，他就關上門，在我耳邊呢喃：「你還欠我一次高潮！」

語畢，換他快速蹲下去，粗暴地扯掉我的浴巾，然後往我的龜頭上吐了一口口水，用惡狠狠的眼光瞄我。我的屌不自主地翹了一下，回應他的粗暴。我的小弟什麼場面沒見過，沒在怕的！

他用手開始慢慢替我打起槍來。他的手技不錯，在三溫暖中算好的那一種。一面玩，他一面開始用舌頭舔我的會陰部，輕咬我的會陰。會陰是個有趣的部位，一般性愛過程中一定會碰到它，但它從來不是主角，甚至連配角也稱不上，但相信大家一定聽過「會陰按摩」，只要恰當地刺激這裡，可以幫助高潮的快感更強烈，只是懂得此道的箇中高手不多，但顯然阿偉是其中一個。

我開始慢慢鬆懈，享受他的手技跟口技。

我感覺得到他急著想讓我高潮。這樣如果還有後續的「第二場仗」，我們才算是站在比較公平的起跑點，畢竟他已經射了兩次，而且第二次還是被我快速弄射的，我可以理解他的「報復心態」。在性愛競技場上，快槍俠可不是什麼值得讚許的事蹟。

也許他眞的手技跟口技過人；也許因爲我已經進來太久，憋得慌了；更也許因爲剛剛前面兩段的前戲，早已讓我興奮不已。總之，我沒有故意延遲我的射精時間，讓他很順利地就把我給打了出來。這是很少見的，除非是在公廁或某些特殊情況，否則我不會讓零號這麼容易得逞，但我卻讓他這麼做了。

不過，我可沒打算示弱，讓他這麼做也有個原因，就是我對自己的性能力充滿自信。我知道我可以在一個小時內連射三次不是問題，因此讓他打出來，只是爲了讓後面操死他的高潮作暖身而已。

我看著他貪婪舔著我的精液，這是我在三溫暖不曾碰過的，所以讓我感到莫名地興奮。我拉他起身，溫柔地親吻他，這也是我在三溫暖少做的，畢竟這裡的吻對我來說都是助「性」的手段而已，越激烈的吻只是要展現我多渴望對方的肉體。而事實上，那跟零號假高潮一樣，只是一種手段，讓他們更熱烈地服務我。但這個輕柔的吻，我卻挺眞心的。

我吻了他，然後自然地躺到床上，就這麼擁著他。我越來越喜歡抱著一個人的感覺，很實在，只是很少在三溫暖裡這麼做。不知爲何，抱著他讓我感到很安心，不知不覺就陷入沉睡。

我不確定我昏睡了多久。張眼時，只看到他篤定望著我的眼神。我笑了，但我不習慣太認眞的感情，於是在他耳邊說：「準備好第三回合了嗎？」

我還沒等他回應，就吻了他，但這次我只親吻了一下，接著馬上用嘴去吸吮他的乳頭。他的氣質讓我想起了一個許久未想起的名字：阿漢。我開始想像他是阿漢，因爲他們有著差不多的身型，也都是黝黑的膚色。這樣想時，讓我更想馬上佔有他，於是我迅速轉身，把他壓倒在床上，採取全面主攻的姿勢。

我舔著他的腹肌，舌頭輕輕掠過他的龜頭，但我不打算這麼快滿足他的渴望。我等我的屌也硬了，就開始用我的屌去摩擦他的屌。大概因爲我曾經「幹過」阿漢的屌，所以這一招變成我非常愛用的招數，很多零號也喜歡被我的龜頭頂到高潮。我的臀部有規律地擺動著，去衝刺他的大屌跟龜頭冠的部份。經過多年的練習，我很容易靠著直覺去判斷怎樣在親吻時，同時準確地頂到對方的龜頭，因爲這種衝刺的技巧，要眞正頂到對方的龜頭冠最有快感，否則光是兩根屌的摩擦，實質快感並不如直接用手來打的爽，所以必須很精準地直衝「目標」，來讓對方達到肉體與意淫上的快感。這點我倒是超自豪的，我是個性愛高手。

我有規律地衝刺了他的龜頭一陣子，感到他的龜頭已經濕濕了。因此我開始變換姿勢，快速移動到他下體部位，端起他的臀部，開始吸他的大屌，遵循著九淺一深的道理，吞吞吐吐地進出，偶爾用力吸吮他的龜頭，或舔他的馬眼。沒多久，又把他的屁股抬得更高，舌頭直接刺入他的肛門。

做到這裡，我想我該做的前戲都做夠了，所以打算要變回自私的混蛋，只顧自己爽了。這一套步驟像是我的「工廠ＳＯＰ」標準作業流程，但這套ＳＯＰ我可不是對每個零號都這麼做，也不是每個都花這麼長的時間在做。而且，大家都知道所謂的ＳＯＰ通常僅用於參考而已，這次我可是眞正地執行了整套的ＳＯＰ，而且還奉送了幾個私房程序。

我的舌頭在他的肛門進出幾次後，我狠狠吐了幾口口水，就突然起身猛力地刺了進去。我是故意的，因爲痛感會對比等會兒的爽快感，成爲最完美的組合。我猛然進入後，就停了一下，用我的身體壓住他的身體，他高昂的大屌似乎回應著我的行動。沒想到在我還打算讓他適應時，他的屁股倒先動了起來，而且他突然起身，壓著我躺下，來了招「倒坐蓮花」，開始猛烈地在我的屌上面上下動起來。他很有經驗，動作沒有太大，沒讓屌跑出洞外，否則我碰過很多經驗不夠的零號在玩這一招時，屌會動不動就掉出洞外，得重新進入，很麻煩。

更爽的是，他的屌始終處於勃起的狀態。很多零號這種時候屌會慢慢縮回正常Size，他的屌卻似乎鬥志高昂。我用手去玩弄他的屌，他的動作變爲來回扭動。他眞是個高手，搞得我很爽，我一爽，手就不由自主地快速套弄他的屌，他就更爽，然後用更激烈的扭動來回應我的手。我們就這樣找到了完美的節奏，時而快速、時而緩慢，彼此沒有語言，純粹透過肢體語言達到完美的協調。

不過我不打算一直讓他採取主動，在性愛上我可從不認輸的。所以我坐了起來，把他的身體用力抱在我胸前，讓我們胸肌貼著胸肌摩擦著，換我的臀部開始左右擺動，同時隨著我的臀部擺動，把他的身體往反方向移動，這樣我的屌跟他的肛門就成爲反方向的拉扯。根據經驗，這樣很容意頂到零號的Ｇ點。果然，他的聲音變得有點短促，表示我做對了，這讓我更快速地來回動作。但這樣畢竟太吃力了，一陣子後，我就起身，把他壓回床上，開始猛烈抽插，同時用一隻手快速幫他打槍。他的屌始終沒有軟下去，讓我更興致高昂。

大概我抽插得太大力，我看到他的臉一陣漲紅。我問他：「你要出來嗎？」

他點點頭，於是我附在他耳邊說：「我們一起射！」

他又點點頭。我再抽插了一陣，等著感覺他身體的顫抖。然後我看到他拚命點頭暗示，於是我快速拔出我的老二，用我的屌頂住他的屌，開始瘋狂地頂。就這樣，我們的屌一起達到了高潮。

我想這算是我三溫暖性愛紀錄裡前幾名的經驗吧。

我們的精液噴得他滿臉都是，他一副很享受的表情。

然後我沒力地趴到他身上，就這樣趴著。他也用手抱著我。我的屌還可以感到他的屌的餘溫。

後來我聽到他均勻的呼吸聲，料想他睡著了，便起身離開。

這是我跟他的第一次性經驗。

12

我不打算跟任何人有太密切的關係，尤其是三溫暖的人。

那天離去後我也沒有多想。他只是我性愛紀錄上一個難忘的回憶，但根據以往的經驗，我的性愛回憶再怎麼精彩，都比不上現實生活中的一張嘴或一個屁眼。我需要實質的刺激，回憶只是回憶，我不太常去回味他們。

後來我又在三溫暖碰到過阿偉三次，每次我們都這麼瘋狂地做愛，而且至少都會射個兩次。他每次都可以讓我感到無比興奮，但我始終沒有想要進一步認識他的打算。每次他提問我都很冷淡，或者假裝累了，發出打呼聲。但不可否認，我們的性愛很合，而且到第三次跟第四次時，他幾乎可以很快找到我的性感帶，知道我的喜好或憎惡。

他以為自己很聰明，卻讓我感到厭煩。因此第五次我又在三溫暖碰到他時，我假裝不認識他，每次跟他擦身而過都視若無睹地經過他身邊，甚至有一次故意用力打掉他的手。我在盡力迴避跟他發展更深的關係。

那天我從大番出來，到火車站附近吃晚餐。那家店生意一直很好，有人併桌很正常，因此當有人走過來問我可不可以坐隔壁時，我也沒多想，甚至沒抬頭就回答了可以。

這個人坐下後，我可以感覺到他火熱的眼光直射我而來。我這時才假裝不經意抬頭找老闆，其實是要看看他到底是不是真的在打量我。我瞄了第一眼，沒認出是阿偉，但是我確定他的眼神是朝著我射來的，才回看回去。說實話，入圈這麼久，我還真沒被哪個炮友在現實生活叫住的經驗，因此看到穿著衣服的阿偉時，我壓根沒想到是他。但他依然認真看著我，我則完全沒認出是他。於是他笑了笑，吃起自己的東西，我也低頭吃起自己的東西，努力想著是誰？會是業務上往來的人嗎？我雖低頭吃著飯，但仍能知道他動不動就投來的關注眼神。只要我抬頭，他就會對我露出微笑。

突然，我知道他是誰了。我大概表情太過明顯，被他知道我想起他是誰了，於是他露出一抹誠懇的笑，自我介紹：「我叫阿偉。」

我愣在那裡，不知該怎麼反應。說「你好」？還是也要說出我的名字？

但他察覺了我的尷尬，便主動緩和了氣氛：「你不用講話沒關係，只是沒想到世界這麼小，會在這裡碰到你。」

我對他稍微點頭微笑，低頭繼續假裝專心吃東西，同時想著我要怎麼做？繼續吃東西，吃完就走人？

他望著我，又緩緩開口：「其實……其實我早就想邀你一起吃頓飯了……我很喜歡跟你在一起的感覺……」

我繼續低頭吃著東西，甚至不敢再抬頭。我還沒想好要怎麼應付他。當然，我知道我可以繼續裝死。我不相信有人在我這樣明顯表達忽視後，還會繼續纏著我。

「如果你嫌我囉唆，我就不說了。」阿偉的聲音帶著遲疑，音量也越來越小。而我依舊沒任何反應，以無聲表明自己的態度。

阿偉果然安靜了一下。但過了一會兒，又自己說起來：「我想要多認識你……可以嗎？」

我繼續不置可否。那晚的最後，阿偉塞給我他的電話，把主控權交到了我手裡，然後他就離開了。

我看著那張紙條，遲遲無法決定該怎麼辦才好。

但人是怕寂寞的。我想，這是解釋我跟阿偉之間關係的最佳註解。那張紙條我沒丟掉，也沒把他的電話輸入手機。

某個週三的晚上，我傳了簡訊給他，說我想見他。我知道我很任性、很霸道、很不講理。但，我知道就是有人犯賤喜歡我這種爛人。

那晚阿偉出現在我家門口，我抱著他，一整晚就只是那樣睡覺，什麼都沒做，也沒多聊什麼，我掌有關係的絕對主控權。

第二天我起床，就叫他一起離開。

從抱睡開始，我們慢慢變成了固炮。他會適時透露有關自己的事，而我總是有一搭沒一搭地應著。

我們關係的確認，是那一年的七夕，一個我從來沒想要過的節日。他帶著蛋糕在我家樓梯口等我，一直等到十二點多，我回家時，他才跟著我一起進門。他拿蛋糕塗我，我也回擊，我們玩著，第一次這樣玩著，但玩的過程是這樣哀傷，沒有絲毫快樂。那晚我們在很奇怪的氣氛中做愛，是我們認識以來最哀傷沉悶的做愛。但我們還是做著，好像只是要完成一個儀式。

從第二天開始，他就固定會出現在我家門口，等我回家。我早一點回家，就一起吃晚餐；晚一點回家，他就在我家過夜。而且總是早上跟我一起離家。

一直以來，他沒主動打給我過，沒逼問我下了班去哪裡，只是安靜地守在那裡。

而我，也慢慢習慣了他的陪伴，並認爲是理所當然的。我從來沒有想要讓他多知道一點我的行蹤。有時我下了班沒事，但就是故意不早回家，甚至故意拖到很晚，就想看他可以撐多久。

所以當半年後某天，他突然沒出現時，我第一次心急如焚地找他。我瘋狂打電話，第一次用了「奪命連環叩」這一招。一直到第二天早上他才回我，說他發燒，所以下班就回家睡覺了。聽完他的解釋，我沒多說話，只是狠狠掛了電話，甚至沒問他好點沒。

當晚，他拖著病體再次出現。那天其實我下午就下班回家待著了，我故意等在門裡。我想看看他到底都幾點到、可以等多久。

他開始在我的門外等待。我沒有在外面過夜的經驗，因此我不知道他可以在我門外等多久。那天傍晚起，我就一直透過門眼觀察著外面。他大概六點半到，手上拿著一鍋東西，我不知道那是什麼，但我悠然地在家做著自己的事，小心不發出聲音，然後不定時去門口觀察他。他只是安靜地坐在那裡，而且看起來很累。

我不知道我爲何會這樣。我一面很得意，好像在懲罰他昨晚讓我找不到；另一面，我又很高興有人這樣愛我。但在心深處，我其實有些內疚，不知自己爲何要這樣對他。他從來不隱藏對我的愛，而我對他的愛呢？我竟然沉浸在莫名想虐待他的快感之中，這是我至今無法理解的。他讓我想起小慈，那段不健康的關係。

那晚我徹夜沒開門。他中間按過兩次門鈴，我都當沒聽到；而且因爲我早把手機給關機了，所以他也找不到我。大概到了凌晨一點多，我看到他哭了，而我卻莫名地笑了。

也因爲如此，他的存在開始讓我害怕。他引誘出了某個我內心最黑暗的野獸。有一度，我其實想開門去緊緊擁著他，但我最終還是沒這麼做，只是躺回床上睡了。

第二天，我等他離開後才開門去上班。晚上回家時，他又等在那裡了，一看到我，他立刻流著淚說「對不起」、「不該讓你找不到我」之類的話。我沒多說話，開了門讓他進去。

那晚他看起來很不舒服，而我再次像個徹底的混蛋，狠狠地操了他，甚至故意用他的嘴當屁眼瘋狂操著。即使他看起來這麼不舒服，像條死魚躺在那裡，但我還是完成了自己的性愛。

那次事件後，我們的關係才算正式定了下來。我給了他我家鑰匙，讓他直接進門，但也開始讓我更盡情地虐待他。一方面我愛他，喜歡他的穩定、不追問、不鬧事；另一方面我又害怕，一接近他，我內心那頭我無法理解跟駕馭的嗜虐猛獸就會跳出來，把他虐待至死，不死也要讓他重傷。

而且，我們正式在一起不到半年，我就開始不回家了，甚至故意整個週末都搞消失。他只有一次瘋狂地打給我，這麼做的結果就是被我趕出門去，所以從那次之後，他再也不敢這樣奪命連環叩。通常他只會打兩次電話，一次是凌晨一點左右，一次大概是早上七、八點。

而我呢？你大概不相信，我去外面交了女友。

我回到雙性戀的狀態。那個我所謂的女友，其實更像是女炮友，她比我還放浪，從一開始就說只要性。她不美，濃妝豔抹，唯一的優點是夠浪，所有網站上飢渴的男人都知道找她準有一炮。她技巧也夠好，甚至讓我重新喜歡上了與女性的性愛。

我跟這個女的關係持續了兩年。在我跟阿偉交往一年的時候，我甚至帶過她回家，在房間做愛，而且房門還故意開著。那次她離開後，我看到阿偉整個人縮在浴缸裡發抖哭泣。他泡在一缸冷水裡，冷得全身泛青。但我看了只是狠狠把他拖出浴缸，用滾燙的熱水直沖他。到第二天，我才發現他有幾處灼傷，基於補償心態，我那幾天才對他稍微好了一點。

我甚至逼過阿偉，當著我的面跟這個女的做愛，而且有兩次。一次是阿偉操這個女的，不過是操女的屁眼；一次是讓阿偉自己去找了根假屌，讓女的戴了操阿偉，而我就在一旁興奮地玩自己的屌，等阿偉結束了他的戰局，我再去操他。我完全不知道我哪來的詭異欲望，但看到阿偉這樣我就越發興奮，越想佔有他、虐待他。

這兩次的夜裡，我偷聽到阿偉躺在我身邊啜泣，但我卻充耳不聞。甚至有次把他一腳踢下床，叫他滾去客廳睡。但他沒有，只是爬起來，繼續回到床上，壓抑自己的哭聲。

我跟阿偉的關係就是這樣，每當我惶恐，產生自我認同危機時，我就開始虐待他，藉此讓我找到一絲心裡安慰；虐待完後，我就開始補償他。

我們大概在一起一年半之後，我不再碰他，也不准他碰我。除了抱睡，但只能夠抱睡。我不碰他的屌，也不讓他碰我的，我甚至寧願自己打手槍給他看，也不讓他碰我。

從那時起，我就註定踏上一條再也無法回頭的路了。

13

為了贏回我的肉體——是肉體，不是心，因為我的心從來不在他的身上，至少阿偉是這樣認為的——阿偉開啓了我這一生最瘋狂的性愛史。

在無性生活將近一年後，阿偉開始跟蹤我到三溫暖，之後極盡可能的色誘我，恢復第一次見到我時的那種瘋狂，讓我很爽。但這是會成癮的，因為我發現，只要我什麼都不做，阿偉會願意為了吸引我做任何瘋狂的舉動，甚至主動去開發新的可能性。

在三溫溫暖色誘我幾次之後，我失去了興致，又不肯去碰阿偉了。因此他就想了各種瘋狂的方式來引誘我。

第一步，是開著門做愛。

不肯再碰阿偉後，我就經常自己在小房間區來回穿梭找好貨。某天，我突然發現一個門口擠滿了一群人，我湊過去看，發現竟是阿偉在瘋狂地操一個猴零。這是我第一次看到阿偉當一號，而且他那種瘋狂勁，完全不輸給我。

於是在阿偉操完他之後，我就拉著阿偉去另一間房，我要更瘋狂地操他！但阿偉卻堅持要開著門，我那時紅了眼，只想著怎麼瘋狂操他，就順了。沒想到這帶給我無比的快感，讓我又找回第一次進入三溫暖黑房的快感。

我們開著門，做著彼此熟悉的動作，只是我比平常粗暴非常多。門口一直有人在看，偶爾會有大膽的人進來摸摸我們。但凡進來的，都會被阿偉扯去浴巾，用手用力抓著屌狂搓弄幾下，我看到有幾個人露出很不悅的表情，大概阿偉太粗暴了。但那些過程卻讓我越來越興奮，我努力憋著不射精，結果我破紀錄狂操阿偉一個多小時沒停下來，中途還不停變換姿勢，吸引很多人來看我們。

從那次後，我們的性愛就越來越瘋狂。我甚至有次在房門口幹阿偉，要他手扶著門框，面對外面，讓來往的人都看到他的屌。他的特色就是可以在被幹的過程中依然堅挺，因此每個經過的人都迫不及待撫摸他、玩他的屌。他的大屌在陌生人手裡跟口裡不斷興奮，身體不由自主地扭動，我的屌就在他肛門裡找到更高的快感。那次我又瘋狂操了他一個小時，中間他至少被陌生人玩射了兩次。想到陌生人玩著他的屌，就讓我感到一陣莫名的興奮。

再後來，就是他去找人來3P，這是最常發生的模式。這個時期的我雖然身材沒有以前結實，但還是有些線條的，只是腹肌不見了。但我們兩個Man貨加起來，還是很容易可以找到人3P。最高紀錄是我們一間房擠了四個人在互幹。

不知爲何，我喜歡看著阿偉操人的樣子，讓我更有興致在他操完人後去幹他。通常程序是，阿偉會先伺候那個陌生人，讓他一切都放鬆了，而那個陌生人則會好好地一面服侍我，一面享受阿偉的服侍。

然後我會先操那個人；等我操完後，再等阿偉操他；等阿偉操完他，我再瘋狂地操阿偉，然後讓那個人吹阿偉的屌。

曾經有個零號看到我操阿偉的狠勁，嚇跑了。也曾發生過我看阿偉操人看得太爽，硬是從後面強行進入阿偉，而阿偉不管我怎樣，總會配合我的瘋狂。或者該說，他總會去想更瘋狂的招式好吸引我。

我們3P的經驗結束在有一次，我跟阿偉同時進入一個肛門中。那是我們找得到唯一一個，願意在三溫暖被兩根屌一起進入的零號，而且還眞的順利進入。有幾個零號曾經想「挑戰」看看，但最後總受不了疼痛而放棄，最後那個零號是唯一願意又成功的。

那次的經驗，比跟阿漢進入同一個小穴更爽。一方面是眞的很緊很緊，我記得最後那個零號肛門還因此有點撕裂傷；二方面是那讓我想起跟阿漢的難忘經驗，我又再次可以像在小穴中頂阿漢的屌那樣，去頂阿偉的屌，可是肛門畢竟不像小穴的構造，沒辦法這麼快速容易地進出，因此不太可能瘋狂地抽插，但卻更增加了精神「性」的刺激快感。那是我跟阿偉第一次一起進入同一個肛門，我沒想到後來我會愛上這種瘋狂的感覺，而且跟阿偉「雙劍合併」的默契也越來越好了！只是後來的經驗是另一種瘋狂的境界，等會再提。

瘋狂是一種難以回頭的狀態，就像吃麻辣鍋，一旦你習慣了大辣，就再也無法享受小辣或不辣的食物了。而我們的關係，就像瘋狂的惡性循環一樣：我莫名的恐同症，讓我對阿偉若即若離，時好時壞。有時想好好經營這段關係，有時又想虐待他，把他趕跑。每次我把他推開，他就會找到更刺激的性愛來留住我，那些方法的確可以留住我一時，等我膩了，他只好再去找更刺激的，於是我們註定一起沉淪下去。

當我們在三溫暖裡可以玩的都玩過了，我就失去興趣；然後阿偉開始上網約人3P，但那也只讓我多享受了幾個月，畢竟都是3P，在三溫暖開著門幹給別人看還有種刺激的快感，在房門裡再怎麼玩，招式也就是那樣，我也漸漸膩了。

但地獄絕對不只十八層，當你覺得到了最底時，總會再讓你發現更深的那一層。

14

用「地獄」來形容它，是我現在的說法。在我第一次走進那裡時，那簡直像是哥倫布發現了新大陸，比第一次走進三溫暖還讓人刺激。

那是一個轟趴（Home Party）。我不知道阿偉怎麼找到的，但我相信我們是第一批趕上台灣轟趴風潮的人。

我一進去，就被阿偉餵了一顆糖果（搖頭丸的俗稱）。那時還沒人教要先吞威而剛，後來大家越玩越兇，爲了玩得盡興，才想到要在吃糖果前先吃威而剛，不然體力再強的人，在糖果的作用下，連搞三次也腿軟了。尤其吃了糖果的零號個個都像長了鋼鐵屁眼，耐操耐幹耐折磨，不吃威而剛根本征服不了這些大婊子！而且，你總會盡可能地想幹到所有你覺得可口的菜，即使只是進入抽插一下也覺得爽到了。

但我生平第一個轟趴卻讓我畢生難忘。

我走進那裡，只以爲是要去別人家3P，沒想到看到一批只穿著三角內褲的男人。那次的人不算精挑細選，可說龍蛇混雜，大概風氣還沒開，不好約人，所以硬是湊到了二十個人。

嚴格說起來，那次算是我參加過的轟趴裡素質較差的，裡頭我眞正想幹的人不到一半。

唯一的好處是，來的人大多是二十到三十五歲之間的。那時也還沒流行熊，所以現場也沒有太過肉壯的人。

我吃了糖果後，便有點暈了。那是我第二次吃糖果，卻是第一次吃糖果後做愛，我沒想到會暈得這麼難以控制自己。因此我幹的第一個弟弟很丟臉，因爲我沒幹幾下，頭就暈到無法下去，只好倒在沙發上任人幫我吹。那種感覺很奇妙，皮膚的觸覺變敏感了，任何人觸碰我都可以讓我感到很爽，甚至有人碰到敏感部位我還會一直笑，實在跟我平時酷酷的樣子相去甚遠。但我的屌卻沒因敏感而過於興奮，反而延長了興奮的時間，有點麻麻的。

那也是我第一次被一個男的進入。大概我因爲整個癱軟，所以沒什麼抵抗能力。我知道有人舔我的肛門，玩我的屌，甚至用手指插入。我好像有試著推開他，但沒用，所以我就被捅了幾下，不過後來我還是把他推開了。不過，那種感覺卻不像我之前被小慈弄的時候那麼不舒服。

我不確定我暈了多久。等我好不容易適應時，一起來，就看到阿偉已經坐在一個男人的屌上抽插，同時身邊圍著幾個人在摸他。他的屌還是翹得老高，至少有兩張嘴在搶那根屌，他的手也摸著兩根屌，嘴裡還含著一個，另外還有一個人在玩弄他的乳頭。我看到那個畫面，簡直是瘋了，立刻走過去，一把拖住阿偉的屁股就端了起來。其他人都愣住了，但我根本不管，喬了一下姿勢，就趁那個男的屌還在阿偉屁眼裡的時候，一起刺了進去。這是我第一次跟別的男人一起進入阿偉的肛門，好緊好緊，我可以感到阿偉痛得狂叫，那個男的似乎也受不了，但我卻正在興頭上，因此開始瘋狂抽插，中間掉出來好幾次，但我還是繼續猛插進去。大概是糖果的效用讓我瘋狂，龜頭的痛感雖然被放大，但卻如此的爽，這就是所謂「痛並快樂著」吧！

我直接射在阿偉的體內，這對我跟阿偉來說都不稀奇，阿偉還會吃我的精液。我幹完阿偉後，抽出來就頭也不回地走了。

即使剛幹完人，但看到屋裡四處有人在幹炮，讓我馬上又硬了起來。這裡跟三溫暖不同的是，我知道以我的條件，只要我想幹的，一定都幹得到，而且不像在暗房那樣自己幹的是誰都不知道。這裡可以把最骯髒的慾望都釋放出來，沒人會覺得奇怪。

那晚我加入每一個在互幹的小團體，趁別人在做愛，硬是插入了至少三個人的肛門。即使被人狠狠推開，但我還是樂此不疲。

在我射了第三次後，我整個沒力地躺在那裡昏睡。

等我醒來時，我的屌痛得難過，但已經有個男的坐在我的屌上，自己在那裡上下動著。可是我已經完全沒力了，我後來知道至少有兩個男的這樣被我幹過。

我忘記我在那裡呆了多久時間，第二天離開時已經是早上了。

我一回家就睡死了。醒來時，只聽到阿偉在廁所的哭泣聲，而我也莫名地心情沮喪，甚至連罵他的力氣也沒有。

又隔一天，我才總算恢復正常的思考跟反應，開始努力回想那晚的情形，卻怎樣都想不起來，甚至連我幹了多少人都算不出來。

即使如此，我跟阿偉卻開始了我們最瘋狂的轟趴旅程！

有一年半的時間，我們每週都去找轟趴參加，甚至也自己辦過，但只辦過一次。一方面人太難約，另一方面太高調，加上貨很難調，所以只辦過這一次。有幾次，我們甚至連週間的轟趴都會去參加。

有個連續假期，我甚至連續參加了三場轟趴。只要有威而剛跟糖果，我就可以挑戰自己的體力極限。可是我知道，阿偉每次從轟趴回來，第二天都會嚴重憂鬱，但我總是刻意不去理他的情緒，只是繼續睡覺，恢復自己的體力跟精神。

我們甚至參加過ＳＭ（施虐與受虐）趴。在那裡看到一個男的被捆綁在皮革性愛椅上，被房間裡的人幹、吐口水、用皮鞭抽、在身上尿尿、用蠟燭油滴，最後甚至把他弄到剉屎，也沒人去管他。但我只參加過這一次，因爲射過一次後，實在無法再興奮起來，所以我以後就拒絕這種趴了。

越來越有經驗後，我們就知道一號要先吃過威而剛再吞糖果，這樣才可以「金槍不倒」。不過後來我們鼓勵全部人都吃威而剛，這樣從頭到尾每個人都會維持這種狀態，讓人很爽。畢竟在幹零號時，可以順便把玩他硬挺的屌是種雙重享受。

從開始固定參加轟趴後，我跟阿偉都開始加入健身房，因爲每週都要進行「體力跟耐力訓練」。我開始注意自己的身材，不斷訓練自己的肌耐力，甚至加強某些部位。以前海陸的訓練是全身性的、毫無計畫性，只是講求體力；現在是除了美觀的線條，更要強調「功能性」。

由於我很喜歡在轟趴時用火車便當式，加上阿偉跟我講過，火車便當的晃動感會把藥效帶上來，會特別爽。我也特別觀察過，只要我用火車便當式震個幾下，零號的屁股就會非常用力地扭動來回應我。我甚至很驕傲有一陣子我在趴場的外號叫「便當哥」，因爲只有我愛用這一招，很多一號爲了保留體力，或者自己也處在暈眩狀態，都會避免這麼高難度的姿勢，但我就愛挑戰自己的極限。不過我一晚通常也只端兩三個，能被我端到的，也是種運氣跟榮耀吧！自然隨時有慕名而來的優質弟弟供我使用！

15

大概眞的吃了糖果比較不怕痛，我也開始偶爾會當零號。只是我從沒讓阿偉進入過我，即使我知道他很想要，但我就是不讓他得逞。

我第一次有意識地想給人進入，是因爲我看到一個外型很像阿漢的人。從他進門後我就一直很注意他，但我們都是各玩各的，可是我總是會不經意去尋找他。

結果，那晚我在廁所碰到他，我走過去跟著一起尿，然後問他：「幹了幾個？」

他笑笑，回答：「剛開始暖身而已。」

我們彼此打量著對方，我看得出來他對我有興趣，但我不知道該怎麼辦。畢竟，在這裡只是互相打槍實在不太吸引人。

但我畢竟也是個老手了，也許我不習慣主動抬起屁股，但引誘人的技巧我還是很熟練的。我故意控制我的尿，讓它的量一下停止、一下大噴發，然後慢慢摸著我的屌，讓它微微抬頭，向那男的「敬禮」。這暗示夠明顯了，我看到他看著我的屌的樣子，知道他上勾了，於是我靠近他，去捏他乳頭，他沒反抗，所以我伸手去摸了他的屌。

接著我們就去一個角落吹了起來。但在這裡沒人想被這麼快吹出來，我可以感到他的興致闌珊，而我又不知怎樣可以跟他有更親密的關係。那一刻我還沒浮現他可以幹我的念頭，於是我提議：「你有跟另一個一號一起進入一個零號的經驗嗎？」

我看到他眼神發亮。於是我們便找了一個零號，一起幹了他。我的抽插技巧越趨成熟，雖然在雙龍入洞的時候不太可能刺到零號的Ｇ點，但要讓一號爽就輕而易舉了。大多一號在跟我玩雙劍合併的時候，都會被我頂到提早出來，但我非常享受跟這個男人的屌互磨的感覺。那是一種雙重享受，一方面會特別緊，達到肉體跟精神的淫點；二方面，屌跟屌在這樣頻繁快速的抽插中，產生的熱能是讓人很痛快的。我故意不要那麼快就猛攻他的龜頭，否則一般我爲了享受讓另一個一號早射的快感，會急速猛攻，這次我卻放慢速度，一下猛攻，一下緩進，讓我們享受這種快感的時間久點。而且我們是無套進入的，所以兩根肉棒直接摩擦的感覺更爽快！

不過最後，我還是用我的絕招頂到他出來。等我出來後，我眞的有點累了，便倒在沙發上小睡。我知道他也躺在我旁邊，而且手就搭在我的屁股上，我也沒作什麼反應。我不知昏睡了多久，醒來時只發覺有人舔著我的屁眼，我一看，居然是他。其實我很興奮，於是開始緩緩扭動我的屁股，像是鼓勵他一樣。他接著吸我的大屌，隔沒多久就刺了進來。大概我太緊張了，他嫌我太緊，一直要我放鬆，但我眞的很難放鬆，可是他技巧還算不錯，用了一股巧勁就進入了，然後停在那裡等我適應，才開始慢慢地動。說眞的，我至今無法享受當零號的感覺，我眞的不知道那有什麼快感，即使在我爲數不多的零號經驗中，我的確被頂到過所謂的Ｇ點，差點要噴尿；但是大多時候，我並不享受，只希望快點結束。而且在當零號的過程，我的屌都無法勃起，這也讓我很不爽，我喜歡阿偉被幹時仍能勃起的大屌，在這種場合，屌無法勃起，實在不光榮。尤其我還吃了威而剛，屌居然還是處在半硬的狀態，讓我心裡很不爽！

那次的經驗並沒有太久，不知是因爲他也才剛射完沒多久，還是他察覺到我其實是個很差的零號，總之大概才十分鐘他就拔出來射了，但我說我想幹他，他卻說他不給幹的。

從那次經驗後，我也有過少數幾次的零號經驗。但通常是要比我Man的我才願意，我不可能讓那種會說「看老娘怎麼操死你」的人幹我的。

唯一一次例外，是我讓一個明顯比我身形瘦小的弟弟幹我。這是唯一一次，我說不出來原因。當然，後來我知道了。

這個弟弟長得不錯，有著小麥色的皮膚，但是在趴場的人肉市場裡，身材不算好，只有微微的胸肌，甚至沒有腹肌，但給人一種很舒服的感覺。他非常主動地服侍我，把我服侍得很舒服。那時我已經連玩了兩個人，有點想休息一下，沒想到他卻可以再度讓我感到興奮。可是我實在想休息，於是拉著他到懷裡抱著，小聲跟他說：「讓哥哥休息一下，等下再操死你。」

誰知他用低沉的聲音小聲說：「可是我想進入你……」

我不置可否，所以他就順勢開始舔我的屁眼，讓我越來越放鬆，然後就進入了。我也沒特別反抗，只想著等會再好好操他操回來。

沒想到做到一半時，他忽然認眞看著我，賊賊笑著問：「你眞的不記得我了？」

我一臉迷惘，畢竟趴場見到的人這麼多，誰會記得誰呢？

他突然變了聲音低喊：「強姦我！」

我嚇出一身冷汗。我壓根都沒想到，眼前的人會是小慈。雖然我偶爾會想起他，也想過或許會再碰到他，但絕不是這種場合，絕不是他在幹我的時候相認的……

可是所有的 Gay 最先學會的就是演戲，畢竟也混了幾年。我掩飾了自己的驚恐，故作鎮定地說：「你變……帥了。」

他笑了笑，然後突然像是要報復一樣，很猛力進攻我。我感到有點疼痛，但沒有叫，也沒有阻止他，只是任他這樣狂風暴雨地猛攻。我努力忍著，感到自己頸子跟臉都漲紅了，但是我努力忍受著這一切，像是要償還那些年對他的虧欠。我不知過了多久，大概是我當零號最長的一次吧，他又猛抽了幾下，突然拔出他的屌，迅速脫下套子，然後整個精液就往我的臉射來，而且第一下還是直接射進我最無法忍受的眼睛！但我絲毫沒有爆發，只是靜靜等他發洩完畢，然後倒在我身上。

他喘著氣，等他緩和過來，就附在我耳邊輕聲嘲笑：「你眞是我碰過最差的零號！」我只是苦笑一下，腦中一閃而過的話是：「沒想到你當一號還不差！」

但我終究沒講，只是等他休息夠了，自行起身離開。看著他的背影，我突然失去了所有的興致，那晚再也沒找人做愛，只是安靜地縮在角落，用一種最不被打擾的姿勢環抱住自己。

後來我還是有在幾個趴上看到小慈，但我們都只是眼神交會，沒再有親密關係。不過我看得出來他很享受，我甚至看過他帶著某個清秀的弟弟一起出現過兩、三次，兩人的動作親密一如情人。

16

終於，故事來到了這一天。二〇〇四年一月十七日。

我不知道這個日期對其他人的意義。我相信很多同志看到這個日期，可以很敏銳地說出這天發生的事件。可是對很多人來說，它只是某個不曾被記憶的尋常日期。

然而，這一天卻改變了我的一生。

二〇〇四年一月十七日，這是我人生最後一場親身「參與」的轟趴。這次之後，我只又去了一次，但什麼都沒發生。不過那是後話了。

這天我被帶去某個趴場。這是我第二次去，阿偉認識主辦人，之前去過一次。他們的服務很好，算是轟趴裡頭素質高的了，大多的人經過挑選，進去後潤滑劑跟保險套都免費使用，挑的音樂也不錯，服務人員也客客氣氣的。

這次讓我特別興奮是因為，聽說有一百個「同學」會參加，所以我可是好好讓自己休養了兩週，打算在這天 High 翻天，反正接下來是又臭又長的年假，可以好好恢復體力。

我想寫到這邊，很多人已經知道我要說什麼了。沒錯，這個曾經轟動一時的「農安街同志轟趴」事件，就是我人生倒數第二個參加的轟趴。

阿偉那天給我買了件最新款的ＣＫ內褲，有著紅色褲頭。而且去之前，還特別跑了一下健身房，加強了一下該激凸的線條。當然，沒做太久，因為要保持體力，我打算再次挑戰我人生的極限，看這次能夠幹幾個。在這之前我最高的射精次數是四次，我希望這次可以更高一點，或至少多操幾個屁眼！照阿偉的說法，裡頭至少有六、七十個零號，十分鐘操一個，都不休息，也要花六七個小時才能操完！不知為何，這句話讓我精神百倍，就算不可能操完這麼多個，但操二、三十個也夠爽了吧！

那天進去後，看到小小的房子塞了這麼多「同學」實在讓人很爽，幾乎只是走路都可以跟別人「擦屌」而過！而且我看到好多個我的菜。

進去後沒多久，我就抱著一個弟弟在一旁搓弄起來，我身後還有個人在抱著我，把手伸進我的內褲摸著我的屁眼，我也沒阻止他。沒多久，就好幾個人圍了上來，彼此互摸。接著有人暗示轉去S房（專門給趴客做愛的房間），於是我們大概快十個人進了那間房間。我再次享受到那種全身每個毛細孔都張開的快感，身體變得異常興奮。

這時，突然有人拿了K（K他命）給我吸。我吸了一下，整個人瞬間進入迷茫中。恍惚間，好像有一大群人搶著摸我的屌，雖然知道我的屌是堅挺的，卻感覺好像離我好遠。那種感覺很奇怪，好像我的屌變成不是我的屌，但那種朦朧的快感又陣陣襲來，讓我更貪戀那稍縱即逝的放大快感。

我不知道自己處在這種狀態多久，等我回神時，我的屌竟然已經被他們弄到射了出來。但我一點也不打算休息，馬上就再次把屌給搓硬了，然後找到我一開始鎖定的弟弟，上前去吻他，沒吻幾下，我就猴急地進入他。他大概也才剛上來，沒什麼反應，過程我就像在操一條死魚，但我卻很爽。K的效力偶爾襲來，糖果也讓我處在暈眩中，加上我瘋狂地幹著他，才幾下，我就抵不住暈眩，倒了下去。馬上有個人坐上我的屌，自己動了起來，而我只能躺在那裡，好像進入迷宮般天旋地轉。下體的灼熱感是這麼明顯，加上又有一個人坐上我的屌，而我的乳頭被人咬著，感覺像是撕裂一樣疼痛，卻又這麼爽。在我還有意識的時候，我知道我又射了一次。

接著我就徹底失去意識了。等我再次醒來時，我睡在床的一角，我的旁邊依然充滿瘋狂做愛的人們。我趕緊讓自己恢復了精神，快速加入他們，狠狠操了幾個屁股，但都沒操到出來，接著就挺著老二走出去，回到大廳。大廳中很多穿著內褲的人在互相擁抱，我挺著我的大屌在他們中間走過。每經過一個人，他們都會伸出手摸一摸。我看到喜歡的，就湊上去在他們的屁股上蹭一下；有幾個主動一點的弟弟，我就從後面抱著他們，用手玩他們的屌，玩到他們淫水直流我才肯放他們走。我算手下留情了，沒硬把他們弄出來。

然後我就停在一面牆前面，任每個路過的人過來玩我的屌。我在養精蓄銳。

我不知過了多久，阿偉拿著我的內褲過來讓我穿上，然後抱著我在舞池中旋轉。我們什麼都沒做，只是抱著，緩步旋轉。旋轉可以幫助藥效上來，帶起微暈的感覺，很像喝酒的微醺感，非常放鬆。

又隔了一陣子，等我體力徹底恢復時，阿偉又去補了一顆，而我則進入S房開始進行我眞正的第一輪。前面那一輪太丟臉了，居然才一下子就被弄出來兩次，這次我要雪恥！

我走進去，先在外圍看著床上幾個互幹的人。我一邊物色我想要幹的對象，一邊也在找適當的空位插入。我先蹲下，用手去摸我最中意的那個弟弟的腿。他抬頭看了看我，向我點頭示意可以繼續，於是我的手順著他的腿上移，直搗黃龍，先快速摸了他的整根屌一遍，接著把手俐落地握住他的屌，然後用大拇指開始輕輕按摩他的龜頭冠，偶爾撥弄一下他的馬眼，接著一口含住，深深吸了幾口。我看到他的身體輕微擺動，而他的屁眼正被另一個人舔著。我玩他的屌沒幾下，他就起身吸起我的屌，他的口技一般，但我不介意，因爲我可以好好操死他。在他吸我的屌同時，我又開始玩起身後過來的那個人的屌。那根屌不長，卻很粗，手感超好，我顯然把那個人搞得很舒服，他開始前後擺動屁股，幹我的手。沒多久就有一張貪婪的嘴把他的屌吸了過去。我開始玩他的乳頭，但這時服務我的零號拉著我，想把我拉去床上，於是我跟著他躺到床上一角，開始猛烈進攻。先熱吻他，然後以迅雷不急掩耳的速度抬起他的屁眼，舔了起來，接著就進入了。

因爲我打定主意要多玩幾個，因此我根本沒打算出來。我的戰略是要把這些零號都弄出來，我才要出來，因此我特別把他喬成一個他不會太舒服的姿勢，但我知道那很容易頂到他的G點。我毫不留情地猛刺他的G點，同時手快速地搓弄他的屌，果然沒多久，他就被我弄出來了。他叫得很大聲，搞得整間房間的人都看著他，卻讓我很有面子。一等他出來，我就抽離了，他也沒起身，大概藥效上來，只能躺在那裡。我沒管他，接著有個屁股自己湊了上來，在我屌前來回擺動，於是我又馬上進入他。我一樣想辦法找著他的G點，喬了幾下，看到他淫蕩的表情，我才確定我找到了，於是開始猛攻他的G點，可是他的屌卻是癱軟的狀態，不論我怎麼刺激，都沒用。於是我覺得無趣，便抽身離開了，他起身想追我，我假裝出去，其實是待在房外看。直到他又找到了另一根屌，才又進去。

這次我找了一個屁股翹得老高，正在吸別人的屌的人，狠狠就刺了進去。顯然他很痛，但我不管，只是猛烈抽插。從他的聲音我知道他射了出來，而我還沒達到高潮……

也就在那一刻，影響我人生最大的事件，就這麼發生了。

我其實記不清楚那時的詳細情形。我只記得阿偉慌亂地進來拍我，而我仍瘋狂地幹著那個弟弟。隔沒多久，突然房間的燈全部亮了起來，大家先是一愣，同時看向門口。但光線讓我無法聚焦，看不清楚發生了什麼事。接著，一陣大聲的喝斥聲傳來，要我們立刻離開床。

這時我們才慢慢意識到，進來的是警察。大家一陣慌亂，我整個人僵在那裡，完全不知該如何反應，甚至不記得要先穿上自己的內褲。還是阿偉匆忙給我內褲，要我穿上。

然後我們被粗暴地推到客廳，強迫蹲下。我整個人處在一陣呆滯中，不明白到底怎麼了。

或者其實是我不願接受這個事實。忽然，閃光燈此起彼落地閃爍起來，爆炸般的白光跟喀擦聲嚇得我一驚。我驚恐地抬頭，不敢相信居然有人在拍照。

然後，就像新聞說的，我們被帶去驗血驗尿。

17

接著發生什麼事了呢？

迎接我們的，是我跟阿偉都已經是感染者的真相。從那天起，阿偉就從我生命中消失了。而我，整個人變成了行屍走肉。沒辭職，但也從此沒再去上班，因爲我害怕他們認出我。我知道新聞鬧得很大，所以把自己關在家裡頭足不出戶，只吃著家裡剩下的存糧，等著被通知去勒戒。

出來後，我就搬去台中了。我甚至沒去找阿偉，也不敢看電視或報紙，只想重新開始。我在台中找個便宜的住處，開始在便利商店打工，試著去搞清楚面試過程會不會調查出來我有前科。大概三個月後，我的生活才算穩定下來。但我不再快樂，過著自以爲等死的生活，靜靜等著死神來敲門。

感染後第一次感冒，我躺在床上，以爲就要病死了，甚至打了電話跟我媽說晚安。沒想到躺了三天，我卻沒死，而且開始退燒。我意識到自己一時半刻死不了，於是去了醫院，沒想到我早已經被通報是感染者，一就醫就被衛生署給盯上了。

但是，我也要感謝這場感冒，因爲它，讓我遇到了我生命中最重要的一個人——小翰。他不只名字裡有個同音的「翰」字，他的長相也有點像阿漢，甚至是同一個故鄉的人。

我開始去台中榮總就醫，而小翰是那裡的「愛滋義工」，專門輔導我們這些感染者。

他初次到我面前時，我眞的愣了一下，驚奇於他與阿漢極度相像的外貌。但小翰顯然比阿漢年輕幾歲，雖也是黝黑型，卻沒阿漢那麼粗獷，而是多了份溫柔的感覺。他來到我面前跟我交談，但其實我壓根不記得他講了些什麼。不過我喜歡他低沉沙啞的聲音。

看診的頭兩個月會比較密集地去醫院檢查，反覆檢驗藥的作用，因此我幾乎每週都會見到小翰。他總會主動過來跟我講話，說明一些關於愛滋的常識，聊的話題也漸漸愈來愈多。在我們第五次對話後，他主動把電話給我，要我有問題都可以打給他。可是事實上，我從認識他至今沒主動開口問過他任何問題，都是他滔滔不絕地講，我則默默地聽，即使常常出神，但我眞的很喜歡聽他說話。

隔了兩週我始終沒打給他，他才主動要了我的電話，還掰了一個理由說他們有個任務要訪視感染者的家，是爲了排除生活中的危險物品。

我不知道他說的危險物品是怕我自殺還是什麼的。總之沒多久，他打了電話，約了時間到我的住處。

他進門後神情有點心虛，後來他坦承，這個訪視是他個人瞎掰的，只因爲他眞的很喜歡我。他還裝模作樣地巡視我的小套房，告訴我要注意通風、環境整潔之類的屁話。

其實我很喜歡他來，因爲在這之前，我幾乎已經變成自閉症，除了跟同事偶爾講講話，沒有任何社交生活。下了班就是回家玩電動，不讓自己去想，也不知該想什麼。然而遇到小翰時，即使我對他有莫名的好感，卻不知道怎樣開始，或者以一個感染者的身份去交朋友，連我都覺得自己好髒……

多虧小翰的耐心，那天他要走的時候，站起來時握了我的手一下，我竟然一陣鼻酸，那是我超過半年來第一次跟別人有如此親密的肢體接觸。

之後小翰就常過來看我，我也開始跟他對話，知道哪些工作是不需要驗血的，哪些工作是我可以應徵的，以及我有哪些權益。

他甚至幫我寫履歷，有時我上大夜班，他也會過來看我。他陪我度過了我生命最低潮的時刻。

那年聖誕，我去新的工廠上班，晚上十二點半到家時，發現小翰坐在樓下自己的摩托車上等我。他舉了舉手上的蛋糕，說不想一個人吃完這個蛋糕。於是我們進門，他準備好蛋糕，插上蠟燭。

「是你生日？」我問。

他默默低頭沒說話，過了一會兒才緩緩開口：「可不可以……把今天當成……當成……我們的紀念日……」

他說完，頭低得更下面。而我完全沒意識到他要說什麼。

見我久久沒有回應，小翰於是抬起頭，說：

「我喜歡你。」

我身體止不住地顫抖。我也喜歡他，或者是說瘋狂地愛他，可是我根本連我自己可以活幾年都不知道。我這樣的病人，怎麼可能值得他愛？

於是，我們只是沉默地吃著蛋糕。

吃完後，他小聲說：「我可不可以今晚睡這邊？」

我點點頭。然後他就安靜地脫下衣服，剩下一條內褲，躺上床，把自己用棉被包住。我坐在那邊遲疑好久。將近一年來，唯一沒有浮現過的念頭就是性。我像得了陽痿，甚至不記得自己上次勃起是什麼時候的事。

我不記得自己坐在那裡多久，直到他說：「你不睡覺嗎？」

我這才上床，但我穿著衣服，而且隔他隔得很遠很遠。過了一會，他對我說：「我好冷……過來抱我……」

但我還是很遲疑，整個身體僵在原處，無法動彈。

於是他轉向我，慢慢靠近我。那一刻我幾乎要把他推開，告訴他：「別靠近我！」但我沒有這麼做。我感到他的體溫，他的手溫暖地抱住我，他的擁抱如此溫暖、溫柔。

那晚大概是我成為感染者後睡得最安穩的一覺。

第二天我起來時他已經離開了，我是夜班，所以繼續睡。之後他沒打電話給我，也沒簡訊。過去他總會叮嚀我要多穿衣服或要吃營養一點，但那天什麼也沒有。

他消失了四天，我幾乎要確定他要從我生命消失了。我心裡矛盾，一方面，我真的愛他，這是我進入圈子後最健康正常的愛了；可是另一方面，我告訴自己，這是對他最好的選擇，這麼好的人值得一個更健康的身體跟完整的靈魂……

我反覆跟自己的內心交戰，但還是意淫著他打了手槍。

就這樣，我們徹底失去聯繫，雖然我每週至少去醫院偷看他一次，但沒再和他正式照面、交談。沒有聯繫了。

又隔了一週，我出車禍被送進醫院，因爲我的身份問題，他被通知到了急診室，看見我時臉上盡是心急如焚的表情，情不自禁就抱了上來……一旁的護理人員都驚呆了，我知道他們驚訝的原因，因爲我是感染者……

他的行爲跟和我做愛一樣讓人感到怵目驚心！

但我在他的懷抱中再次感到很安心的溫暖。他哭了。

我也哭了。

後來我轉去一般病房，他幾乎每天下了班就過來看我、陪我，睡在醫院，早上回家匆忙洗個澡，又去上班。

我們又恢復每天通電話或簡訊，週末會約去爬山或游泳，我也開始感到自己一天比一天快樂、健康，也才第一次意識到：原來人的心情可以影響身體這麼多。

我們晚上會睡同一張床上，但都只是抱睡。偶爾他會伸手試探我的老二，但我都只是讓他玩個幾下，就阻止了他。

我還沒想好要怎麼辦，可是我可以確定我愛上他，離不開他了。每每想到這一點，我就會把他摟得好緊好緊，而他也會這樣地回應，彷彿在告訴我：我在，我不會離開的。

那年的七夕情人節晚上，我們躺在同一張床上，像平常那樣抱睡。突然，他將臉迎上前吻我。我有點嚇到，緊閉著嘴巴，迅速撇過頭。誰知道，他居然生氣了。

「你到底把我當成什麼？」他逼問。

當然是情人。我這樣想，卻講不出口。

看我不說話，他更加生氣，憤怒地說：「如果你不喜歡我，我可以走！」

他再次逼問我到底把他當什麼。問到第三次，我才小聲地說：「情人。」

「哪有情人連接吻都不肯的？」他問。

我講不出話來。他沉著臉地看著我，我們就這樣靜默地對峙著，誰也沒說話。不知隔了多久，我才緩緩開口：「我怕……你受傷……」

他突然笑了出來，笑得前俯後仰。我不知道他為何這樣笑，但他顯然無法停下來。等他終於停了，他才緩緩開口：「過去一年來我每天都在給你洗腦，告訴你怎樣進行安全性行為，你都沒聽進去？半個字都沒聽進去？」

我不願意承認，但我真的沒聽進去，因為我想我這一生都不應該再去害別人。

我只是把頭低得更低，這時他突然坐回床上，用手牽起我的手：「相信我，我比你更在乎安全性行為！我做的每個動作都會保護我自己，也保護好你！相信我好嗎？」

我沒有任何反應。於是他拿起我的手放在他的臉頰，用臉頰磨蹭我的手。接著他慢慢靠了過來，抬起我的頭，開始吻我，一邊慢慢解開我的衣服。

那是我成為感染者後，第一次跟別人發生這麼親密的接觸。我馬上就勃起了，因為我早就渴望他的肉體，但我連他的屌都不敢碰，怕我不能制止自己的慾望。但他絲毫不在乎我的顧慮，直接伸手過來脫下我的內褲，將臉正對著我勃起的屌。我好怕他幫我口交，所以當我感覺他的頭打算低下來時，就趕緊低頭親他的嘴，幾次都這樣。最後，我拉著他的手過來替我打槍。

然後在他的手引導下，我也開始幫他打槍。

嚴格說起來，他的打槍技巧真差勁，跟那些我習慣的玩咖根本無法相比，但我卻輕易就在他手底下高潮了。高潮前一刻，我急著鬆開他的手衝去浴室，自己對著馬桶射精，射完後趕緊沖掉。我想如果那時手邊有酒精的話，我一定會徹底把老二消毒過才會回到他身邊。

正當我慌亂地沖洗時，他從後面抱住我，他硬挺的老二頂著我，我感到了他的呼吸跟心跳，轉過身輕柔地輕吻他，並且暗暗發誓：爲了他，我一定要練習直到成爲一個接吻高手。回到床上，我緩慢地吻遍他的全身，替他口交。我甚至打算讓他射在我嘴裡，但他最後還是堅持射在我身上。我感到好滿足，好想去舔他的精液，去表達我多愛他、多信任他。

那晚之後，我又恢復了性生活。不過跟過去比，已經緩和多了。大多是他幫我打，偶爾他要替我口交，我都要求一定要讓我戴著套子。

當然，交往幾年，其實我進入過他。我第一次進入他時，簡直比實戰打靶還要緊張，雖然我已經知道所謂的安全性行爲，只要戴著套子，算是安全的，但我還是很緊張。我只敢在裡頭待幾分鐘，不敢像以前那樣狂抽猛幹，甚至根本沒爽到就匆匆拔出來了。因爲就我以前的經驗，保險套被幹破是常有的事，尤其像我這種喜歡激烈進攻的一號。

後來我才知道，原來一個套子不能戴太久，通常「一節」最好就換個套子，爲了安全，這種錢是不可省的，尤其碰到像我這種以持久著稱的一號，套子戴了半個小時後，彈性已經疲乏，其實是很危險的。後來我也才知道原來油性的潤滑劑不能用在保險套上，以前我們還拿乳液潤滑，眞是錯到底了。

好色如我，漸漸也找到了一個可以滿足我狂抽猛攻的方式，就是——幹他的大腿！叫他把大腿夾緊，然後瘋狂抽插，其實快感不輸給幹屁眼。

即使他的性技巧不如我以前那些炮友，我們卻找到了一個非常「和諧」的性生活方式。

即使我偶爾還是會在腦中回味那些過往的瘋狂性派對，或難忘的性經驗，但我意識到，只有跟小翰的性才是眞正的「甜蜜」，其他都只是在追求自己的快感……

18

好吧，寫到這裡，我無法再騙下去了。

你看到的這篇回憶錄，其實是「我」寫的。

只是這個「我」，就是文章中的小翰。

除了最後這一段，前面都是我的ＢＦ——阿龍的眞實經歷（如果他沒騙我的話）。文中很多部份，他會說自己是「自私的混球」，其實是我私自加的註解，他可沒這麼有自覺心。而且以他的文學造詣，很多話也說不出來。

一開始只是我要聽他過去所有的故事，所以就要他講。當然我知道他荒唐過，只是沒想到這麼荒唐，但我學著慢慢不要用有色眼光去批判他，每次他透露一點，我就要深呼吸好幾口氣，然後慢慢地整理。我想每個人來到這個世界總有一些任務的，他的任務是至少他的故事可以提醒很多人：要玩可以，但請玩得安全，不要玩到傷害身體。

以目前的醫療技術，只要早期發現，乖乖吃藥，Ｈ（愛滋病）就是一個慢性病，督促你要活得更健康。像我就陪著他一週至少作兩次運動，提醒他早睡早起。我們也不斷在調整彼此的關係，說實話，我也是跟阿龍正式交往後，才眞正開始瞭解怎麼跟感染者相處的，否則以往那只是「一份工作」而已。

他常說很幸運遇到了我，其實我也很幸運遇到了他，因爲只有在他面前我才覺得自己是個值得被愛的人，不對自己不出色的外型感到自卑，或對自己沒有超能的性能力感到窘迫。因為他，我要活得更健康，我告訴自己要有更健康的靈魂去擁抱生命。

寫下這個故事，一方面是供我這種沒有荒唐歲月的人意淫一下，另一方面，我更希望告訴感染者，不管你過去的生活如何荒淫，當你體內有個新生命存在時，過去的你就死了，而有一個重生的契機。因為這個「新生命」，讓你有機會去重新思考自己的人生，有責任讓自己的靈魂更健康更健全。那是許多所謂的健康人都無法做到的。

人生的光明絕不在肉體年輕時，而在你讓自己的靈魂健全時！

當然，要時時保持這麼正面是不容易的，但有很多人可以陪著你渡過最艱困的時刻。現在偶爾阿龍會陪著我去一些支持團體，以過來人的身份分享他的「心路歷程」，他口才不好、很不會說話，但很眞實，很感人。

跟他在一起的每一天，我都在實踐那句「活在當下」的力量。我也還在努力調適自己。我不否認，那些他臥病在床，我替他把屎把尿的「眞實」畫面還在某個遠方等待著襲擊我們的生活，但，我想要證明愛是有力量可以超越很多肉體苦難的。

我們的故事還在發生，希望你能為我們祝福，也為每一個重生的感染者獻上衷心的祝福吧！

最後這一句眞的不是我要加的，是他要加的：「小翰，你是我這一生的摯愛。」

【後記】

「滿地用過的保險套、屋內傳來陣陣腥臭的味道、隨地都可以看到衛生紙和穢物、警察戴著口罩和手套進行搜索、員警工作完畢噁心得連早餐都吃不下……」

這是當年農安趴後的新聞，我相信還有更不堪的照片跟言語暴力被網海淹沒了。在聽完他的故事後，我很佩服他，因為他主動要去找他生命中另外兩個重要的人，一個是阿偉，一個是小慈。

但他根本沒了阿偉的下落。其實我偷偷搜尋過新聞，那年的農安趴事件過後，有幾個同志因受不了染病跟社會家人的壓力，輕生了。我看過名單，其中一個我認為就是阿偉，但我不敢跟阿龍講，怕他又胡思亂想。

第二個是小慈，但阿龍也沒有小慈的聯絡方法，於是阿龍有時會去台北打聽他以前參加過的趴場主辦人的下落，有個叫阿B的，他辦的趴小慈多會出現。

我不知道阿龍最後怎麼找到阿B的，但那是我生命第一次踏進趴場，我也希望是阿龍這一生最後一次踏進去這種地方。

我很不自在地穿著內褲，雖然阿龍一直說我這種小熊現在是主流，但我對自己的身體其實超沒自信的，尤其只穿著內褲時，我超緊張的。那天最好笑的就是阿龍從頭到尾手都拉著我的手，不讓別人碰我，偶爾我看到有人碰他，但他也沒什麼回應，而我很尷尬的是，進去沒多久，我就被人狠狠狂摸了一把，搞到我的雞雞一直處在勃起的狀態，雖然好像很多人都這樣，但我還是覺得自己的慾望這樣赤裸裸地高漲很奇怪。

眼睛直盯著四周的Live sex show，看著別人當場互吹互打，我血脈賁張、口乾舌燥，這是連我看過最刺激的G片都沒有的情節。

我跟著阿龍找到了小慈，小慈看起來比我想像中要帥，而且帥很多，我不知道阿龍怎麼這樣暴殄天物！

阿龍把小慈拉到一旁，小慈對他手來腳來的，我看到阿龍對他講話，講完後，小慈一把打開阿龍的手，逕自走了。

本來我們也打算離開趴場的（雖然我很想繼續多待一下，看看那些阿龍描述過的眞實場景，可是阿龍堅持不肯），但到了門口後，趴主卻不讓走，所以阿龍找了一個最隱密的角落，抱著我，親著我。他後來在那裡睡著了，而我則一直清醒著感受到有人過來摸我，或摸阿龍，我整個人緊張到無法入睡，但雞雞又是前有未有的興奮，最後很尷尬的是，我睡著了，然後……夢遺了……我想這是趴場最大的笑話吧……

離開後阿龍告訴我，小慈跟他說，他一直玩得很安全，才不像阿龍這樣不愛惜自己的身體，他固定每隔三個月就會驗一次血，前一週剛拿到的報告還是陰性！

之後我們就回家了，沒再談起小慈或那晚的事，但我始終不禁要想：如果不是小慈的引誘，導致阿龍後來一連串的墮落，我怎麼可能找到我這一生的幸福呢？

最後我想要借用我很喜歡的張愛玲女士所寫的句子：如果說香港的淪陷成全了白流蘇，那阿龍的墮落就成全了我。雖然我始終不知道，是該希望他健康地活在某個不屬於我的空間，繼續享受他豐富的性生活比較好，還是快樂地坐在我旁邊打著電動比較快活，但我知道——

我的生命因爲這個男人而徹底不同了。

安全玩，平安爽——

我願意守護自己的身體與幸／性福

signature：

真愛（自己）聯盟
同意卡

離魂歷劫慾海花

壹

鈺子感到身上一片冰涼，忽地轉醒，屁股上一陣熱辣，分不清是痛是麻。他想著：「怪怪，我昨個兒沒吃痲辣鍋呀……」

突然又一陣痛，他才發現自己被兩人拽著手，有人正在狠狠地打他的屁股。他痛得大叫：「哪來的婊子，這樣玩我？說了我不玩ＳＭ的，快放開我……」

但似乎沒人聽得懂他說的話，還是繼續打。他痛到想掙扎，卻發現自己毫無力氣，只得咬緊牙。恍惚間，他聽到有人數著：「四十一、四十二、四十三……」

接著他就昏死過去了。

貳

再次醒來時，鈺子發現自己趴在一張舒適的床上，屁股除了熱辣感外，還多了些涼爽。他全身無力，想動，卻使不上力，而且稍微一動，屁股就傳來燒灼的疼痛感。他環顧四周，盡是古色古香的擺飾，他心裡暗罵道：「哪個大嬸這麼做作？自以爲活在中影文化城呀？」

才想著，屁股的燒灼感又襲來，他發出微微的呻吟。這時一個人匆忙進門，是個嗓眼清亮的男生聲音：「鈺大爺，您醒了？」

鈺子正想罵到：「什麼鈺大爺？老娘不當大爺很久了！」但就是使不上力罵出口。想到自己的機靈，又覺好笑，只是一用力，就撕扯到傷口，疼得又叫了一聲。

那人趕緊說：「鈺大爺，您快別動了，老爺悄悄去了御醫那裡請了最好的金創藥給您敷上了，還千叮嚀萬囑咐這幾天您千萬別下床，不然傷口會好得慢些……」

鈺子眞聽不下去了，用盡吃奶的力氣罵出來：「我操！什麼御醫、大爺的，現在演的是哪齣？」

沒想到那人眞往窗外瞧了瞧，認眞地回答：「剛唱罷〈思凡〉，好像準備要練〈驚夢〉！鈺大爺果然是戲癡，都到這兒節骨眼上了，還惦記著在唱哪齣！」

可以的話，鈺子眞想啐這個不男不女的娃子一口口水，說什麼屁話！偏偏現下稍一使力就疼，讓他只好歙著嘴，乾脆不說話了。

那人見鈺子不說話，便慌張地又開口道：「鈺大爺，您放心，老爺都交代好了，您需要什麼就吩咐一聲，我給您侍候周到。常春這幾日就在這兒服侍您，有不地道的地方，請多賜教。」

鈺子聽了聽，也漸漸習慣這般做作的言語，懶得用力罵了，只想著：「等老娘可以站了，看老娘怎麼收拾你！」

想著想著，又昏昏沉沉地睡過去。

參

鈺子再次醒來時，已經恢復了些許力氣，可以勉強側身，看清楚這到底是什麼鬼地方。誰知不看還好，一看眞把他嚇呆了——只見眼前是一個精心佈置成明清復古風格的房間，而且以他的金睛火眼，上至家具擺設、下至文房墨寶，每件還都是上品，讓他很是驚訝。他可不記得身邊有哪個老妖精有這種癖好！

忽然，鈺子瞥到那個常春正坐在牆角椅子上打著瞌睡，之前沒仔細打量，現在定睛一看，發現他竟然留著清朝的髮辮！讓鈺子頗爲驚訝。但仔細端詳，常春生得細緻清秀，雖不是他的菜，但想必也是個小妖精等級的人物，只是沒想到竟然爲了做戲連寶貝頭髮都給剃了，可見這個房子的老妖精來頭不小。但是鈺子左思右想，就是不知道會是誰？

就在這時，常春突然驚醒，看到鈺子撐著半個側身看著自己，更是一驚，忙起身到鈺子身邊攙扶：「鈺大爺，您還是躺回去吧！」

鈺子現在有點力氣了，便做足了那副惡婆婆嘴臉：「說！這到底是什麼地方？誰的家這樣做作？」

常春一臉疑惑：「您給打糊塗了呀？這是老爺家呀，老爺說這房裡的擺飾都是您親手打點的……鈺大爺，您可別嚇我，您要是眞給打糊塗了，只怕老爺要剝我的皮，怪我侍候不周的……」

常春是眞的慌了。鈺子畢竟也是有歷練的，誰演戲，誰眞格，他自認是看得出來的，眼前常春急得淚都要溢出來了，可不像做戲。但鈺子知道這正是問出實話的好時候，立刻逼問：「你口中的老爺是誰？」

誰知常春一聽這話，眞急了，噗通一聲就跪下了：「鈺大爺，您別整小的了……小的哪裡不周到了，您說就是了，您這樣裝糊塗，不是要逼死小的？」

鈺子心想這到底是那一齣？還演得超級眞心眞意的，又不是愚人節，來這麼重的戲份做什麼？鈺子想了想，硬來不成，還是換個方式套出他的話好了，於是露出輕鬆的笑容，說：「我是逗你的，你起來吧。」

常春擦著眼淚，邊唯唯諾諾地爬了起身：「鈺大爺，您別再整小的了……您想要什麼儘管吩咐好了……」

於是鈺子開口要吃飯喝水，隔沒多久常春就打點一票人進房來，都是些容貌像常春這般清麗的美少年，其中幾個還有著劍眉大眼，讓鈺子忍不住多看幾眼。只見他們忙碌地架起東西，鈺子不禁納悶哪這麼大的陣仗？而且還每個都清裝打扮，留著髮辮，讓他越看越好奇，便問常春他們在架的是什麼？

常春回說，是老爺怕鈺子屁股疼，所以特別去八大胡同那裡找了尋性椅，都是用上好絲綢架好的布椅，這樣鈺子坐的時候，屁股的傷口就不會受到擠壓了。

鈺子正想著「還眞有模有樣」，忽然看到一面銅鏡，便要常春遞了過來。常春畢恭畢敬遞上了鏡子，誰知不看還好，一看鈺子差點暈厥過去。任手中的鏡子應聲掉落，鈺子隨即跟著嘶嚎慘叫：「哪個剃了我的頭髮的？哪個該死下三爛賤婊子趁老娘昏迷時動我的頭髮的？那是我花好幾十萬去一根一根植起來的！去，去把那個賤婊子給我叫出來！管他是誰，叫他出來！」

鈺子這一嘶吼，把大家都給嚇到了，沒人見過他這般失控抓狂，全都跪下了。常春趕緊安撫：「鈺大爺，沒人動過您的辮子呀，您再仔細瞧瞧，您辮子小的趁你入睡時都有用清水清潔的，只是把辮穗給解了下來，沒人動過您辮子的……」

鈺子怒急攻心：「你說這什麼屁話？這麼醜的假髮哪比得上我的眞髮……」

語畢，鈺子立刻伸手想把頭頂上的假髮給扯掉，沒想到髮根連著頭皮，一把扯去，竟痛得自己哇哇大叫：「什麼鬼！誰用三秒膠把它黏死了？誰？」

鈺子逼問著他們，卻沒人回答。鈺子氣急敗壞，決定不能再待在房裡，硬撐起身體，但身體卻搖晃不穩，差點跌倒。常春跟幾個僕人趕緊過來攙扶鈺子，鈺子正在氣頭上，於是大肆咆哮：「扶我出去，我要出去！」

常春也不敢再忤逆，只好扶著鈺子往門外走，還一邊叮嚀：「鈺大爺，您慢走……當心腳步……」

鈺子仗著他們的攙扶，用盡最大的力氣，忍著痛，大步大步往外走著。眾人都跟在旁邊緊張地護著，深怕他跌倒或有個閃失。

「鈺大爺，您這是要去哪？」常春害怕地問。

「我要出去，我要離開這鬼地方！」鈺子嘶吼。

幾個僕人互看一眼，都不知該怎麼回應，但鈺子堅持往外走，他們只好跟著。等鈺子好不容易站到大門口，立刻大喊：「開門，給我開門！」

有人趕緊去打開門，鈺子一鼓作氣邁出大門，只見四周毫無高樓，遠處還有紫禁城的金頂煌煌，鈺子頓感一陣暈眩，差點站不住。

「這……這是哪裡？」

「這是京城呀。」常春答。

「現在是民國幾年？」鈺子顫抖著問。

「什麼？」常春一臉不解。

鈺子焦急地追問：「現在是西元幾年？」

幾個僕人互看，不知怎麼回答。常春柔聲問：「鈺大爺要問的是什麼？」

鈺子想了想：「現在是什麼年月？」
常春擔憂地看著鈺子：「現在是道光四年，鈺大爺。」
鈺子一聽，腿一軟，當場昏倒……

肆

鈺子呆坐在八大胡同特製的尋性椅上，享受他「穿越」後的第一餐，終於慢慢搞清楚狀況了。他完全不敢相信這種事會發生在自己身上！難不成是因為看了《步步驚心》太多次，才會像《開羅紫玫瑰》的女主角一樣跑進戲裡了嗎？只是人家《步步驚心》女主角是周旋在幾個貝勒爺身邊，像朵花一樣被捧在手掌心上，而他呢？

話說，他在知道是道光年間，昏厥過去沒多久轉醒後，終於搞清楚自己是像《步步驚心》的女主角若曦一樣回到了清朝，讓他不知是該喜還是該悲，畢竟他沒變成將軍的女兒，也沒有那些華服可以穿，唯一的好處是，他再也不用擔心髮線不斷上移的困擾了，因為他根本沒有髮線了！

他緩了緩心境，告訴自己也別太過擔心，畢竟這個經歷太有趣了，他相信自己總可以安然回到二十一世紀的，到時這段經歷可是千古難得的呀。

於是定下心的他開始覺得肚子真的餓了，但在肚子餓之前，他該先去上個廁所。但是這個時代還沒導尿管，即使行動不便，也得自己想辦法如廁，於是他問明了茅房，走到了廁所，還看了看古代的茅房，畢竟是大戶人家的宅第，茅房還挺乾淨的，讓他寬心不少。他解下褲子，習慣性用手去抓雞雞準備噴灑，卻怎麼抓都抓不到東西，他驚訝地低下頭，看到自己下體空空地一片平坦，嚇得他差點暈厥過去，忍不住在茅房失聲尖叫，叫得呼天搶地，引起宅子上下一陣驚動，不知這個鈺大爺又怎麼了。一群人緊張地聚到茅房外候命，深怕有個閃失，這時只見鈺子驚慌地逃出茅房，一臉花容失色地哀號：「我的雞雞呢？我變女的了嗎？」

常春一聽整個傻了，趕緊使個眼色讓下面人去拿了一袋紅布包著的東西過來，遞給鈺子看：「鈺大爺，您甭著急，您瞧瞧，您的寶不是在這嘛？老爺早替您贖回來了，您下輩子不會當女的，帶著寶投胎還是可以當男的！」

鈺子一聽更是驚訝：「我是個太監？」

眾家僕對鈺子的反應都一陣驚訝，大家都想著這傢伙真給打傻了呀？連自己是個太監都忘了？

大家還不知怎麼反應時，鈺子再次暈厥過去了。

鈺子躺在床上像個死屍，事實上他還真想當下就死了。如果他真回到清朝變成了女的也就算了，偏偏變成一個不男不女的太監，一個沒有雞雞的同志還有什麼搞頭呢？人間最悲慘的事莫過於此吧！他第一次知道何謂生不如死的感覺了。

身邊的家僕們都緊張地守在身邊。反正也不知道要幹什麼，鈺子索性問清楚自己現在這個清朝太監的身份來歷。

原來，他本是宮中受寵的太監，一直跟在總管太監大福身邊，算是大福身邊的紅人之一。本來也跟著大福吃香喝辣的，只是他的身份關係，難得出宮遊走，雖坐擁榮華富貴，卻沒什麼享受的命。

鈺子嘴巴甜，也懂得大福的性癖好，所以只要有機會出宮，就會物色幾個男倫進到大福的宅院。這些個男倫多是家境清寒的鄉下孩子，在鈺子的細心調教下，一個個倒也識得大體，上得檯面，所以大家也都敬畏著鈺子。只是鈺子跟大福一樣，有特殊性癖好，就是喜歡讓這些男倫侍候自己。這兩個太監雖然沒有雞雞，但還是很折騰人的，例如大福就會拿東西代替陽具幹這些個男倫，而且要他們在大福跟鈺子面前互相調情做愛，但大福從不准他們出來，要他們憋得難受，自己看了就爽。這些個男倫都敢怒不敢言，畢竟大福按月給他們家給，已經算是貧苦階級的皇族了，出門只要不是碰到皇親國戚，倒是可以橫著走的。

所謂樹大招風，這大福作威作福久了，自然引得別人眼紅去參他，又正好參到一樣皇帝失蹤的貢品上去。本來貢品若皇上看過，沒特別喜歡的話，也就進到庫房去，從此無人問津，沒想到大福私收走的這樣貢品恰恰是被皇帝打進冷宮的如妃所呈獻的，誰也沒想到這個如妃不知用了什麼計策，居然再次贏回了皇上的榮寵，於是又派人去庫房要找這件寶物。庫房的人一查，最後發現經手的人是鈺子，因此鈺子就替大福頂下了這個偷盜貢品的罪名。本來這種事在宮內也不算什麼稀奇的大事，太監宮女拿一兩樣誰也瞧不上眼的珍寶是大家都睜一眼閉一眼的事，偏偏如妃小戲大唱，為了宣告自己的地位再次穩固，好給這些白過她眼的下人瞧瞧，因此硬是要皇上下旨殺雞儆猴，也順便給大福一個下馬威，因此重責鈺子五十大板，即使沒死，也逐出宮去，永不得再入宮！

因此鈺子才會在撿回了半條命後，得以在大福家開始作威作福地過上員外老爺的生活，大福算是對他有情有義的。

但是，對穿越而來的「新鈺子」而言，再好的生活，若沒有雞雞也是白搭。於是鈺子如同行屍走肉地在床上又賴了好幾天，這一賴，倒賴出了一種癖好。

原來以前鈺子很能折騰這些個小廝，因此這些小廝除了屁眼得隨時洗乾淨等著他們不定期的「抽驗」外，還個個長了好幾個透亮透亮的心眼，把大福跟鈺子的個性摸得比自己的身體還熟悉，只要一個眼神一個動作就能先反應。鈺子對他們訓練的準則是：你得在主子還沒開口說出自己要什麼之前，就先替他想好了！

但難就難在你得心似明鏡，行似奴，這太過精明也常會招來猜忌的。常春知道他們要的是聰明的狗，也就是狗再聰明，還是狗，得啣著繩子到主人面前示好，表現恰如其分的狗奴才地位。

因此大夥看著鈺子這生不如死的樣子，都主動積極討好鈺子，深怕這個鈺大爺眞又犯起失心瘋的話，會把他們整得人不像人鬼不像鬼。而他們殷勤侍候人的本領，可眞讓鈺子開了眼界。

頭三天鈺子是眞不想下床，想著方法要回到現代，但除了一再回想他讀過的《尼羅河女兒》、《秦俑》、《尋秦記》等穿越故事，那些個主角是怎麼回到現代的以外，似乎也沒什麼具體的方法。但即使只是躺在床上，這群小屁精也很能想出方法討他歡心。拿搖搖椅抬他去吃飯就不在話下了，每天下午還得抬他去外面走庭院，但因爲大福交代他現在是該死的身份，因此別拋頭露面地惹人閒話，所以只能在院子裡打轉。

到了下午，這些小傢伙偶爾會說說這裡的評書或練練戲給他看，更別說搞笑了，雖然這些個笑話鈺子通常笑不出來，但鈺子隨口冒出的惡毒話倒是很能讓這些個小屁精笑得花枝亂顫，央求鈺子多講幾個這些話來學學。而且久了，大家也發現鈺子跟以往陰陽怪氣、對人頤指氣使的樣子不同了，大家都猜是從鬼門關裝了個新靈魂回來，現在大家可是眞心實意地對鈺子好，要他多笑笑，想想出宮的生活更自在。

可是鈺子滿腦子想的就是他少掉的那塊肉。這種感覺眞奇怪，他有慾望，卻不能勃起，再沒有精蟲充腦的快感了，即使眼前一個個如花少年也激不起他的慾望。

眞慘！

伍

過了一陣子，鈺子算是慢慢安定下來了，不管身心都接受了自己太監的身份，而且他現在很會享受權力帶來的快感。他終於理解爲何總說權力是最好的春藥，即使他吃了這春藥不能勃起，但那種心理的滿足感卻是這樣踏實盈滿。

某天，鈺子在大院子裡悶得慌，就要小傢伙們找好玩的，突然看到一個身影急急走避，鈺子立刻大喊：「站住！」

鈺子很快就知道，只要大福不在，他就是這宅院裡的老大，因此講話越來越有皇太后的威儀。只見他「懿旨」一下，那人立刻被一個小廝急急領到鈺子跟前。

小廝提醒著那人：「還不趕緊叫鈺大爺！」

那人急急跪下，緊張地喊：「鈺大爺！」

「你誰呀？」鈺子問。

其實這人走到跟前的時候，鈺子就怦然心動了。他來到清朝後，還從未有過這種感覺，因此打算留住這個人。

但是那人也不敢抬頭，只是緊張地低喃：「小的癩子……」

「抬起頭來我瞧瞧！」鈺子命令。

癩子抬起了頭，鈺子一看更是雙眼發亮。這個癩子長得有稜有角的，一副北方漢子的樣子，一雙劍眉直刺進鈺子的眼睛，單眼皮的雙眸更讓人難以抗拒。跟這些個明眸皓齒的男伶相比，癩子才是眞正的男人，讓看了好些時日男不男女不女小妖精的鈺子一陣顫抖。原以為不會再有勃起的感覺，卻沒想到，取而代之的是另一種更奇妙的感覺，有種空空幽微的騷癢感在他下體竄起，讓他莫名興奮。這種感覺如斯奇妙，他想，這大概就是太監的「內在勃起」了吧！

鈺子停了一下，想享受這感覺。這份沉默讓那個領著癩子的小廝跟癩子兩人格外不安，以爲自己誤犯了什麼戒條。小廝緊張得趕緊求情：「鈺大爺，癩子是給您送藥的奴才，平常多早上就送來了，今兒個因藥舖有事耽擱了，才拖到現在，您別怪他呀……」

癩子趕緊也說：「是我的不是，您要怪就怪我吧，也別怪他跟我家大夫！」

鈺子聽到就好笑，他們還眞把自己當成個女暴君了。鈺子倒想逗逗這個癩子，於是故作威嚴地說：「好，有擔當，那你說，我該怎麼責罰你呢？」

癩子低著頭：「只要大爺不怪罪他人，要怎麼責罰，我都願意……」

鈺子：「好，大爺我站累了，我要你用新娘抱的方式把我抱進房去休息……」

小廝跟癩子一聽，都一頭霧水，誰也不知道什麼是「新娘抱」。

鈺子看癩子傻站在那，心裡直發笑，但表面上依然故作鎮定，扯著喉嚨高喊：「還愣著作什麼？快來抱呀，這可是給你最輕的責罰了！」

癩子不安地走到鈺子面前，也不敢動手。直到鈺子叫小廝過來，帶著癩子做了一遍新娘抱的動作，癩子才遲疑地抱起鈺子。鈺子馬上趁機用手去摸了摸癩子的臂膀，雖沒有現代那些肌肉怪物的健壯，但也算結實，讓他又是一陣心癢難耐。

鈺子故意整癩子，一下手指左邊，一下手指右邊，讓癩子在宅院裡瞎繞路，直到鈺子感受到癩子的雙臂止不住地顫抖，想來他是眞撐不住了，才趕緊指了房門，讓癩子抱著自己上床。

癩子憋著氣，硬撐著把鈺子放上床，才敢喘氣，但也不敢大力喘。鈺子看他的樣子又喜又疼，不過他可沒打算這麼輕易放過癩子。

「你學過推拿嗎？」鈺子問。

「只看大夫作過……」癩子緊張地回答。

「我全身疼得緊，你給推拿推拿吧！」

癩子很惶恐：「我手拙，怕把大爺給弄傷了，還是我回家請大夫來吧！」

鈺子堅持：「不行，我就要你！」

見癩子一臉爲難狀，鈺子繼續逼：「你想想，你們大夫醫術高明，得替多少人看病，我這點小傷小痛的還麻煩他，不是佔了別人活命的機會！你也正好學學這門手藝，以後好替你們大夫分憂解勞！」

癩子一聽，想說確有幾分道理，但還是很惶恐：「可是我眞的手拙！」

鈺子：「就是手拙才要學呀，來吧！」

鈺子說著就躺下了，癩子還是惶恐：「眞的嗎？」

「快！別讓大爺我失去耐性！」鈺子假裝生氣。

「那不，我先去洗個手，剛剛手髒著呢，怕弄髒大爺衣服。」癩子慌忙地說。

鈺子想了想：「也成，快去快回。」

癩子出門去洗手，鈺子順便叫來常春，要常春去告訴大夫說癩子要在這裡待到很晚，有什麼差役，打發別人去做。

等癩子洗好手進門，誠惶誠恐地走到鈺子身邊，鈺子已經躺好了，身上蓋著薄綢。

「那我開始了，要是大爺不舒服，別怪罪小的。」癩子的聲音明顯地帶著緊張，但他依然上前，問：「大爺哪不舒服？」

「全身！」鈺子毫不猶豫地回答。

癩子似乎很爲難，不知怎麼下手，原來他學的是跌打損傷，是哪傷了推哪裡，那時也沒全身按摩的概念。

鈺子只好放點水：「那就從肩膀開始吧！」

癩子的手放到鈺子的肩膀處，開始按壓，但力道很輕，讓鈺子一陣惱火：「沒吃飯呀？」

癩子惶恐：「的確很久沒吃飽了……」

癩子開始比較用力了。鈺子感受到癩子的手掌長滿了繭，但透過絲綢被子的觸感，很是奇妙，一方面很柔滑，但柔滑中又有點粗糙。鈺子在這段時間培養出的最大才能除了發號司令外，就是對精細感覺越發敏銳，越是清淡的味道，越能在舌尖縈繞回味，太粗重的單一感覺讓他失去了興趣，他開始喜歡繁複綿密微細的感動。而癩子手掌的繭正透過絲綢被訴說著屬於他的生命歷程，鈺子好想去握著那雙手，仔細聽著每一個繭的故事。

但是，感動歸感動，若純粹只是按摩，也太浪費這得來不易的相處時光了。於是故意微微用腳把絲綢被往下夾去，露出裸背。癩子看到一陣驚慌，正想用手去把絲綢被拉起，卻被鈺子阻止了。

「就這樣按吧，我出汗呢！」

突然癩子一滴汗滴下，鈺子正愁沒機會發揮，倏地轉身面向癩子，只見癩子滿頭大汗，正慌忙擦著。

「熱就把衣服脫了吧！」鈺子說。

癩子愣住了。鈺子當然不會放過這機會，提高聲音叫道：「快呀，不然你想用你的汗替我洗澡呀？」

癩子羞怯地脫下衣服，鈺子看了很是歡喜，順手摸了一把，喜孜孜的說：「繼續吧。」那日鈺子前前後後讓癩子按了快一個時辰。按完後，還誇癩子手藝可以，以後每天下午都來給他按按。

本來癩子還遲疑著，但鈺子打賞癩子跟男伶們一起吃晚餐，又給他一些碎銀，讓癩子嚐到甜頭，才點頭如搗蒜地答應了。

「您該看看那個癩子吃起飯的樣子，活像是餓死鬼投胎似的，深怕慢了，手上的飯就給人搶了一樣！」飯後，名喚普安的小廝拿起癩子開玩笑。普安是另一個討鈺子喜歡的僕童，長相不如其他小廝俊美，讓他比較謙卑待人，少了股傲氣，多了幾分體貼的靈巧，但又不像常春這麼古靈精怪，讓人得防著。

鈺子淡淡笑道：「別笑話他了，不就一個純眞的孩子。」

「是呀，只是經過我們姥姥的巧手調教，興許會通了呢！」常春邊說邊用手做了一下摸杜狀物的動作，惹得眾人皆笑。常春已經知道這個鈺子跟以前那個不同了，現在這個刀子口豆腐心，就嘴上畫人兩刀，手是做不出什麼的，因此就越發得寸進尺了。不過鈺子倒不在意，他只當是現代姊妹間的毒舌賤嘴，倒也讓清朝的生活有趣多了。仔細想想，他幾乎不敢相信他已經過了快一個月沒有智慧手機、沒有網路、沒有電腦也沒有《康熙來了》的日子！他甚至不知道自己怎麼活下來的，更無法想像這個時期的同志沒有Grindr（手機交友軟體），要去哪裡約炮呀？因此像常春這樣跟他鬥鬥嘴，倒讓他還有點現代的感覺。鈺子現在也越發敏捷了，馬上舉箸就往常春手給打了下去，這下可不小力，不過跟以前鈺子下的手比起來，還是輕多了，常春也只是笑笑。

「就你那張嘴，我看你更想替他通吧！」鈺子假裝嗔怒地高喊。眾人一聽又笑了。

「哎喲，他那身藥味，我可受不了，我看浸個三天也洗不掉！」

常春裝出極度厭惡的表情搖著頭，但嘴上仍帶著抹淺淺的笑意。

陸

癩子連續來快一週了，已經習慣了鈺子手腳加上嘴巴的調戲。說到按摩，不管是幫情人做情趣按摩，還是自己花錢去享受Man Spa，鈺子都是箇中老手，尤其熟門熟路知道怎麼吃按摩師的豆腐。但不同的是，在Gay Spa按摩的師父都知道被吃豆腐是正常的，只是吃的方式各有巧妙：有的大膽點的，直接手來腳來，把手伸進內褲去亂摸一通；婉轉一點的，會透過各種互動，例如翻身的過程不小心觸摸。那是一種挑逗的情趣，情慾流動的樂趣。

但面對癩子，雖然普安笑言過癩子知道這個屋子住的都是分桃之士，不過要鈺子直接大辣辣伸手去摸癩子的那話兒，還是有點不敢的。畢竟這是清朝，性是可以做但不能說的事兒。雖然他老在現代就說過，自己要是生在古代，早被抓去浸豬籠了，可是想到要眞是犯了什麼事，被浸了豬籠，那可就不是笑話了！加上現在少了那根陽物，連自己都覺得自己是變態，又怎麼敢對癩子怎樣呢！

因此鈺子多是不經意用手肘去觸碰癩子的下體，不過也因著不能明來，讓本來生活無風無波的鈺子多了想望的興頭。他每天腦子裡盡想著都是要怎麼勾引癩子，而且是一步一步來。古代人畢竟單純，不像現在的死孩子，從小就在網海打轉，連大人不知道的骯髒事都見聞過了。對鈺子來說，再精明的古代人還是無法跟自己這種老妖精等級的現代 Gay 相提並論的。但是鈺子漸漸喜歡上了癩子的純眞，他的那種純眞跟現代鄉下人的純樸稚嫩略有不同，而是眞的古老社會氛圍下的產物，沒有那麼多心眼。

連續一週在鈺子那兒吃香喝辣，癩子眞心感激著鈺子，不過鈺子總是喜歡整他，每每在癩子露出眞誠感激的眼神時，就忍不住惡整他一下。一方面掩藏自己著迷他的心思，二方面也喜歡看癩子被自己逗得臉紅的樣子，讓他心疼不已。

癩子這天照常只穿著襯褲替鈺子按摩，而且邊按邊說自己的故事。大概癩子聽評書的章回小說聽多了，口氣還有幾分像，把自己那眞要湊起來也就不過幾百個字的人生自傳硬是加長好幾倍，一五一十向鈺子講了。一開始鈺子沒興趣聽，只是假裝好奇，好多瞭解癩子；到第三天，鈺子徹底聽累了，那眞是比流水帳還無趣的生活，不就是鄉下孩子好不容易逮個機會跟著家鄉的大夫進城討生活的故事嗎？癩子甚至還不夠格成爲學徒，只是跑腿的，可是光他進到京城後每天街上看到什麼稀奇的、吃到什麼特有的，連聽到什麼特殊的，都可以一一講出來，只是沒一樣可以讓鈺子驚喜的。如果有機會讓癩子上一天的網，他大概會記得一輩子吧！

每當無聊至極時，鈺子就會出奇地想念大腸麵線、想念炸雞排，想念坐飛機去旅遊，甚至有股莫名想說英文或台語的衝動。

不過，今天鈺子比較認眞在敷衍說故事的癩子，因爲鈺子滿腦子都在計畫怎麼可以更親近癩子。此刻他想到了一招，腦海正搬演著情節呢。

果然癩子按完後，照例渾身大汗。通常癩子只是在房裡用常春打好的水擦擦身體，但今天鈺子堅持要癩子去洗澡，癩子習慣了鈺子的淫威，只要鈺子說到第二次時，他就會照鈺子的話去做。

等癩子洗完後，鈺子突然走到癩子面前，而且貼得很近，用鼻子貪婪地聞了一下癩子身上的男人味。但是鈺子的舉動太大，癩子有點嚇到，鈺子於是騙他說自己是要聞聞看癩子有沒有洗乾淨。

然後，鈺子將手上準備好的襯褲遞給癩子。

「我看你的襯褲又厚又舊又髒，還泛著黃，我看到就犯噁心，特別讓人給你準備了一件新的，快試試看合不合身！」

癩子看了手上的襯褲，雖說是襯褲，但看起來質料就是非常昂貴的，反而不知該怎麼辦，只推說自己做粗活，不適合。但鈺子故作嗔狀，一沉臉，癩子馬上直說好，等他下次來推拿時再穿。

鈺子真惱了，豈敢不按照他的劇本走！便酸著口氣：「是看不上小爺送的禮，是不？」

這一下癩子可急了：「不敢不敢，我現在就去換上！」

鈺子急忙拉住他大喊：「站住！就在這兒換，我好看Size合不合！」

癩子一臉不解狀，鈺子懶得解釋，急忙催促他：「快，別讓我再說一次。」

這下癩子可真尷尬了。他不是怕在別人面前更衣，因爲在他住的地方，幾個男僕一起在河邊脫光了沖澡是平常的事。可是他被教過，在京城可不比一般地方，出門遇到的非富即貴，就連路上的狗可能都是某個皇親國戚養的，因此有些禮節不得不守著。他還被千叮嚀萬囑咐過，侍候這些個「沒雞雞」的男人得特小心，因爲他們沒雞雞，心理不太平衡，所以特別忌諱某些東西，像「雞」或「蛋」這一類，會讓他們聯想到「失去的那個寶貝」的詞彙，都得小心迴避。這下可慘了，他脫下褲子，露出一個鈺子沒有的東西，如果一會兒惱了，也想閹了他，該如何是好呢？

癩子的腦袋轉得比平時快，但還是不知該怎麼辦，這時腦中電光石火，一個念頭閃過，馬上轉過身就脫下自己的襯褲，再以飛快的速度換上鈺子給的那件新襯褲。才一下子，已經急得全身發熱，又要滲汗了。

鈺子雖沒看到自己夢寐以求的那話兒，但也不急，他知道自己有的是時間跟癩子玩遊戲，慢慢扒光他，一天一樣才有樂趣！而且今天也不是沒收穫，癩子渾圓結實的屁股他可是看得一清二楚！不愧是個每天跑的粗工，腿部線條緊實，屁股更是小巧圓翹，讓鈺子腹部的騷癢感又油然升起。

而且鈺子可精得很，別看那只是一件白色襯褲，那可是他特別挑選過最薄的棉麻布去做成的，幾乎是半透明狀！

「你趕快轉過來，我看看合不合身！」鈺子催促。

等癩子一轉過身，鈺子立刻就全身發熱，因爲那襯褲不只半透明，他還特別吩咐得做合身一點，雖不可能像現代的性感內褲那樣合身，可是癩子一包鼓鼓的那話兒已經很明顯了。癩子顯然有點不好意思，大概從沒穿過這麼緊的襯褲，感覺比全裸還讓人難堪。但鈺子馬上自然地上前，讓手不經意滑過癩子的那話兒。這個動作雖然已經不知做了多少次，癩子倒第一次覺得尷尬了。但鈺子倒是故作鎮定，用手去拉了拉襯褲的褲頭，假裝毫不在意地說：「小了點！要知道你那兒這麼雄偉，我就叫他們做大點兒，不過現在流行緊身的，舒服嗎？」

鈺子貼得離癩子很近，癩子的呼吸都觸摸著鈺子的肌膚，鈺子卻全神貫注在癩子隔著棉麻襯褲裡頭的那團寶物！兩人這樣站了一會兒，癩子緊張地全身顫抖，鈺子則享受著癩子的鼻息氣。好久沒這般親暱感了，鈺子享受了片刻，才打發癩子走。

當天晚上洗澡時，鈺子感到異常痛苦。因爲在現代，一般經過這種「神交」，晚上絕對該好好打一炮；沒約到炮，也會好好侍候自己的雞雞的。現在可好，前面沒了那包東西，他連摳自己屁眼的興趣也沒了。但又滿腦子都是那些個畫面，只是他始終停在前戲的瘋狂親吻，他實在想不到「下面」去了。

突然一個念頭讓他徹底清醒了，癩子怎麼可能接受一個太監？在現代，這可是重大傷殘呀，他現在有點後悔過去曾嘲笑過一個雞雞異常「哈比族」的炮友，他覺得這是所謂的現世報，現在即使擁有那樣的雞雞，都比當太監要好！

不過這種悲傷的念頭稍縱即逝，鈺子又馬上開始幻想著該怎麼勾引癩子。

柒

鈺子跟癩子的情感益發好了。鈺子動不動就大方地送癩子東西，只是他也不知道那些東西的實際價值，反正只要常春沒特別尖叫的，他覺得應該都可以送。

鈺子現在有種奇妙的感覺，因為自己不能人道的狀態，反而讓他變得純情了。過去的他肯定無法想像，目前他對癩子的設計，最多只是想看到他的陽具而已。以前性幻想可都是整套的，現在卻怎樣都想不到那兒，怎樣的情節都顯得彆扭。不過他也很享受這份純愛的感覺，因為離開大學生活後，他再也沒有純真的浪漫了，現在似乎那種兩小無猜、牽牽手就很滿足的單純快樂又回來了。

而且只要鈺子開口要求，癩子就會陪他完成。因此他們曾一起在宅院的屋頂處看夕陽，尤其紫禁城的「夕照金頂」更是讓鈺子久久回味；鈺子也曾坐著盪鞦韆，要癩子推著自己；更別說兩人共進的晚餐，還每一餐都是「燭光」晚餐呢！

鈺子用來勾引癩子的伎倆不在高不高明，而在有不有趣，重點是他享受這種打情罵俏的過程跟情趣。再說這些個古代人沒他這麼多心眼，他可是從小看《一代女皇》、青少年看「瓊瑤」阿姨系列，更別說「花系列」的薰陶，外加《台灣變色龍》跟《藍色蜘蛛網》的訓練，現在又加上《娘家》跟韓劇的洗禮，可說功力深厚，要隨便拉出一段連續劇橋段可是信手拈來的事兒，別說癩子這純樸孩子沒經過，只怕這一生想破了腦袋也想不到這些個情節。

比方說，今天的情節，是鈺子很故意地將一碗茶給打翻了——這是預想時的最佳狀態，但鈺子雖然一直想著怎麼演才像是不小心打翻的，但實在找不出順手的梗，最後索性拿著茶往癩子的褲襠上潑去——癩子愣在那裡，鈺子當然注意著被水潑濕後緊貼著襯褲的黑色巨物。鈺子光看到就差點要昏厥了，他已經快兩個月沒看到陽具了，連自己的都看不到，這下光只是看到一個「龍影」，就讓他興奮不已。鈺子甚至激動到忘了該馬上拿著手絹去擦，但他立刻回神，急忙上前擦拭，還趁機狂摸兩把。癩子雖然有點驚訝，但他早聽聞過這些公公喜怒無常，因此也不會去多想鈺子怎麼了，只是趕緊拿了衣服，套上就藉口告退了。

癩子退出門口時，鈺子才轉醒，想到自己錯失了良機。不過鈺子想想這樣也好，這般無味的日子不知還要折騰多久，就慢慢來吧。

又隔幾天，鈺子這次直接把癩子叫到了浴室。鈺子已命人放一盆水，是溫度適中的溫水，裡頭撒滿花瓣，癩子進門，看到鈺子光著上身，有點尷尬，因為他從沒看過太監的下體，總也迴避著，這下不知道鈺子又要搞什麼名堂了。

「脫了衣服進來幫我按摩吧！」鈺子故作威嚴地說。

癩子又遲疑了，鈺子見狀，立刻大聲命令：「快呀！還愣著做什麼？」

癩子顯然有點抗拒：「這不好吧……等您洗完我再幫您推拿……」

鈺子倏地站了起來，第一次將自己被閹割的身體暴露在外人面前。癩子馬上低下頭去不敢看，鈺子看到癩子的反應，有點心痛，第一次意識到自己的難堪處境，竟是讓人這樣不忍卒睹，連他都對自己的身體感到羞恥！

鈺子的心緒一上來，本來只是想懷念一下當 Drama Queen 的滋味，誰知，一下太入戲，竟無法收拾，眞的抽抽噎噎地啜泣起來，讓癩子一陣驚訝，他可是第一次看到鈺子哭。

鈺子邊哭邊說：「我知道，你們都把我當變態，我是個太監，我沒有雞雞，不男不女，可是我也是個人，我需要被關懷，被疼愛，你們都不懂我，只會背後嘲笑我……你以爲我喜歡當個太監嗎？」

癩子這下眞急了：「沒有！沒有！我們沒有看不起公公您……」

「還說沒有！你連正眼都不敢瞧我，還敢說謊！」鈺子傷心地大喊。

癩子慢慢抬眼，望著鈺子空蕩蕩的下體處，一陣心痛，想著那是怎樣的痛呀！

「過來抱著我！」鈺子命令。但這次不是爲了吃豆腐，而是眞的想被緊緊地擁抱。

癩子走進澡盆裡，抱住鈺子，而鈺子眞的激動地哭了起來，哭得一發不可收拾。癩子也不知怎麼安慰他，只能照著鈺子的口令，要他抱緊一點，他就抱緊一點。

這事兒之後三四天，癩子不論何時去宅院，鈺子都避不見面，要普安打發癩子走。

到第五天，癩子在鈺子門口急了，索性隔著門大喊起來：「鈺大爺，您是不是身體不舒服？要不要我請我家大夫來給你把脈抓藥？您說話呀，別不理我！鈺大爺，您想泡澡，我特別從大夫那拿了些泡澡的藥草，說泡了可以舒經活血的，大爺，您開門見見我吧！」

但鈺子完全不理不睬。他不是做戲，而是眞的突然失去了興致，突然好想死，想著死了就可以回到現代了。所以他心一橫，無論癩子怎麼叫，鈺子終究沒見他。

當晚，普安說替鈺子放了水泡澡，是癩子帶來的藥草，要鈺子好好泡泡，晚上好好睡一覺。鈺子這幾天茶不思飯不想，可急壞了大家，少了鈺子的瘋婆子脾氣逗樂大家，整個宅院死氣沉沉的。

鈺子泡在盆子中，突然有雙手過來替鈺子擦背，只是這手法不是普安的，手勁也比較大，但鈺子沒什麼興致，懶洋洋地說：「今晚別擦了，我想一個人待著。」

「大爺還在生氣？」是癩子的聲音。

鈺子沒有太過驚訝，這種戲碼他看過，也不稀奇。

癩子突然跪了下來，惶恐地高喊：「鈺大爺如果還氣癩子，不想見癩子，癩子以後不會再來了，只是希望鈺大爺可以再讓癩子服侍您一次，報答您這些日子的恩情，因爲您癩子才能吃好穿好，活得像個人，只有您不把癩子當奴才看……」

鈺子始終沒回頭看癩子，只是略微點了點頭。癩子於是脫下褲子，慢慢進入盆中。癩子胯下的陽物，第一次這麼清楚地在鈺子面前呈現，那樣碩大，泛著黑光，但鈺子卻絲毫沒有一點感覺，只是背過癩子，讓癩子按摩自己的背。

癩子按得很仔細很認眞，鈺子卻感到無限地心酸，心酸自己，心酸癩子，心酸他的愛這樣苦澀。他以爲他這一生再也不會經歷這種「異男忘」的情節了，沒想到還是又經歷了一次，而且這次似乎比以往的更苦更難排解……

終於，鈺子再也受不了這樣的酸澀苦悶，伸出手阻止了癩子的動作，幽幽地說：「好了，今晚到這裡吧。」

癩子開始哭了起來：「是癩子不好，癩子忘恩負義，大爺別記恨，以後癩子不能來服侍大爺了，大爺要自己好好保重身體，這帖藥草請大爺常常泡，我家大夫說受過傷的身體得讓每處青腫都徹底消了通了，將來才不會有宿疾……」

接著，癩子緩緩起身，悲痛地說：「請大爺受癩子最後一拜！」

說完，癩子很大一聲跪在地上，連鈺子聽了都覺得疼。鈺子其實不是氣癩子，也沒打算從此不見他，他明明該開口告訴癩子明天照常來，可是這一刻，他卻只想讓自己陷在這種情緒中，好像這是生離死別的決裂。他要哭，要自己心痛，要痛到不能痛爲止的痛法，他不解這股自虐的情緒由何而來，但他過癮地耽溺著。好像這麼做，就能證明自己還活著，還有血有肉有感覺。

癩子邊哭邊在地上認眞地三拜，然後才緩緩起身。但又不肯走，希望鈺子對自己說什麼。鈺子卻只陷在自己的情緒中，久久沒有回應。

忽然間，鈺子突然懂了。這是一場「補戲」，補自己來不及在現代跟那些個豬朋狗友狐群狗黨好好道別離的痛。其實他壓根沒把握自己是否還能回到現代，這一刻，他才想著那些他每日抱怨的姊妹親人，可能這輩子再也無緣相見了，這個念頭一起來，他就眞的哭得死去活來，甚至激動到昏厥過去，把癩子又嚇了一大跳。

第二天，鈺子就好多了。他起床時，隱約聽到小廝們說，癩子在鈺子門外跪了一整夜。他覺得一定是自己忘恩負義，才讓鈺子哭到昏厥了過去，他怕鈺子好不起來，於是徹夜長跪，以示自己的懺悔。

鈺子於是要普安去叫癩子起來，好好吃一頓，自己沒事，隔兩天再讓癩子養好身體過來替自己按摩。

兩天後，癩子照常過來替鈺子按摩。他們似乎又回到以前那樣，只是鈺子沒有再對癩子有非分之想。他想，他們這樣的關係未嘗不好，如果自己愛得太深，哪天要眞回到了現代，他不是又要傷心欲絕一次，那多划不來！

捌

接連幾天，常春都領著眾人忙進忙出的。不只把所有環境都徹底打掃了一遍，把家裡蔫掉的盆栽都撤掉，換上新綠的盆栽，連平常甚少打掃到的庫房都打開重新整理了一遍。

鈺子每天看他們這樣忙進忙出的，聰慧地猜想，應該是他們眼中那個「穿著Prada的惡魔」要回來了，才會這般勤奮。鈺子當然知道，這個惡魔就是他們口中的福大爺。

鈺子隱約聽常春說，大福都有信使在傳送消息，例如鈺子何時可以下床，每日是否按時吃藥等，其實都在他的掌握之中。常春當然沒提到，連癩子每日何時進府幫忙按摩，按到何時離去，還有鈺子都給了癩子哪些打賞，也都一一仔細地被記錄了下來，並且每隔一陣子就彙報回去給大福。

鈺子自以爲仗著現代人的精明，什麼大小事跟心眼都逃不過自己的金睛火眼，卻不諳古代的宮廷鬥爭，就是你死我亡的眞實戰場，每一句話每一步路都關係著一個嬪妃的命運。沒經過這種表面風平浪靜，底下卻暗流竄急、凶險處處的生存之戰，是很難眞的存活下來的。因此鈺子在一開始訓練這些個僕童時，就用了各種挑撥離間的方法，讓他們彼此表面和樂融融，私下卻都提防著彼此。這種恐怖平衡的生態，基本上是爲了保證大福跟自己不在宅院時，幾個下人不會連成一氣，私下亂搞。因爲誰也不信賴誰，自然無法聯手作惡。

但，有心眼的是那個「舊的鈺子」，現在這個「新鈺子」可沒那麼細的神經。可是常春這小廝多精明呀，他清楚知道，鈺子一旦離開了皇宮，對大福就再沒利用價值了，只要大福對鈺子失去信任跟耐心，他就會需要一個新的心腹來掌管這個宅院，那放眼望去，就只有自己跟普安兩個是夠條件的。常春心裡的如意算盤，正是悄悄幹掉鈺子，而鈺子又跟普安走得最近，鈺子一垮台，普安自然也就沒戲唱了，因此整垮鈺子可是一箭雙鵰的計謀。因此他得更小心謹慎，要是他的心眼被鈺子看穿，那就是死路一條了，鈺子的心狠手辣他可見識過的。

這天，鈺子也特別穿上了一身新衣裳，還特別梳理打點了一下。鈺子也不笨，他知道大福是今天回來，心想若自己想在這時代混得下去，阿諛諂媚是絕對少不了的，得好好表現一番才行。正盤算著，忽然聽見外面的馬蹄聲停下，鈺子立刻滿臉笑容地迎到門口。

誰知，大門打開，鈺子頓時一愣。因爲站在門口的不是自己想像中雞皮鶴髮、還透著色咪咪微笑的老變態，反而是個俊帥的年輕人。鈺子還來不及反應，普安精明，已經先迎了上去叫了聲少爺，暗示鈺子此人不是大福。但鈺子仍一頭霧水，不知哪冒出來一個少爺？

這人走向鈺子，笑容燦爛的說：「賢弟，看到你一切安好，就好了！」

那人拍打著鈺子的肩背，鈺子也應付地笑著：「賢兄一切安好？」

那人立刻爽朗回答：「愚兄一切安好！」

於是大家都往屋裡走。那人見大家都走在前面，故意走得慢，然後一把捏了鈺子的屁股一下，鈺子清楚那種手勁，是種性暗示。接著那人附到鈺子耳邊，輕浮地說：「我希望你『功能』也都恢復好了！」

鈺子更加一頭霧水了。雖然那人是個帥哥，可是在這宅院作威作福了將近四個月，只有自己調戲別人的份，突然有個人對自己這麼粗俗，還是讓鈺子有幾分慍色。那人見到鈺子的臉色有異，便急忙收了手，斂了笑，變回道貌岸然的樣子。

常春領著那人走回一間廂房，鈺子馬上走回自己房間，要普安跟自己說這人是誰，普安於是鉅細靡遺地告訴了他。原來，這人是大福的義子——宇文駿，因太監怕沒人送終，所以很多有權勢的大太監都有收養義子的習慣，待自己百年後好有人幫著料理後事。接下來普安就沒多說什麼了，只推說這少爺挺神祕的，大多不談自己在做什麼，他們這些個下人自然也不敢問，只知道他多在南方做生意。

爲了轉移鈺子的注意力，普安還學著鈺子「八卦」了起來，說其實除了認養子外，很多太監也娶妻成家的，只是那些個閨房密事誰也不敢過問。普安說完，又覺得自己說多了，便閉了嘴。

晚上，鈺子跟宇文駿客客套套吃了頓晚膳，席間盡是寒暄檯面之詞，根本毫無交流。鈺子因爲不知這個義子跟大福的關係，也不敢太過怠慢，仍是該陪笑地就陪，卻也沒特別巴結相交之意。

但是，到了晚上，鈺子卻翻來覆去睡不著了。他不知道是想著這幾天都沒來的癩子想到睡不著，還是自己不願意承認，英俊的宇文駿捏那一下還眞掐進了他心裡。畢竟許久沒有情慾生活了，而且這個宇文駿若非那一下太過魯莽，其實還眞是相貌堂堂一表人材，甚且讓自己覺得有幾分面善，似乎早見過的人，再加上他輕佻的態度，許是他跟鈺子眞有幾分情份？鈺子前思後想，終於陷入昏沉中。

半夢半醒間，鈺子突然感覺，自己摸到了一根陽物！他一陣驚喜，難不成自己的陽物長回來了？之後轉念又想，天地間沒聽過這種奇事，一定是做夢……

方這樣想時，一陣熱情地親吻立刻襲來。鈺子一驚便轉醒了，看見竟是那宇文駿貪婪地親吻著自己，而且手已經要伸進自己的褲襠裡了，鈺子慌忙推開宇文駿，大聲喝道：「做什麼？」

宇文駿沒半點遲疑，只是笑著：「你是惱我這四個月都沒來看你吧？你也知道你出事後，義父要我避避風頭，躲在南方。你想，連義父自己都四個月沒來看你了，我哪敢冒險呀，我也是收到消息說沒事了，不就趕緊把自己給送上來了！」

語畢，宇文駿又吻了上來。鈺子不知爲何，突然一陣噁心，只覺這男人眞把自己給惹惱了，突然狠狠地推開他，發狠：「你再來，我叫的！」

宇文駿還是一副淫笑：「你叫呀，叫呀，我就愛你叫，銷魂呀！」

宇文駿又是靠過去，鈺子心想：「眞要讓你得逞了，以後不騎到老娘頭上了？」

於是鈺子果眞發狠喊起「救命」，而且是很大聲地。宇文駿沒想到鈺子眞這樣叫，一時搞不清楚鈺子怎麼了，只當鈺子還在惱自己，便收了情緒，低聲說：「我還會來的！」說完，宇文駿就出去了。

隔一陣子，普安跟常春衝了進來，鈺子假裝是做了惡夢，帶了過去。

第二天在飯桌上，鈺子有心要酸宇文駿，便提議眾小廝跟自己玩成語接龍。

「成語接龍？那是什麼？」眾小廝都一陣狐疑不解。

鈺子於是現場教學：「比如我說『始終如一』，你就用最尾巴的字接句成語，像『一元復始』之類的。」

眾人似乎還是不太瞭解，鈺子便耍賴：「我說玩就玩！現在開始，我先來！」

之後鈺子瞪著宇文駿，毫不猶豫地說：「衣冠禽獸！」

眾人面面相覷，彼此望著，不知怎麼接。鈺子看了看，又自己接了：「像『獸』字又可以接『獸性大發』！」

普安突然懂了，頻點頭：「我懂了，『發』可以接『發憤圖強』！」

鈺子笑：「對，接得好！」

眾人似乎開始漸漸明白了，都點頭開始想。鈺子又惡狠狠看著宇文駿：「強姦未遂！」

眾人全都看著鈺子。普安一臉疑惑地問：「這是什麼成語呀？怎麼沒聽過？什麼意思？」

鈺子甩甩手：「別管，總之結尾是『遂』！」

常春聽了便問：「那可以接『歲歲平安』嗎？」

鈺子聽了大笑：「好！接得好！」

常春露出得意的笑容，宇文駿馬上接：「那就『安分守己』吧！」

說完，宇文駿意有所指地看著鈺子，露出一抹詭異的笑。

鈺子見了一肚子惱火，沒好氣地回：「己所不欲勿施於人！」

「這也是成語嗎？」普安歪著頭問。

鈺子高喊：「這是論語！是說給人聽的，有些畜生就是聽不懂！」

宇文駿笑了：「說得好，說得眞好，己所不欲是不該施於他人，不過若是獨樂樂，就不如眾樂樂了！」

鈺子突然想到，這些古人有頭有臉的哪個不飽讀詩書，自己的國文造詣有限，再鬥下去，只怕捉襟見肘自曝其短了，於是倏地站了起來，大喊聲：「吃飽了！」便匆匆離席。

晚上，鈺子不想看到宇文駿，便囑咐普安把飯菜送到自己的房間，獨自在房間用膳，所謂眼不見爲淨。討厭的是，這討厭的傢伙的身影，一舉一動、一言一行都不斷浮現自己的腦海，讓他覺得自己很不堪。這傢伙怎麼這麼無恥呢！

想著想著，晚上的飯菜突然食之無味起來。又嚐了一口湯，倒是還不錯，鈺子問了普安：是什麼燉的？普安說好像是老爺交代要特別燉給鈺子喝的，鈺子於是滿足地喝完了它。

結果，到了要睡覺的時候，鈺子又躺在床上翻來覆去睡不著了。這次的睡不著還帶點燥熱感，不知爲何，他覺得全身有幾萬隻螞蟻在爬，撓癢難耐，但又不是眞的肉體的癢，而是一股慾望在全身竄流。這是他這四個月來，第一次想用手指去探自己的菊花洞。鈺子開始用手去撫摸自己乳頭，另一隻手來回在菊花庭游移，屁股也不自覺跟著扭動，並發出微微的喘息聲。然而，鈺子不敢相信的是，他腦中浮現的幻想對象，竟是宇文駿！

這時，突然一隻手很輕輕柔地在鈺子身上撫摸起來。鈺子一驚，回身竟看到活生生的宇文駿，正對他露出賊笑。鈺子原本要叫出聲，宇文駿卻用手摀住他的嘴，並且說：「你喝了一整碗的隆慾湯，不發出來是會內傷的！」

鈺子後來才知道，所謂的「隆慾湯」就是一種春藥，原意是「龍慾」，但因「龍」是天子專用的字，所以改成了「隆慾」。

鈺子看著宇文駿的賊笑，雖然很氣中了他的計，但又全身騷癢難耐，也顧不得這麼多了，只心想著：「好呀，你自己送上門來的，別怪老娘吃了你！」

鈺子突然很激烈地抱住宇文駿，硬往自己的身體拉，然後用雙腳用力地扣住宇文駿的身體。力道之大，加上大概宇文駿沒碰過這麼激烈的鈺子，也有點嚇到，不知該如何反應。但他發現根本也不用反應，因爲大概吃了春藥的鈺子藥效太猛，全部自己來，宇文駿只要享受被鈺子帶著走的感覺就好。鈺子整個身體捲捆住宇文駿的身體，然後屁股跟上身各自往不同方向扭轉，整個人像是蛇一樣地扭動，這可是苦練印度舞得到的水蛇腰技法，鈺子一般不輕易用，太折磨人，但現在他根本顧不得疲倦，只想好好享受這魚水之歡。

鈺子扭動一陣，感到腹部被一個堅硬的陽物頂著，便停住上半身動作，開始改用前後搖擺的方式，用自己的腹部去頂那根陽物，而且還配合著靠近的動作，突出小腹，把陽物更緊地抵住，然後再旋轉腹部。說眞的，連鈺子都驚訝自己何時練成這般功夫，到了這般境界，這些個細節他絲毫未經設想，就自然熟練地做了出來，而且由宇文駿的反應看來，他是很爽的！

但這才只是暖身呢，鈺子突然一個大轉身，就翻成了鳳在上、龍在下的姿勢，然後坐起身，粗暴地撕裂宇文駿的襯褲。鈺子的動作如是兇猛，逗得宇文駿的陽物也兇猛地回應著鈺子。鈺子看到那根粉紅透亮的陽物，很是興奮，全身竄起一陣熱流，馬上貪婪地用口迎了上去。宇文駿從沒被鈺子口交過，只覺一陣激動，差點要射了出來，但他終究是個久經歡場的爺兒們，還是提氣忍住了那股衝動，開始享受鈺子狂放的口技吞吐著自己的陽物。鈺子的後庭花正對著宇文駿不斷扭動，一開一闔，似乎召喚著他的陽物進去作客。按捺不住的宇文駿，突然反被動爲主攻，翻轉了身體，變爲在上面的姿勢，迅速用手指探進鈺子前面沒有陽具的洞。鈺子原本是一驚，但沒想到宇文駿的技巧這般熟練，竟在自己前面的洞裡找到了一個點，並且按壓著那裡，感覺竟是如此酥麻。鈺子的身體隨著宇文駿的按壓，不自主地抽搐著。那快感太過強烈，他甚至感覺自己漏尿了，但宇文駿絲毫沒有想要停下來的意思。鈺子開始發出爽快的叫聲與喘息聲。在鈺子幾乎達到高潮後，宇文駿翻到鈺子身後，開始挺著陽物進入，宇文駿的技巧太好，竟然在沒有潤滑劑的狀況下就如此順利地進入了，鈺子沒感覺到什麼疼痛，只是享受著宇文駿的抽插，而他的前面還不斷漏著尿，但宇文駿絲毫不在意，只是盡情地幹著。只是他沒過多久，鈺子就感受到他粗重的呼吸聲，和拚盡全力的一頂。想來宇文駿是內射了。

然後宇文駿的身體便重重壓在鈺子身上。鈺子也全身冒著汗，感覺整個人虛脫了一般。不知過了多久，鈺子慢慢恢復理智，一大堆實際不實際的念頭掠過。例如，第一個是，鈺子在現代是絕不從事任何不安全的性行爲的，更別說無套內射，不過幸好他記憶所及，HIV是二十世紀才突變出來的病毒，代表這個時代還沒這種病，他不用擔心。（當然，他忘了這時代有花柳病……）

接著他又想到，他一定要查出那個什麼隆慾湯的藥方，竟然讓他可以這樣高潮，而且還在被進入時完全不痛，眞是太神奇了，簡直比現代的E還要爽，這個時代的中藥在現代販售應該沒問題吧？搞不好還可以因此致富呢！人家都說死 Gay 跟女人的錢最好騙了。

就這樣，這些個念頭交互出現，鈺子沉入了夢鄉。

玖

第二天一早鈺子起床，宇文駿早已離開。鈺子被普安侍候著更衣盥洗，普安一臉詭異的笑。鈺子木著臉問：「笑什麼呢？一大早就吃了春藥呀？」

普安仍笑：「吃春藥的怕不是我吧……」

鈺子一聽，臉刷地羞紅起來，尤其想到自己是個太監的身份，慌忙喝斥：「胡說什麼呢？」

普安假裝無辜地說：「昨個兒夜裡也不知怎麼回事，一整晚就聽著有人在叫，常春還說是貓在叫春呢，今早就差人去府外四周趕野貓了。」

鈺子「喔」了一聲，不敢再多說話。

普安繼續說道：「接著就有人接話，只怕這野貓是躲在院子裡了……」

說完，普安忍不住又笑，鈺子一聽，馬上用手狠狠地擰普安。普安雖嘴裡喊著疼，臉上的笑意卻還是掛著，壓根沒半點怕的跡象。

用早膳時，宇文駿倒像沒事人一樣，該有的客套禮節寒暄一應具備。鈺子也跟著打哈哈，內心卻嘀咕著：「我道是現代人愛演，沒想到古代人不只愛演，更是會演！」

之後的一天，鈺子都懷念著昨夜春宵的滋味，但宇文駿卻出門去辦事了，一整天不見蹤影，整得鈺子心癢難耐，也不知該怎麼辦才好。

是夜，鈺子在床上翻來覆去，等著宇文駿來，但卻沒等到人，讓他又開始思春，摸遍了全身，卻怎樣就是消解不了那股燒灼的慾火。

又隔一天，鈺子為了氣宇文駿，故意找來癩子幫自己按摩，還吩咐癩子按摩完在後院洗澡。癩子的健美身形跟襯褲裡若隱若現的黑龍，可是讓院裡的眾小廝們都望穿了秋波，就等著神龍現身。鈺子雖看得心癢難耐，但看到眾小廝們巴望的眼神就好笑，他估量，宇文駿今晚又得摸來了。

果然，到了晚上，宇文駿不但進房來，一伸手就探向床上人兒的重點部位。誰知一摸，卻著實嚇了一跳，因爲他確實摸到了一根龍物！他頓時驚覺床上的人不是鈺子，說時遲，那時快，床上的人已經一把捉住宇文駿的手，大叫「捉賊」！

宇文駿一驚，這時門外已經聚集了一些拿火光的人，眾人進門，卻有人說：「別點火！引人注意！」

於是火光被吹熄了，一群人黑燈瞎火的就往宇文駿身上又踢又打，打得他絲毫還不了手。這時鈺子的聲音出現：「點燈，看賊人是誰！」

這時火光一亮，大家看到普安抓著宇文駿，鈺子馬上上前拍開普安的手：「你抓著少爺作什麼？你們這些個狗奴才，怎麼不分青紅皀白就亂打人呢？少爺是進來幫忙抓賊的，怎麼反被你們當賊給抓住了？胡鬧！胡鬧！」

宇文駿倒是識相，立刻接口：「賢弟，你別怪他們了，剛剛一陣混亂，又烏漆麻黑的，誰看得清楚呢！」

鈺子笑著拍拍宇文駿的肩膀：「我說好哥哥呀！你怎麼就不出個聲？你出一聲，大夥就知道打錯了，這不，讓你白挨了一頓打？」

宇文駿笑得尷尬，但也很機靈：「還不快去外面巡邏，看看賊人跑遠沒！」

眾小廝一轟而散，剩下宇文駿跟鈺子。鈺子露出勝利的笑容，宇文駿靠近鈺子：「有你的，咱們有空慢慢玩！」

拾

又隔一天，傳說中的主子——福大爺，終於回來了。

果然是個在宮中久經戰場的老狐狸，不怒而威的神情，讓人看了不寒而顫。鈺子看到大福就一個勁的忍不住緊張，幸好他早想好了藉口，說自己眞給打糊塗了，泰半宮中的事都給忘了。

鈺子也不是省油的燈，知道得好好巴結大福，在這院裡才能坐得安穩。可是常春留了一手，沒把侍候大福的絕活都說明了，只讓普安去準備那些個大福喜愛的茶跟點心。如此一來，便顯得鈺子不夠細心。常春的計謀是要挑撥離間，讓鈺子不再信任普安，這樣自己要鬥爭起來才會容易些。

大福稱讚普安心細，普安也很識趣地說都是鈺子教得好，可鈺子總算是看清了這幾個小廝爲了得寵，可是表面無事，底下機關算盡呀！

接著，大福仔細探問了鈺子的傷勢，然後就跟宇文駿關在房間密談了很久。

據大福所說，鈺子的事影響很大。庫房仔細清查過，許多人都被杖責，所以這四個月以來連大福都乖乖守著本分，不敢出宮。是這陣子皇上龍心大悅，自己才敢出來的，但也只能待一晚。

鈺子覺得大福一回來，眾小廝的言行就很怪異。鈺子一開始只當是大家都怕大福，也沒多想。晚上就寢時，大福吩咐，把鈺子叫到了他的房間。這房間鈺子從沒進去過，因爲這裡一向上著兩道鎖，鑰匙還是常春跟宇文駿一人一把保管著。一進廂房，鈺子才驚覺這裡眞的很大很大，從外觀上竟沒這麼強烈的印象。

迎面而來的畫面，更是讓鈺子瞬間有種回到現代趴場的錯覺——觸目所及，眾小廝們一個個全裸地站在兩旁，滿滿肉色，讓久未「大開葷戒」的鈺子一陣暈眩。只是，不知爲何，大家都一副很畏懼的樣子。鈺子這時才隱約想起，曾聽小廝們私下談過，大福跟從前的那個鈺子，總會想些變態的主意來整他們，所以大家才會這麼害怕。

大福的上身光著，下身用條布巾蓋著，讓鈺子鬆了口氣。他可不想看到大福的下體。

大福斜望著他，問：「說說，你都教了他們什麼新花招？」

鈺子愣了一下：「我身體才剛好，還來不及教……」

大福冷睨了鈺子一眼：「我不是聽說你把一個藥舖的跑腿工訓練得很好？怎麼有時間訓練外人，沒時間訓練自己人？」

鈺子發起抖來：「冤枉呀！你別聽他們瞎說，不就因我腰傷著，他才來替我推拿的……」

大福伸手揮揮：「好了，我不想聽，都是藉口。你去指揮他們吧！」

鈺子走到眾小廝面前。他可以感覺到氣氛肅然，似乎大家都很驚恐。宇文駿站在大福身後替他按摩，鈺子稍微回身看了看，宇文駿順勢給他使了個眼色。但鈺子腦中一片空白，完全不知該怎麼做，宇文駿立刻喝了一聲：「都死啦？該怎麼著就怎麼著！還要別人用鞭子抽你們這些個狗奴才不成？」

小廝似乎訓練有素，開始各自找了一個對象，跟對方又親又抱起來，看得鈺子目瞪口呆。只是大家動作都很呆板，似乎沒人在享受這件事，只是在敷衍做給大福看，這氣氛真是詭異至極。

鈺子這時忽然反應過來：不就是要淫亂派對嗎？這不是自己最習慣的拿手絕活？於是鈺子靠向離自己最近的一對，用手狠狠抓住兩人的屌，神色嚴厲地威脅：「如果想保住它們，就給我認眞點！」又將其中一個的頭給按了下去，叫蹲下去的那個開始替站的那個口交。顯然這不是他們習慣的性愛技巧，但在脅迫之下，兩人還是笨拙地做了起來。就這樣，鈺子穿梭在每一對間，把他們擺弄成自己想要的樣子，還刻意設計成每對都略有不同。

搞了一會兒，鈺子讓每一對都有自己的事做。但顯然他們只會照著鈺子的吩咐，完全不會變通，讓鈺子看得猛翻白眼。不過幸好這些荒淫的畫面激起了大福的性慾，鈺子從大福噴火的眼睛知道自己安然度過這一關了。

誰知，就在鈺子心懷僥倖時，大福忽然站了起來，而鈺子看到怵目驚心的一幕——大福下體不是空蕩蕩的一個凹洞，而是穿戴了一根假陽具！再定睛看：那假陽具是一根木頭，只用幾根細棉繩繫在腰間，因而顯得更加粗大！

只見大福走下自己的座位，開始走進一對對的小廝中。鈺子當然知道大福要的是什麼，他馬上迎過去，用手搓弄大福的假陽具，然後在大福耳邊低語：「好硬！好大！」

大福開始貪婪地用手去摸身邊的小廝們，眾小廝也訓練有素地往大福身邊靠攏，但大家都沒想要當最靠近的那個，因爲他們知道下場。但顯然新進一點的還搞不清楚狀況，硬是被人給往裡面擠了過去。大福一把就抓住其中一個，用很變態的言語咒罵他，並且甩他巴掌，將他頭髮抓起來就往地上摔，然後粗暴地拉開那人的雙腿，二話不說木陽具就硬塞了進去！

鈺子嚇得傻了——那根本是滿清十大酷刑！沒有潤滑，更別說木棍的堅硬根本不是人體可以接受的。那個小廝痛得大叫救命，但大家都只是別過頭，不忍看。鈺子只能眼睜睜看著那個小廝的肛門，因破裂而流出血來，大口喘氣，陣陣暈眩。這會搞出人命的！

那小廝一開始還哀號，但後來因劇痛，陷入瀕臨休克的昏死狀態。但大福根本不管小廝死活，不只抽插他，還一面死命抽打他。鈺子猛吞口水，眼見身邊其他眾人的恐懼之色，他告訴自己冷靜，得想辦法。

鈺子慢慢往後退，退出人群。忽然，一隻有力的手一把抓住了他。

「你要去哪？」宇文駿神色嚴肅地問。

「再下去會出人命的！」鈺子壓低聲音，但仍難掩語氣中的恐慌。忽然他靈機一動，抓著宇文駿問：「你弄不弄得到迷魂香之類的東西？」

宇文駿說有，鈺子便要普安偷偷去拿。此時，第一個小廝已經徹底昏死過去了，大福拔出他的假陽具，伸手便要抓第二個人，大家恐懼而慌亂地不停將身邊的人往大福推去。

鈺子看見眾人的驚恐，普安又還沒回來，情急之下抄起桌上的一柄小刀，慢慢向大福移近，趁他不注意的時候，將他腰際綁假陽具的繩子給切斷了，假陽具垂了下去。這時普安和宇文駿趕到，宇文駿將迷魂香拿到一旁，偷偷點了起來。而這一切，都被常春看在眼裡……

大福發現假陽具繫繩被割斷，氣得狂打抓到的每個人，又雙手亂抓他們的陽具猛力拉扯，像要把它們整副撕扯下來一般。鈺子趕緊上前安撫：「別激動，坐好，我替您綁好！」

宇文駿也上前替大福按摩，這時迷魂香的效力慢慢發揮，大福開始止不住地打哈欠。雖然鈺子也是，但他硬撐著，告訴自己：「我可是二十一世紀的毒后，什麼藥沒嗑過，這點屁東西算什麼！我一定要撐住！」

鈺子輕柔地對大福說：「該是休息的時候了，別累著，明天一大早還要回宮呢。」

話還沒說完，大福已昏死過去，鈺子跟宇文駿合力把大福抬到了床上，又打發眾人回去休息。

宇文駿也幾乎快支撐不住，鈺子過去攙扶著他回房。然而此時的鈺子卻異常清醒，剛剛那一幕還血淋淋地映在腦裡。那不是性愛，那是謀殺呀！

臨睡前，鈺子還不忘去探看那個被大福整得昏死的小廝。

這眞不是人待的地方。鈺子心想，身體止不住地顫抖。

天呀，該怎麼辦才好？

拾壹

大福隔天一早就回宮了。宇文駿也只多待了一天，就神祕兮兮地離開了。鈺子整個人又恢復了剛來時的行屍走肉樣。他突然理解了那些宮廷戲裡演的嬪妃、太監、宮女的心理了。所謂「伴君如伴虎」，他現在還算得寵，而且只是侍候一個太監，眞要侍候皇帝，一個不留神就會被殺了。命在這個年代可不値錢呀！

鈺子怎樣都開心不起來，所以也沒讓癩子來了，只是每天腦袋空在那裡，不知該怎麼辦才好。

若是在現代，他至少可以逃，逃到天涯海角。而在這裡，他連宅院大門都沒跨出過一步，怎麼離開京城都不知道，也不知道可以去哪。想到這裡，他就突然好懷念現代，一通110，這件事就結束了。

不過人永遠比自己想像的健忘，鈺子的注意力很快被轉移了。因爲又隔了一週，宇文駿回來，這次他授命可以帶著鈺子出宅院去辦事了。

宇文駿帶著鈺子到了梨園，但是一句話也沒說。然而不管宇文駿怎麼用眼神暗示，鈺子也毫無反應，他這才拉鈺子離開，到了一間客棧的廂房，告訴鈺子到底要做什麼。宇文駿當鈺子眞是被打到忘了事兒，所以耐起性子對他詳細說明。

原來，鈺子的新工作就是要去梨園挑選一些還沒成名的角兒，好生訓練，然後想辦法把這些人送到那些好男風的王公貴冑那裡。一方面，這些訓練有素的角兒，是有錢也難得的絕佳活禮品；再來，他們也可以成爲探子，打聽一些把柄。宇文駿的工作，就是長期替大福在宮外跟這些高官王族打交道，作些私底下的買賣。大福也精明，大多的錢財都往南方的老家運去，所謂狡兔三窩，所有的大太監學會的第一課就是以和珅爲借鏡，千萬別讓自己成了另一個被抄家滅門的和珅。也因此鈺子出事那會兒，宇文駿才會在南方待了這麼長時間，除了避風頭，就是隨機應變，要處理好那些財產。

以往鈺子就有在替自己跟大福訓練這些角兒，宅院裡的每個小廝，也都是鈺子親自挑選，並且好生訓練的。鈺子也偶爾當個仲介，介紹這些個沒成名的角兒去皇親國戚家裡唱唱戲、應應酬。那時，京城裡有名的角兒多有個強硬的靠山，是一般人不敢動的；再說，稍微有點名氣的角兒也不屑去飲酒交陪，因此底下那些個不成氣候的，才有機會去走走賺賺私房錢；有的直接就留在好男風的大官身邊，只是是福是禍誰也說不清楚，雖然離開了梨園貧賤的戲子身份，卻又來到了另一個沒有名分的地方，說穿了也只是個不用打雜的性家僕，得寵時還有些表面的尊敬，一旦失寵，就什麼也不是了。

宇文駿一說完，鈺子馬上就醒了，或該說又「活」了。這些不正是他夢寐以求的勾當？他多想走過京城大街時，被人指指點點，心裡罵他是個不知羞恥的下三濫蕩婦，但嘴上卻要奉承著他、巴結他，這種人生多精彩呀！

於是鈺子再次進了梨園。這時一個長相俊秀、臉頰白裡還泛著紅光的人「飄」了過來，這可是鈺子人生中第一次看到所謂的小碎步。那人一到鈺子跟前，就激動地拉著鈺子的手：「鈺大爺，您可來了，您沒事就好，您都不知道我多盼著您……」

鈺子一陣尷尬地笑，完全不認得這人是誰。鈺子望向宇文駿，宇文駿笑笑：「你不記得他是夢蝶了呀？」

鈺子馬上接口：「對，夢蝶……」

只見那人馬上一變臉：「你這麼想夢蝶怎麼不去找夢蝶就好了！來找我做什麼！」語畢氣得轉身，但也不是眞的離開，只是氣鼓鼓地背對著鈺子。宇文駿看到就笑了，鈺子更是窘迫得滿臉都紅了起來，瞪著宇文駿。見宇文駿露出得意的笑，鈺子使勁踩了宇文駿一腳，宇文駿機靈躲過，笑道：「還不快給青樺賠罪！」

鈺子瞪著宇文駿，要確定這次是眞是假。宇文駿點點頭，代表是眞的，鈺子才上前轉過青樺的身子：「哥哥逗著你玩的，青樺。」

青樺立刻又露出嬌羞的樣貌。本來這種型根本不是鈺子的菜，可是青樺俊美到連鈺子都心疼的地步。

下午，青樺就請了鈺子去當時京城最火紅的茶館吃小點。宇文駿說他不想聽這些梨園小情調，先去辦別的事了，約一個時辰後見。

在廂房裡，青樺如數家珍般敘述了這幾個月來的大小事。包括哪個花旦又被包養了；哪個花旦又沒落在台上倒嗓了；還有一個失寵的被福晉們合起來整，聲稱他偷東西，把他給打爛了手，逐了出去，現在流落街頭，無人敢收。

就這樣，青樺拉哩拉雜說了一大堆跟鈺子素昧平生的人名跟事件，本來鈺子是事不關己就懶得理睬，可是這突然變成一種生存伎倆，不知道從何時開始，所有聽過的話、人名、事件他都能自動在腦中篩選歸檔，如本能一樣，而他現在的處境，越瞭解這個圈子對他越有幫助。因此他努力記著這些陌生的人名跟事件，相信總有一天會派上用場的。連青樺不經意提到的誰家何時要辦婚喪喜慶，鈺子全給記下了。而且奇妙的是，少了電腦的荼毒，鈺子的記憶力變得特好，也許因爲沒有一大堆無用的資訊轟炸，要記憶這些個事兒變得容易多了。

鈺子沒忘正事兒，他問了青樺最近園子裡機靈的學徒有誰，晚上便一一叫他們來府裡吃飯。

鈺子相信自己的眼光，相信從一個孩子的吃飯規矩到應對進退，便可以看出他的人格特質。要能夠被挑出來訓練的，一定要夠機靈，但又不能聰明外露；要能善體人意，卻又不能自以爲是。所以鈺子瞧得可仔細，畢竟調教一個也得花兩三年的工夫，他不想做白工。

鈺子在現代的同志圈混了十幾年，自稱是個老妖精，這樣的歷練今個兒下午從挑人開始，就展現了十足的老鴇氣勢，似乎那是他的本業，駕輕就熟。幾個小屁孩在他眼前一晃，就知道誰有底，誰不靠譜。

透過一頓飯局，鈺子留了五個孩兒下來，然後叫普安帶他們去洗澡。鈺子對年輕娃兒的身體沒興趣，但還是得打量打量，畢竟若是有些個天賦異稟，還得好好訓練一下。不過就他下午從宇文駿那兒打聽來的消息，這時的男風還是習慣賞玩陰柔氣質的男孩，畢竟能玩這種遊戲的多是有權有勢之輩，他們可不在乎那些男孩陽物的大小，而在於這些男孩怎樣能在床上把他們給侍候好。

鈺子透過窗戶瞧了一下這五個男孩的身形跟陽物，都還成，半大不小。若真是天賦過人，比侍候的老爺還要威武，只怕是會惹人厭的。

到了晚上，鈺子叫他們乖乖上床睡。他這兩天左思右想著的事，就是如何對付那個老變態。他不想再看到上次那個觸目驚心的血案重現，太倒胃口了，於是他籌劃著跟宇文駿好好訓練這些個小廝。訓練方法就是兩個兩個夜裡叫來客房，要宇文駿餵他們喝隆慾湯，等藥效上來，這些年輕氣盛的小廝自然就會互相把玩，這時宇文駿跟鈺子再進去好好給他們上點教「慾」課。鈺子眞的是有心調教，要教他們幾招絕活，如果把大福給侍候好了，也許能減少他那變態的慾望；但宇文駿則是想藉機狎玩這些個小廝，雖然以往他就想這樣玩了，但想到自己被人稱少爺，去調戲這些小廝實在不入流，現在可以正大光明地玩弄他們，而且一次是兩個，何樂而不爲？

就這樣，鈺子搖身一變，成了自己幻想過的職業——G片導演，指導著這一對對的小廝如何服侍宇文駿。一個要吸他的乳頭，一個就要吸他的陽物，一定要有一個過程是兩個人一起吸他的龍物，造成好像兩人在爭奪寶物的錯覺。鈺子偶爾也伸手過去示範該如何「下手」，例如會陰按摩。但這些小廝可是既沒創造力、也沒想像力，更別說執行力，要不是鈺子在一旁鞭策著，他們跟躺在床上的死魚的區別，只在於他們還會蠕動而已。

當鈺子要求他們去舔宇文駿的後庭花時，別說兩個小廝，連宇文駿都嚇到了，想著這是那一招？但鈺子下了命令，兩個小廝只得乖乖輪流舔著宇文駿的後庭花。但兩人顯然都不諳箇中技巧，即使春情盪漾，不熟悉的姿勢仍顯生疏。鈺子看著看著自己也來了興致，乾脆自己彎下身去示範，他不愧是個經驗老道的淫貨，才幾下就已經搞得宇文駿酥癢難耐，差點要噴出來了。不過鈺子沒打算鬆口，他就是要整宇文駿，如果這自負的傢伙在還沒進入後庭花前就「繳械」投降的話，豈不是最好的笑柄？

於是鈺子一時興起，乾脆用舌頭深入宇文駿的後庭花。兩個小廝看得目瞪口呆，心想這未免也太……「深入」了吧？

但鈺子十分投入，同時用手按摩宇文駿的會陰，配合著自己舌頭的一進一出，按壓他的會陰，讓宇文駿放鬆。這樣一陣子後，鈺子突然以迅雷不急掩耳的速度一把抓住宇文駿的陽物，開始大力前後搓弄。宇文駿感覺不對，似乎再一下子就要噴了，但他可不想過早出來——還玩不夠呢！宇文駿畢竟也是個歡場老手，突然一使力，一屁股就坐住了鈺子的手，不讓他再搓弄，刺激感便減少了許多。但鈺子也非等閒之輩，不能前後搓弄，那就改個方法！他手技一改，握緊宇文駿的陽物，轉圈圈並且用力來回轉著，果然沒一下子，宇文駿就射了，而且射得超遠。

鈺子感受到宇文駿的抖動，心下一陣滿意，對回過頭來的宇文駿露出得意的笑。但宇文駿也不是省油的燈，馬上轉過來，扳住兩個小廝的頭，就往自己的陽具壓去，他現在知道被人含著陽物是個極大的樂趣，兩個小廝也乖乖地舔起來。兩個小傢伙本來就喝了隆慾湯，精力正旺，彼此玩著對方的陽物，沒一會功夫就出來了。

這時宇文駿的陽物又硬邦邦的了，他騎上一個小廝的屁股，滋一聲就進去了。就這樣，宇文駿來回輪流幹著兩個小廝，看得鈺子心癢難耐，反覆折騰近一個時辰才出來，然後自己昏昏沉沉地倒頭大睡。

拾貳

接連幾天晚上，鈺子都會隨意招來兩三個小廝，繼續「訓練」他們的性技巧。果然幾個小廝在鈺子的調教下，嘴上跟手上功夫都精進不少，但最主要的，性就是要放得開、敢玩。而普安跟常春因年紀稍長，資歷較深，倒逃過了一劫。

一到白天，宇文駿便再度恢復道貌岸然的君子模樣，帶著鈺子四處晃，去看天橋、去聽評書、去看京戲崑曲，甚至帶鈺子上八大胡同。

鈺子看到京城裡什麼都新鮮，其中他最感興趣的，就是宇文駿一直不帶他去的大煙館。根據宇文駿的講法，那就是販賣「禍國殃民」之物——鴉片的地方。

對鈺子來說，其實殃不殃民一點也沒差，這兒的生活該體驗的也都體驗了，早早重新投胎回到現代對他才是種解脫。

於是這天，鈺子硬是要去大煙館，拗他不過，宇文駿氣得自己先走了。鈺子一個人站在門口，卻緊張起來，吞著口水不敢自己進去。為了壯膽，他不斷在心裡告訴自己，一次，就一次，總要體驗一下的。他估計跟抽大麻差不了多少。

鈺子擔心太多了，他站在那邊一會兒，馬上有哈巴狗似的人領著他進去。先是要他挑煙管，再來要他挑味道。他什麼都不懂，就要了一個中等價位的，然後就被領進去了。途中還碰到一個人，喊他鈺公公，讓他好生尷尬。

才吸一口，鈺子就知道，所謂的鴉片，那可比抽大麻要舒爽多了！那種境界絕不是「快樂」兩個籠統的字可以形容的。快樂只是一開始最粗淺的層次，接著是整個身體的酥軟，像是掉進了棉花糖上面，整個身體一會兒飄著，一會兒麻著，一陣一陣地交替出現，簡直比做愛的高潮還要讓人爽快。畢竟做愛還有點痛覺，鴉片是完全地放鬆，感覺整個身體都溶進空氣中似的，更別說那些煩惱憂鬱，好像到了一個沒有悲傷的國度，簡單說，就是到了天堂……

鈺子忘記自己是怎麼走出鴉片館回家的。他不知道宇文駿很擔心他，一直派人守在門口，所以是家中小廝帶著鈺子回到宅院的。

那夜鈺子昏睡了一整晚，直到第二天醒來，頭還有點暈飄飄地。宇文駿看到鈺子就沒好臉色，但鈺子卻多了個心眼。這鴉片煙的效力這麼大，如果點在大福房中，那他不是渾身不帶勁，什麼也不能做了嗎？這樣就不用擔心他再犯畜生的罪行了。

鈺子當然不敢明說，畢竟他還不知道宇文駿跟大福的關係，這事兒要是讓別人知道了，跑去告狀，那可不得了。於是鈺子動了關係去找鴉片煙，然後讓癩子拿回去研究，看要怎麼樣可以把這些東西稀釋，再跟其他香料結合，讓人聞不出來。當然，鈺子沒說那是鴉片煙。

癩子說現在最多的就是藏香，藏香的味道多又濃，很容易被人忽略過去的，於是便私下幫鈺子研究起來。

某天，宇文駿帶了鈺子去聽戲，唱的是《長生殿》。但鈺子簡直如坐針氈，因爲沒有一句唱詞是他聽得懂的。他只能聽著他們的對話，根本無法投入，別人在叫好的時候，他也沒什麼感覺。也許因爲他冷淡的反應，引起了宇文駿的關切，鈺子只推說經過生死關後，對戲沒什麼感覺了。不就是戲嗎？演得再眞唱得再好也是假的，還不如現實生活中踏實地掙點體驗才是眞的。

下戲後，宇文駿照例在醉月樓擺桌請客。今晚的楊貴妃是另一個名旦綺菲，鈺子一聽就直笑，又不是飛機，幹嘛「起飛」呀？不過那時也沒飛機，也沒人想得到除了鳥還有東西可以在天上飛，所以大家也不覺奇怪。

席間綺菲對鈺子特別熱絡，還引薦了一個當時的小道台——陳森。談話中途，綺菲還拿出一本書，說是陳森所寫的，鈺子瞄了一眼，叫《梅花夢》，據說現在梨園裡大家都搶著讀這本書呢！

鈺子也沒太當眞，順手收下了，順道多觀察了一下眼前這個作家。雖然在清朝，寫作可不是什麼特殊的才華。也就是，還不算是眞正的文人雅士之好，因爲那時的「文藝青年」多視圖國富強爲唯一正道，其他都是小鼻子小眼睛的私房事，難登大雅之堂；可不像現代，說職業是作家，總會引起一陣欣羡的讚嘆。鈺子想瞧瞧清朝作家的氣質，但瞧了半天，只覺陳森也沒特殊的突出處，倒是喝酒跟名旦們吟詩助興挺在行的，鈺子也就沒多想。

但接連幾天，鈺子閒來無事，還眞拿起了《梅花夢》仔細拜讀。那時沒八點檔，沒韓劇，這本小說便成了滿足自己心理需求的最主要糧食了。雖然看文言文實在不慣，但在毫無選擇的情況下，也只好將就。讀著讀著，也開始關心起張若水跟梅小玉的下場，雖然敘述的方式不似他所熟悉的現代小說，卻也別有一番滋味。

在京城開了眼界的鈺子，這會兒可說是雄心萬丈，突然覺得自己長了生意頭腦，想出了一個創業的妙點子，而且這點子還跟自己的身份嗜好興趣相關。都說「能把興趣當職業是件幸福的事」，又說「人就是要能創造自己的幸福」，這下他在現代被壓迫得苦哈哈的生活，卻可能在古代變成讓自己幸福的人生志趣，何樂而不爲呢？

「三溫暖！」鈺子斬釘截鐵地說。

「三溫暖？那是什麼？」宇文駿反覆打量著鈺子寫在紙上的這三個字，就是搞不懂，不管鈺子怎麼說，就是不明白。鈺子氣不過，乾脆拉著宇文駿去看。

「不就澡堂嘛？」宇文駿沒好氣。

鈺子拉著宇文駿往裡走：「那我們進去說，我好好跟你解釋，你就懂了。」

走到一半，宇文駿突然停了下來，鈺子不耐煩地回頭：「幹嘛？你不敢洗大眾池呀？」

鈺子說得太順，現代的用語都溜了出來。

宇文駿欲言又止，最後什麼都沒說，只是望著鈺子的下體看。鈺子突然意會過來，一陣尷尬，臉頓時羞紅。他都忘了自己是個太監的身份，太監進澡堂，這不是自取其辱嗎？而最奇怪的感覺是，鈺子這一刻傷心的不是自己是太監的身份，而是他突然意識到，他將一輩子無法進澡堂「賞鳥」了！這聽起來多傷心呀，以往他總要每個月往川湯跑一次的。

原本志得意滿的鈺子，洩了氣般默默離去了。

爲了逗鈺子開心，宇文駿拉著鈺子去看魔術。在魔術館裡，鈺子實在沒什麼興致，想著在我那個年代，魔術師都可以騰空飛了，這點小把戲算什麼？

不過下午的挫折，讓鈺子更加堅定他非要開一個澡堂不可。既然澡堂是他開的，有什麼道理他不能穿著衣服在裡頭巡視呢！老娘就是要賞鳥，還要看到百鳥朝天的景象才成！

看完魔術，鈺子發現了一樣趣事，原來那時沒有情趣用品店，所謂的情趣用品，都私藏在木雕店裡面。宇文駿爲了討鈺子歡心，帶他去了這個木雕店。鈺子看到一些情趣用品，甚感新奇，他們那時稱這些用具爲「狎具」，看起來跟鈺子印象中「滿清十大酷刑」的刑具沒什麼差別，一點也引不起性慾。鈺子卻因此起了菩薩心腸，回程路上跟宇文駿商量，要偷偷去把大福私藏的那個木頭陽具拿來給磨小一點，再想辦法泡點油，讓它不這麼「傷人」，否則它眞只能把人捅死。天殺的，它簡直跟啤酒瓶的瓶底差不多大小，最可怕的是沒有潤滑劑還要硬塞！鈺子想那大概反應了大福對於尺寸熱切的渴望吧。

但是，要偷大福的假陽具可是得小心翼翼的事，除了宇文駿跟鈺子，誰也不能知道，宇文駿千叮嚀萬囑咐，交代鈺子千萬不能走漏風聲。

他們先用計從常春那裡偷到了鑰匙，宇文駿去外面找人複製了一把。接著，就是要想辦法，支開所有小廝，否則夜裡在大福房間黑燈瞎火的找東西，不小心鬧出聲音可不是好玩的事。想著想著，鈺子想到了一個妙計——

「你帶小傢伙們去游泳吧！」

因爲游泳是裸裎相見的事，鈺子自然沒有理由去。誰知鈺子自以爲每個 Gay 都會自動自發想練出一身肌肉來提高身價，卻沒想到那個年代，大部份的人都不會游泳，只會玩水，更沒有「練肌抬身價」的概念。宇文駿不解，但最後還是依著鈺子的提議，帶這群小廝們去跑步練身體；他打的如意算盤是，到時在河邊只有他跟這群大男孩們在一起，只要偷偷在運動完後給他們喝「隆慾湯」，河邊不就是他一個人的天堂了嗎？這是他答應的原因，也是爲了滿足自己的私慾。這些小廝的訓練課程正好告一段落，來個最終驗收也是合情合理的。

拾參

一大早，宇文駿就攆了這批小廝出門去練身體。幾個小廝還呆呆背著一大桶的「隆慾湯」，宇文駿騙他們是特製的清涼飲。

出門後約半小時，鈺子確定他們走遠了，才偷偷拿著複製的鑰匙和宇文駿交給他的鑰匙，進了大福的房間。

鈺子手腳機靈地迅速翻了一遍，卻沒看到假陽具的蹤影。最後，他才發現藏在床底下一個上鎖的箱子。古代人畢竟是純樸的，不像現代人這麼精，知道床底下是最不安全的隱藏地之一。鈺子也發現，費盡心思打造的鑰匙根本派不上用場，那箱子的鎖頭看起來是非常容易打開的那種，連鈺子這種從沒當過小偷的人，隨便找來一根類似鐵絲的東西進去，左掏右拉就給打開了。

打開箱子，鈺子眞是嘆爲觀止，裡頭的假陽具不只一根，而且一根比一根粗大。這讓鈺子也頭疼，如果只有一根，拿去磨也就算了，這麼多根都去磨了，不可疑嗎？但鈺子鐵了心要救這些小廝的命，於是全拿了出來，心想：不磨小，拿去浸浸油，把木頭泡軟些也成，畢竟他們蠢到連吐口水當潤滑劑的概念都沒有，當這時代的零號眞眞可憐呀！

拿完狎具，鈺子自然好奇這箱子還有些什麼。金銀珠寶全然沒有，他想起宇文駿說過，大福生性多疑，貴重的全存在外面的票號了。鈺子隨手翻了一下。有幾本帳本，和一本寫滿名字的簿子，上頭記載跟這些人來往的金銀珠寶細目，鈺子猜想應該都是些王公貴族吧。另一本則是這些王公貴族被安排了跟哪些優伶夜宴的細目。

翻著翻著，鈺子注意到一本奇怪的簿子。鈺子一翻開，嚇得倒抽了好幾口冷氣——

鈺子正翻看的同時，宇文駿已帶著眾人到了城外約一個時辰路程的地方。平常沒運動習慣的眾人，光走到這裡就已經叫苦連天了。那時代的零號被要求得像女娃，手無縛雞之力、蒼白瘦弱的最好，因此誰也沒被要求去練體力、練身材。宇文駿自己也有點吃不消，於是他想乾脆直接給眾人喝隆慾湯算了，喝完，起作用，折騰折騰回去，兩個時辰的光景就能解脫。於是宇文駿帶頭喝了隆慾湯，大家自然不疑有他，都跟著也喝了。喝完後，宇文駿率先脫光衣服下水洗澡，眾小廝自然也跟著紛紛寬了衣帶，下水去泡涼。這些小廝們青春正茂，不一會兒功夫，全起了隆慾反應，宇文駿便使出他的淫威說，這是驗收，他回去得告訴鈺子成果，表現不佳的，還得再接受個別訓練！大夥好好表現表現！

大家被湯藥搞得全身發燙，又都不敢造次。宇文駿伸手抓過兩個小廝，往下一壓，受過訓練的兩人，自然就品嚐起了宇文駿的陽具。看到這番光景，其他人也紛紛找了自己熟悉的對象開始親熱。因為是光天化日之下，十幾個赤條光光的大男孩，都挺著硬爽的陽具在那裡又親又抱又舔的，宇文駿看得興致大開。而且這裡沒有大福，也沒有鈺子，他可以更放膽地玩。於是他在一對一對間遊走，玩弄每個人的屁股。他對陽物的興致並不大，而喜歡用手指去探這些小廝的菊花穴，喜歡他們貪婪地舔他的陽具。只是大家都沒有鈺子那樣放得開、那麼投入，少了真情實意的快感，感覺跟在妓院嫖妓差不多，但仍舊很爽。

宇文駿要這些男孩互幹，自己也不斷幹著一個又一個的男孩，他發誓要把這裡的男孩都給幹掉。小廝們經過調教，再加上隆慾湯的催情，和多人群交的刺激，一個個都表現出了前所未有的淫蕩。即使因爲經驗不足，不懂太多花招跟姿勢的變化，卻也殺紅了眼，驍勇善戰，大有要把對方操死的架勢。更讓人安心的是，大福不在，不用擔心菊花與性命安全，可以放心地玩放心地射。以前大福或鈺子是不准他們射的，非得要他們憋得難耐至極，兩人看到了才爽。現在至少他們是可以眞的盡情地玩。在氣氛的引誘下，人人都達到了生命最高的高潮，有的還射了兩三次。宇文駿自己射了三次，他本來就經驗豐富，更是個好強不服輸的人，在被鈺子夜夜調教後，更是成了百戰不殆的硬漢，硬是把幾朵小雛菊弄成了大理菊！

宇文駿自己休息時，便隨意抓了小廝來兩兩表演給自己看。他喜歡看他們用手去摳彼此的後庭花，也喜歡被人舔自己的後庭花。只是他們的技巧都沒鈺子好，但這裡，每個都被他叫來舔自己的後庭花，而且他的陽具永遠有至少兩個人在替他口交，讓他得到了皇帝般的滿足感。後宮的皇帝也不過如此吧？何況他還是在戶外光明正大地玩著，那感覺就是一整個舒暢淋漓呀。

宇文駿的荒淫之行進行了一個半時辰，大家都玩得欲罷不能。而遠在宅院中的鈺子，則手拿著那本令他膽顫心驚的簿子，滿身是汗地看著。那本簿子上詳細記載著鈺子被攆出宮後在這裡的所有生活細節，包括他何時勾搭上癩子、癩子每天在這裡待的時間、兩個人都做了些什麼、他到底給了癩子哪些賞賜銀錢，甚至還寫出宇文駿跟鈺子在房間共度的時辰。這讓鈺子嚇出一身冷汗，他從不知道自己被這樣嚴密監控著！雖然上次大福回來沒多說什麼，但不代表以後不會說什麼。

鈺子這一刻心亂如麻，他的念頭一個接著一個，先是：到底是誰？他必須找出這個監控他的人，不然以後他在這宅院裡哪有心安的日子過？他試圖辨認這個秀麗的字跡，回想可能是誰的筆跡，但發覺自己壓根就很少看到這些小廝寫字。還有，大福會對他怎樣？看宇文駿跟大福的關係，大福應該不會吃醋才對。他甚至思考，要不要乾脆想辦法離開這裡，重新生活？但馬上就打消了這個念頭，這些日子他漸漸明白，脫離了這些錦衣玉食跟無限制的金錢花費，他在古代是毫無謀生能力的。雖然他大可以想著用現代的方法來騙錢、做生意，但那也只是想想。再說，他能拿走多少錢？能去哪裡？所以另一個更實際的想法就是，他必須趕快有點成績，只要他把那些個小旦調教好，或者真開了間專門招待有「男風之好」的高官公爵的三溫暖，那他的地位就暫時保住了。想來，大福也不會太為難他才是……

鈺子抱著狎物衝出房門，第一件事就是去搜常春的房間，卻遍尋不到任何記載自己隱私的簿子。鈺子總算稍稍恢復了鎮定，知道要先做要緊事。只是心中難免有恨，難得他要發菩薩心腸救這些小廝，沒想到卻有忘恩負義的狗東西在背後算計他！有一刻，他想著讓這批狗東西被操死算了，他們活該，這批都死光了，他好去訓練一批對自己忠心的！

但他也只是想想，最後依然趁著宇文駿沒回來，將這些個狎具都送去木雕師父那裡處理。幸好這年代一樣顧客最大，尤其是這種沾著皇宮關係的顧客，誰也不敢得罪。要他連夜趕工造長城，估計他們也能想辦法趕出來的。

拾肆

自從發現那本記著自己所有生活細節的簿子後，鈺子很不愛待在宅院裡，能出去就出去窩著，不到晚餐時間絕不回家，也對這些小廝們冷淡多了。而且，他更積極地開始實踐他的澡堂夢。

這件事，讓他跟宇文駿每天都在外面奔走。一方面他要在八大胡同的邊上開這個澡堂，光是想辦法張羅地點跟設計，就快把他給忙死；另一方面，他也得開始尋找適合的服務人員。不過，這事兒倒沒想像中難，宇文駿畢竟人脈廣闊、金脈雄厚，只要鈺子開口，他就做得到，甚至帶鈺子去類似人肉市場的地方挑男孩。鈺子抓準了這些京城爺兒們的癖好，專挑那種蒼白得病態的花美男來訓練，重點是要把他們個個培育得溫柔可愛、服服貼貼。

鈺子另外找地方安置了這些服務員，並教導他們按摩——尤其會陰按摩。怎麼「把龍脈」、怎麼調情，甚至把泰國浴那一套都給徹底傳授了一遍。舉凡吹、舔、揉、捏、打，鈺子都一一示範，並且指導再指導，還把徹底卑微的日式服務態度也拿出來教給他們。宇文駿每次都看得心癢癢地，想說服鈺子讓自己驗收這些個十幾來歲男孩的技巧。

同時，因爲那個時代沒有「三溫暖」的概念，要想辦法弄出烤箱跟蒸氣室可是煞費周章的事，而且沒人知道鈺子到底在說什麼，溝通起來更困難。鈺子只能不斷用小東西來比喻示範，好讓工程人員盡量做出符合他要求的空間。

雖然溝通很花時間，但工程速度倒是很快。尤其有宇文駿這樣嚴苛的老闆監工，不到一個月，一間鈺子夢想中的澡堂就蓋好了。雖然裡頭的蒸氣室跟烤箱跟自己想的不太一樣，但在那個時代已經能稱得上破天荒的創舉了。

至於澡堂名稱，鈺子取名爲——「新淨」。一方面是「新的境界」諧音；另一方面，那時最多王公貴族去的澡堂叫「淨堂」，所以鈺子想做出區隔，佔佔別人的便宜，讓人誤以爲它們是連鎖姊妹店，只是它更新、更好。鈺子相信，他把那套現代的服務招式跟精神引進，只要來過一次，包準讓這些王公貴族們愛上這裡，以後不作他想。

到底鈺子把澡堂設計成什麼模樣呢？一走進去，先是洋派的接待大廳；再到更衣間，因爲是侍候王公貴族的，所以每間都是獨立的密室，裡頭有個特別打造的精巧櫥屜擱私人物品，還有床可以提供他們享受按摩或者性服務。

到了裡頭，三座氣派大浴池映入眼簾，而且還是一冷兩熱池，十足現代的設計。冷池多直接用泉井打上來的水，較冰涼；另外兩邊則要有人不定時燒木材，讓熱水流進去。

除此之外，還有幾間是獨立體驗「泰國浴」的浴室。當然，還有休息室可以吃吃點心、做點交流。另外，鈺子不顧宇文駿反對，弄了個「大煙室」，提供鴉片服務。鈺子在心底不下百遍想告訴宇文駿：等你試過ＥＳ後再來反對吧！

爲了推拿跟後庭花著想，鈺子還特別去找了昂貴的馬油，來做油壓還有潤滑劑，並且用特殊的雲南香料蓋住了馬油腥羶的味道。鈺子相信這特製油一定會造成搶購，還請人去設計包裝，到時一瓶一瓶都能賣得好價錢呢。

鈺子巡視著自己的成績，很是高興。尤其服務生，鈺子不但把他們教得都上手了，還不斷給他們心理建設，說這是「性服務業」，在國外可是很時興的，只要他們把客人服務得好，客人打賞多，他們就可以掙錢讓鄉下家人過上好日子。做這個產業的，最重要的就是要放下自己的尊嚴，但不是沒有尊嚴，而是要喜愛自己所做的，只要有一絲不情願，就寧可放棄不要做。鈺子用現代的概念不斷灌輸他們，他們做得好是值得驕傲的，一旦服務得好，就會有回頭客，別說客人的打賞了，他還願意頒發「業績獎金」。鈺子口沫橫飛地說了一大堆，連宇文駿都聽得霧煞煞，大家也都半信半疑，不過鈺子自認樁樁件件都是替員工著想。他甚至願意主動幫這些孩子存退休金，只要業績好，他會在票號給每個孩子開個帳戶，每個月把一半獎金跟薪資存進去。這樣不消五年，他們就可以有一大筆錢去安排自己的下半生。雖然這些孩子連「人生規劃」是什麼都不知道，不過鈺子也不在乎，盡情陶醉在自己的大夢中。

開幕前一晚，大家都離開後，鈺子拉著宇文駿到了鴉片室。他沒直接給宇文駿抽鴉片，他知道宇文駿不好這口，而是點上了有鴉片味道的薰香，讓宇文駿渾然不覺，接著，再跟宇文駿喝下了隆慾湯。等鴉片的效力上來，宇文駿已經飄飄然了。因爲從未抽過鴉片煙，宇文駿的反應很強烈，全身癱軟到不行，但身體觸感又異常敏銳。鈺子趁機拿羽毛挑逗宇文駿，宇文駿的肌膚一被碰到就汗毛直豎，異常搔癢難耐。

於是，鈺子拿出了他的拿口跟拿手絕活，好好地侍候著宇文駿，他毫無招架的能力。伴著鴉片煙一陣一陣的暈眩感，宇文駿頻頻到達高潮的邊緣。但鈺子又故意用特殊的延長射精法不斷把玩著宇文駿的陽具，每到了高潮邊緣，就收手。他試過，這樣最後一次高潮時會異常爽快。

在鴉片的催情下，宇文駿被鈺子帶著去舔他的菊花穴，甚至把舌頭伸進他前面的小洞來回戳著，讓鈺子差點尿崩。但經過跟宇文駿的幾次大戰訓練後，鈺子忍尿的功力越來越好了。被舔夠了之後，他一屁股坐上宇文駿的陽具，開始瘋狂地擺動。這是鈺子久未體驗的ＥＳ，因而更加瘋狂，尤其是在自己一手設立的三溫暖裡，那種成就感簡直就是強力春藥，刺激著他做出更瘋狂快速的扭動。他相信自己的電動馬達臀已經到了創自己紀錄的速度，但宇文駿似乎也並未有投降的打算，突然一個起身，將鈺子壓倒，拔出那個久戰而通紅的陽具，突然就往鈺子前面的小洞頂了進去。鈺子先是一驚，接著大叫一聲。但宇文駿並不暴烈，他很溫柔地停在裡頭，等鈺子習慣，才慢慢抽插。鈺子很快發現陽具不能插得太深，因爲太深入自己會痛，也沒有快感，於是他慢慢調整，直到宇文駿淺淺地在他的洞口出入，刺激他的會陰處，他才漸漸感到舒爽。也因爲陽具比那小洞粗，那種一進一出的摩擦刺激感更大，突然間，鈺子起身抱住宇文駿，因爲他又忍不住噴尿了，且噴的量很多很多。

宇文駿看到鈺子高潮了，才拔出陽具，轉戰他的後庭花，並且開始瘋狂地操弄，一進一出，絲毫沒有要停下的打算。鈺子也發出了前所未有的叫春聲音。以前在宅院，都要刻意壓抑聲音，但這次不管他怎麼叫，也不會有人來的，他因此就更放肆地叫嚷起來。他聽那些名角兒說過，這些爺兒們就愛聽他們拔尖了嗓子叫，叫出比女性還要尖還要高的聲音，他們會瞬間充滿成就感和自信，認定對方被自己操上西天九霄雲外了！鈺子現在可是眞用著自己生命裡最尖最高的聲音瘋狂叫著，宇文駿也越幹越賣力。終於，宇文駿嘶吼一聲，將所有精液射進了鈺子體內，兩人都很滿足地躺在床上，一動也不想動，只想享受那剩餘的溫存，品嚐那繚繞的餘味。

第二天，「新淨」澡堂盛大開張，一時引起眾人好奇。只要去過的，無不爭相走告，連不好男風的騷人墨客也都要去瞧瞧泡泡澡，享受一下所謂的油推按摩，或者體驗一下新穎的烤箱和蒸氣室。那裡簡直成了男子天堂，連八大胡同的眾家美女們都想一窺究竟，好奇那裡到底藏了什麼寶，可以把她們多年的顧客都給搶了去。

新淨澡堂的成功遠超過鈺子的預期，而且鈺子無意間發現，有次一位名角兒趁著好奇也來了，晚上竟然上演了神奇的「澡堂嬉春」，名角兒被拱著非要來上一段崑曲，一時間引得眾人都到大浴池來，聽得如癡如醉。甚至有人說，覺得能夠一面泡澡一面聽戲，簡直就是僅次於提名、洞房、甘霖、故知的人間第五件美事。鈺子腦筋動得快，隔天開始，便輪流招待名角兒過來免費洗澡、享受按摩等等服務，還特別爲他們祕製羅漢飲，替他們護嗓。這些角兒都是愛面子又愛現的人，只要有老主顧拱，又都是上得了檯面的主顧客，或多或少都會來上一段。大爺們貪圖便宜跟雅興，都力捧人場。漸漸「泡澡兼聽戲」成了新淨的一大特色，而且三不五時就是名滿京城的名角兒來開嗓，簡直就像摸彩一樣讓人驚喜。

拾伍

宇文駿畢竟是精明的，不像鈺子，一下子就上了天似地忘了自己祖宗十八代是誰——不過活在這年代、這身份，鈺子是真不知道自己的祖宗十八代啦。宇文駿派人造名冊，冊上清楚記錄每位來訪的客人消費狀況，例如被招待了什麼、享受了哪些，並且透過這裡促成了什麼交易。這些可都是戰績，可向大福邀功的。

鈺子則每日不定時穿著特製的浴衣巡察浴室。一開始大家也覺得怪，看久了，也就習慣了，他畢竟是這兒的老闆，又是他們得好好巴結的人，也就都對鈺子客客氣氣。鈺子雖不能下去泡澡，但看看大家的鳥也爽。

爲了自己的眼福，鈺子也招待武生跟一些將官，只是將官大多來一次就不敢來了，畢竟是是非之地。

鈺子這會兒出門都是橫著走了，尤其每日要經過的八大胡同，美女們對他又拉又捧，要他高抬貴手，留些客源給她們侍候。鈺子眞把自己當成土皇帝了，每每藉機就告誡這些美女們要存私房錢、要自立自強，別被這些臭男人欺負，試圖把現代的女權思想灌輸給她們，但她們壓根聽不進去，她們只想掙錢。

鈺子開始過上荒唐不羈的生活。放縱性愛只是一小步，自從宇文駿被他帶著嚐過鴉片性愛，可說是上了癮，隔一陣子就找鈺子來上一炮，甚至也慢慢抽起了大煙。除此之外，鈺子每天都有酒局飯宴，誰的座上能請得了鈺子出席，那可是體面的大事。鈺子常常被招待去妓院，甚至跟那些王公貴族和自己澡堂的男孩們，在妓院玩起男女通姦的性愛遊戲。鈺子還用手指帶著不少妓女姊妹們「上天堂」，他的「手工」日益精進，相當了得。甚至有幾次，鈺子被拱著戴上假陽具幹這些美女跟男孩們，或指使男孩跟美女們互幹，什麼花招他都想得出，做得到。鈺子還會臨時加碼，指導他們來上一段沒人看過的性愛姿勢或技巧，例如，讓兩個男人一起進入美女的小穴或後庭，讓這些爺兒們簡直到了極樂天堂的境界。

除了放逸無度的性生活跟性冒險，鈺子也打開了自己的社交生活。上到親王貝勒，下到商賈文人都想與他結識。許多名角兒在跟鈺子談過後，對很多戲有了新的詮釋，因爲鈺子會教唱一些現代歌曲，讓他們的唱法又更上層樓。有時鈺子還會在角兒爲愛痴狂時，給予當頭棒喝的警醒，提醒他們歡場無眞愛，要多愛自己一點才實際！鈺子的那些故事更是精彩，雖然全部光怪陸離，但又好像有這麼回事兒。一次鈺子還眞給他們說到所謂的外星人，讓所有人都覺得鈺子簡直比說書的還逗趣。更別說鈺子的國際經驗了，除了鄭和，哪個太監下過洋呢？但鈺子眞的就能講出很多國際禮儀跟國外見聞，順便也溜上一兩句外語，包含英文、日文、韓文、法文，甚至連西班牙文也可以扯個幾句。

此外，鈺子在聽了陳森跟他那個優伶間的纏綿悱惻後，鼓勵他把這故事寫成小說，一定轟動。陳森亦從鈺子那聽到了不少名角兒的情愛故事。天下的角兒都有入戲太深的基因，一演就下不了戲，甚至舞台上的戲演到生活中，好好的皇親國戚不愛，偏要愛些不起眼的鄉下小夥子。鈺子其實也懂，就像自己最渴望的是癩子，卻是自己最不敢染指的。癩子跟他的情份，是鈺子身上最後一塊淨土，他誓死保護著，不讓任何人任何事，玷污了這塊他人性僅存的聖境！

同時，鈺子在歡愛情場、杯觥交錯中，也看到了人性的某種極眞，那種慾望的暴露，那種貪歡享樂的極致追求，那種虛空的寂寞，讓他看盡了一切。鈺子有時會半夜在床上驚醒，不知今夕是何夕，眼前的一切是這麼不眞實。每當這種時候，他就會去找癩子。如今鈺子的權勢龐大，癩子也成爲藥舖的紅人，除了鈺子的事，其他事都不用做。但癩子不愛這樣的特殊待遇，他喜歡在藥舖賣力，紮實地苦幹，他不喜歡其他伙計一談到他跟鈺子，就露出的詭異笑容跟眼神，他也漸漸不喜歡太過油膩的鈺子。鈺子以前只是嘴毒，現在根本是一抹油隨時掛在唇邊，說出來的話油膩膩地讓人生煩。但癩子還是關心鈺子的，只是兩人心理的距離越來越遠了。

一日，鈺子正在茶館飲酒作樂，一個在新淨管事的急急忙忙跑了來。鈺子教過他們，除非是失火這種事，否則不許驚慌，上不了檯面。但那人說不是失火，只要鈺子快回去，因爲客人都紛紛逃出了澡堂。

鈺子趕回澡堂，只見澡堂異常的冷清，竟只剩下個位數的客人。鈺子正覺得奇怪，走進一看，才發現兩個金髮碧眼的金毛鬼正泡在池子中。幸好鈺子懂得英文，雖然鈺子的英文是現代英文，跟那時的古代英文還是有些差別的，但總還是能溝通。原來大夥看到兩個金毛鬼下池，都嫌金毛鬼髒，加上金毛鬼子又高又大，陽物又宏偉，著實看了不雅觀又礙眼，眾人待不住，就紛紛走了。

這下鈺子可好生煩惱了。畢竟來者是客，還是國際客人呢！鈺子自己在現代的天龍國，也是專門負責接待外賓的「特約禮賓司」，在古代更想做好「國民外交」。於是他想了個折衷的方法，就是只要有外國人，請他們一定要讓服務員替他們當眾刷洗，確定全身都洗乾淨了才能下池，而且只能下一個固定的池，不能到處換池子泡。而且，為了讓他們接受，替他們洗泰國浴是免費的！

金毛鬼子有免費的泰國浴可以洗，自然點頭答應了。本來這只是權宜之計，沒想到成為更大的噱頭，比名角兒駐唱更吸引人，那就是金毛鬼活生生的性愛秀！

大家都聽說金毛鬼子的大，但都好奇到底多大，這會鈺子要服務員公開替他們洗泰國浴，本來只是要讓大家知道他們是被洗乾淨才下池的，不會嫌池髒，沒想到卻成為最新推出的性愛奇觀！

因為鈺子教授洗泰國浴的方式，很難不讓人勃起，大夥看到勃起的金毛話兒都是一驚，但又想看。於是鈺子索性重賞那些自願替金毛鬼洗澡的服務員，能把他們弄勃起是一筆錢，弄射是另一筆錢，願意當眾就跟金毛鬼子性愛會有一筆相當於月薪的獎金，讓幾個敢玩的服務生趨之若鶩。不過那時畢竟落後，有人謠傳給金毛鬼進入後會得怪病死掉，因此大多數的人還是不敢跟他們怎樣。但敢玩的，就玩得不亦樂乎，又享受又有錢拿。

那幾個金毛鬼子被挑逗得受不了了，當眾性愛自然就屢屢發生了。很多人看得目瞪口呆，在那時，看人現場做愛不算太稀奇，因爲大家常玩，但看到金毛鬼子當眾做愛，那可眞是稀奇事了。更稀奇的是，還能看金毛鬼子被幹！那時就有幾個親王說要幹洋鬼子，替天朝報仇！誰讓他們處處佔天朝便宜，又賣鴉片又是開放通商口岸的，因此幾名親王就聯手，重重打賞那些大幹狂幹到金毛鬼子求饒的服務員，新淨內的員工都躍躍欲試，覺得這是爲國爭光的美事。

一夜鈺子找來了宇文駿，說要給他驚喜。這時宇文駿對鴉片性愛已經沒這麼著迷了，他常流連在澡堂中，每晚有不同的人服侍，不管是服務員還是優伶，或者陰柔一點的文人雅士，他有幹不完的菊花穴，對鈺子便冷淡許多。好面子又好強的鈺子怎甘寂寞，畢竟他是個太監，大多數人只是好奇跟他發生關係一兩次，他也並不眞的享受；只有宇文駿眞的讓他達到無數次的高潮，也敢玩，知道怎麼玩可以讓他再攀高峰。

宇文駿應了邀約，進門時，看到鈺子已經跟一個金毛鬼交纏在一起了。宇文駿第一次有機會跟金毛鬼子同床做愛，甚是興奮，便馬上加入他們。只是在金毛鬼子面前宇文駿不肯服輸，處處要佔主導地位，絕不讓金毛鬼子在他上面，畢竟這可是顧及天朝顏面的大事！

鈺子也帶著兩人一起服侍自己。金毛鬼子品嚐著鈺子的菊花穴，也用手不斷地摳弄他前面的小洞，讓鈺子全身不自主地扭動著；鈺子則盡情吸著宇文駿的大屌；宇文駿玩著金毛鬼子的後庭花，雖然他實在不喜歡金毛鬼子身上的味道，更別說叢毛聳立的後庭花園，但這個時候歡愉似乎勝過一切感覺，他要好好征服這個金毛鬼子，幹到他求饒！

鈺子帶領著他們一前一後地進入自己。金毛鬼子從後面，因爲他的太粗大，前面只會全無快感；宇文駿則從前面。鈺子眞佩服自己，竟然讓自己這個太監的身體又攀到了另一座聖母峰般的祕境，他全身再度扭擺出那種不由自主的韻律，顫抖不已。鴉片的茫暈感跟前後夾攻的痛感爽飽實感，讓他一再地噴尿。金毛鬼子也很敢玩，已經這麼大根了，還硬是塞了一根手指進去，讓鈺子痛到差點昏厥，但又爽到極致，整個人抱著宇文駿，不自主地狂咬。最後兩人雙雙內射在鈺子的身體裡，鈺子在極致的高潮中昏睡過去。

等鈺子醒來時，看到宇文駿在狂幹著金毛鬼子，而且非常地狠。金毛鬼子示意鈺子過去吸他的陽具，宇文駿則狂操著金毛鬼子的屁眼。鈺子還適時去揉捏金毛鬼子的會陰部，也把手指塞進宇文駿正在狂幹的菊花穴。金毛鬼子叫得很放肆，鈺子的指甲甚至刮傷了金毛鬼子的肉壁跟宇文駿的陽具，但他們沒人喊痛，因爲這種時候痛跟爽是一體兩面的，越痛就越爽。看著看著，鈺子忍不住又去拿了狎具塞進自己前面的小洞，用雙腿夾著按摩。就這樣，鈺子狂搓弄著金毛鬼子的陽物，宇文駿狂幹著金毛鬼子的菊花穴，鈺子的小洞有狎具在刺激，三人一起達到了高潮。鈺子趁著自己不斷噴尿的時候起身，讓溫熱的尿液噴灑在兩人身上。三人一起到了傳說中的仙境，那樣滿足而愉悅的迷失在快感之中……

拾陸

好景不長，大福回來了。他在宮中因皇太后殯天而很久無法出宮，但宮外事蹟他早已略有所聞，卻又要裝作不知道。他幾次派人告訴宇文駿別太張揚，低調點，畢竟鈺子是給逐出宮去的，他可不想給人抓住話柄拿去參他放水。

大福一看到宇文駿跟鈺子就沒好臉色。他先罵了兩人太過張揚，讓他在裡頭是如坐針氈，深怕有人尋他過問，幸好沒人找上他。

但當宇文駿遞上新淨的帳本跟各王公貴族的往來紀錄，大福立刻在內心笑了。他知道有了這本紀錄，他又可以多弄點錢了，但表面上他可不能給這兩人好臉色，不然他們遲早會鬧出個收拾不了的大名堂。

本來鈺子跟宇文駿都是大福最親近的親信，事情交給他們辦，大福是放心的。可是鈺子自從出宮後，所有行爲都不受控制，連一向謹愼自持的宇文駿，也被鈺子帶得荒淫無度，實在讓大福很頭疼。但現在新淨這般火熱，還眞少不了這兩人。大福不喜歡這種感覺，他不喜歡無可取代的人，那代表自己有缺點，需要依賴別人。他自信這世上除了皇上，他不該對任何人產生這種感覺，於是大福開始內心思量，該培養人來取代兩人。

大福一雙明眼可是秋毫明辨的，他看得出來宇文駿抽上了大煙，那種神色是騙不了人的；鈺子倒還好，看不出有煙癮，但這會兒也是傲氣上眉頭，再不久，只怕眞要插上翅膀自個兒飛了。

晚上，大福叫常春跟普安在房內侍候自己吃晚飯，宇文駿覺得事有蹊蹺。他知道大福是怎樣的人，他今天一整天看他的眼神都讓他不寒而顫，他知道大福對自己跟鈺子已經失去了信任，但又暫時不敢動他們，於是想起了鈺子提過，宅院內有人在監視他們兩個的一舉一動。也就是說，眞要找人取代他們兩個，那這個派來監視他們的，一定就是第一候選人，只要這個候選人消失了，那他們就有時間多安排好自己的後路。而今晚，常春跟普安被叫進去最久的時間，因此最好一次除掉他們兩個最保險。但要怎麼除掉，可得花點心思。

宇文駿跟鈺子商量。鈺子不贊成宇文駿的作法，但宇文駿可不想因一念之仁而誤了自己的一生，寧可錯殺一百，也不縱放一個！

直到這時，鈺子才徹底醒了。這個夜夜陪著自己的情郎，竟是冷面絕情的傢伙！即使現在還對自己好，一旦哪日跟自己利益衝突，豈不是也會殺了自己？但鈺子即使知道這點，也不知該怎麼辦才好。做生意耍嘴皮子他可以，可是他從沒眞的害人、殺人、設計過人，這會兒他眞是慌了，慌到六神無主。

而宇文駿這會兒，卻早已想出除敵方法。他先派鈺子去澡堂安排一番，因爲他知道，最好的方法，就是讓大福自己除掉常春跟普安，這樣大福就不會懷疑是鈺子和宇文駿兩個暗中使了詭計。宇文駿在歡場打滾多年，聽過很多美女或戲子被太監戴狎具玩死的個案，只要行房前多喝點隆慾湯跟酒，加上粗硬一點的狎具在菊花洞內又戳又弄的，裡頭的臟器破裂，自然就活不成了。尤其他看過大福怎麼幹人的，若再加上隆慾湯的催情、酒精的發酵還有鴉片煙的薰染，玩掉兩條人命一點也不困難，何況還是借刀殺人之計。宇文駿雖然染上了煙癮，但多年打滾的功力，還是讓他在危機時刻，有異常冷靜甚至冷酷的判斷能力。

等安排妥當，到了晚上，宇文駿自己到了大福房間，不斷灌酒給普安、常春還有大福三人喝，也派人煮好了比平常還濃的隆慾湯。大福本來就有喝隆慾湯助興的習慣，因此並不會有所懷疑。

宇文駿要鈺子先去澡堂，原因就是讓那裡今晚歇業，晚上直接帶著大福去那裡體驗一下。整個浴室只招待大福，那還不樂透了他？到時就等著他發起情來，把普安跟常春給操死了！

於是大福喝了隆慾湯，就被帶去了澡堂。宇文駿特別找出那副很粗的狎具給大福戴上，還是沒浸過油處理過的，比平時的還要粗糙。

到了新淨，服務員們都加倍殷勤地侍候著大福。平時大家多圍著小布巾在服務，今晚可全都光著身體，且每個都被命令喝下隆慾湯了，因此個個都是挺著硬朗的陽具在澡堂內奔走，看得大福心裡一陣騷癢，似乎眼前每個男孩都等著被他進入。澡堂內雖然充滿了比平時還濃的鴉片味，大福也沒多想，平日頭腦清醒的他是聞得出鴉片煙味道的，現在他已經整個處在發情狀態，頭腦沒這麼清楚。再說，就算是鴉片煙，他也知道那是給一般客人聞的，好讓他們繼續不斷回來造訪，這又何妨呢？

大福的泰國浴，是由幾個挺著勃起陽具的男孩替他一起洗的。大福肆意玩弄他們的菊花穴，享受他們吮舔著自己的假陽具。鈺子看到大福身上那根沒雕磨過的假陽具，很是噁心，那個可怕的畫面又再次入侵腦中，他趕緊別過頭去，不敢再看。這時，卻看到宇文駿押著赤條條的普安跟常春進入浴室，鈺子看到大福身上的那根東西，再看看已經很久沒被安排要服侍大福的兩人，跟他們兩人酒醉的媚態，突然都明白了。這就是宇文駿的借刀殺人之計！好殘忍呀！鈺子光想到就全身發抖。鈺子根本不確定就是他們兩個在監視自己的，雖然他的確懷疑常春，但如果不是常春呢？難道只是因爲自己的多疑，要賠上常春的性命？

鈺子腦中思緒萬千，還來不及反應，常春跟普安已經被推向大福。而大福早已性慾高漲，馬上接過兩人，開始他習慣和喜歡的開場動作——狂打兩人巴掌，然後拉著他們的頭髮往自己的假陽具蹭。而後，大福突然毫不留情地就將假陽具往普安的嘴裡送，而且根本不注意力道，硬狠狠將巨大粗糙的木棍往他嘴裡插，還狠抓著他的頭髮強幹！鈺子看得一陣陣噁心，因爲普安的嘴角已經因爲大福的粗暴而破皮流血了，而大福根本沒打算停下來，直到普安徹底反胃，吐出假陽具，到一旁去吐。見到普安的行爲，大福自然狠狠又踹又打了他一陣子。

然後，大福發現一旁傻站著的常春。常春眼露驚恐，看著大福走向自己，他一直以爲自己再也不用受這種恐懼，他年輕時熬過的，他不知多少次在這樣的折磨下存活了下來，才掙到今天這樣的地位，沒想到這個惡夢還會重演！看見大福幹紅眼的樣子，他知道自己一定會很慘，立刻起身要跑，卻因地板濕滑而跌倒。誰知不跑還好，這一跑更激起了大福變態的慾望，他馬上令人抓住了常春。於是四個人合力抓住瘋狂掙扎的常春，大福走過去就是一陣狂打，然後就挺著那根假陽具，硬生生地捅入常春的後庭花！那眞的開花了，血染紅了那朵悽慘的菊花，常春發出鈺子從未聽聞過的悽慘嚎叫，簡直比殺豬還要悲慘。

鈺子看到眼前這幅活地獄景色，差點昏厥過去。但他還有理智，逼自己鎭定、想辦法，他想救一個是一個，至少要救活普安！於是趁眾人不注意，命人把普安給悄悄抬了出去。但宇文駿一看到，立刻上前阻止。鈺子見狀，發狠地說：「你敢碰他！我就跟你拚命！大不了我一把火燒了這裡，大家同歸於盡！」

宇文駿第一次看到鈺子的狠樣，也有點嚇到，當下便沒再說話，但心裡卻已經開始盤算著要怎麼剷除普安了。因爲如果告密的是普安，那他會更積極地鞏固自己的接班地位，這樣反而更危險。一旦讓敵人覺察到自己的意圖，那是最危險的處境。

鈺子安置好普安，回到浴室時，已經太遲了。浴室氣氛異常鬼魅，全部的人都像石雕般豎立不動，而且個個面露驚恐。鈺子感到不妙，不知大福又做了什麼，於是緩緩走上前去。然後，他看到了永生難忘的殘酷畫面——

常春已經昏死在地上，大福還不斷用力用假陽具往裡捅。那朵殘花敗柳已經不是泣血可以形容了，大量的穢物和黃色的水，從常春的後庭處源源流出。鈺子知道，常春沒死也是彌留了，而大福還在那捅著，根本已經是在姦屍了……

鈺子往後退了好幾步才穩住身體，全身止不住地顫抖。他第一次看到一具活生生的人變成屍體的狀態。他不斷告訴自己：冷靜！冷靜！他必須救其他的男孩，他不能讓大福再傷害他們任何一個人，否則他會當場殺了大福的！

他衝去自己的小房間，找到了最濃烈的鴉片煙，點了起來，然後讓鴉片煙處在半燃的狀態，因爲這樣的煙霧最濃最大。鈺子拿著這個鴉片煙衝到浴室，悄悄在大福看不到的四周燻燃。大福不知自己這樣瘋狂地捅了多久，也突然一陣疲累，差點要不支倒地。那一刻，鈺子眞希望大家不要去扶他，就讓他摔死在浴室吧！但這些純樸的男孩，還是本能地衝去扶住了大福，沒讓他倒下。

拾柒

那是鈺子穿越後，最後一次有關性愛的經驗了。經過那夜，他再也提不起勁了。

已經好幾週了，鈺子都在大煙館裡抽著煙，宇文駿在另一間，兩人都放任著新淨跟宅院不管。宇文駿是眞的上癮了，鈺子沒上癮，但想學別人吞鴉片自殺死了算了。

給鈺子最大打擊的，不只是那晚的恐怖景象，還有自己可能是幫凶的罪惡感。更令他痛苦的是，在那件事後的隔天，大福回宮，鈺子親自照料普安，讓他早日恢復元氣；普安在鈺子細心呵護下，好得算快，並按照鈺子的建議，寫了封家書去給父母。當鈺子看到那封家書的字跡時，差點沒昏過去，因爲他認得那個字，特別俊秀飄逸，不像一般家僕寫得出來的字體，只是因爲不熟，所以看得出來有些字的筆劃是錯誤的，但無損字體的秀朗之氣。也就是，那個一直監視著自己的人其實是普安，不是常春。

但常春就這樣白白犧牲掉了。天理何在?公道何在?

這個打擊太大，讓鈺子徹底失去了生存意志。他等普安好了後，向普安求證。普安沒想到自己事蹟敗露，只好承認自己的確就是那個每天監視並回報的人。

至此後，鈺子便躲進了大煙館去，沒日沒夜地抽著大煙，希望自己能夠因此而死。他眞恨自己，恨自己沒勇氣自殺。

這天鈺子照常在大煙館裡，煙霧繚繞中飛天欲仙時，外面傳來一陣吵罵聲。鈺子也沒多管，沒多久，竟有人踹開了自己包間的門。這還是從來沒有過的事，鈺子又驚又怒，正想開罵，誰知一抬頭，進來的竟是癩子。

「鈺大爺!您待在這是在幹什麼!快跟小的走吧，待在這只會傷身體的!」

賴子說得是這般眞情實意，堅毅的眼神直射進鈺子的心。但鈺子不肯走，對癩子又踢又打又踹，但癩子就是打死不肯放手，硬拖著鈺子往外走。癩子的蠻力很大，鈺子根本不是對手。氣急攻心，加上煙癮，鈺子不知輕重地用發燙的煙桿往癩子身上一陣亂打，但癩子都撐過了，沒喊一句疼，就是一心一意地拉著鈺子往外走。鈺子爲了留在裡頭，硬是用手緊緊抓住床沿，不讓癩子太容易拖自己出去，沒想到癩子的蠻力這麼大，還是硬把鈺子往門外拖。

當鈺子被拖著經過桌子時，桌上燃燒的蠟燭因爲拉扯，居然整個倒了下來，往鈺子的腿上燒去!鈺子的右小腿被火重重地燒傷，痛得大叫，本來來擋癩子的人見狀都慌了。癩子趕緊拿茶水澆熄了火，然後一把抱起鈺子就出門去。因爲大家都知道癩子是藥舖的人，鈺子又燒傷了，誰也不敢攔阻癩子，就讓他把鈺子抱走了。

還好，鈺子的傷勢不算嚴重，只是皮外傷。但癩子還是把自己的房間空給了鈺子睡，每晚打地鋪，照顧一直昏昏沉沉的鈺子。

到了第三天，鈺子就可以下床走了，卻像個活死人一樣。癩子每天想辦法逗鈺子笑，鈺子卻只是苦笑。非常苦的那種笑法。

「大爺您不是常說，要對自己的人生負責？您這樣整天吃大煙，把新淨的男孩兒都丟著不管，哪裡是負責的？」

癩子努力把鈺子過去那些日子，告訴他的那些人生道理都跟鈺子講了一遍又一遍，總算讓鈺子稍微有了點活力。他看著癩子，終於忍不住將滿腹的心事全都說了出來：

「癩子，我只跟你說，你別嚇壞了……其實我根本不是這時代的人！我是從未來穿越來的，所以才會知道這麼多事。在我那個時代，社會複雜多了，但再怎麼複雜，人的生存權卻是受到保障的、有法律的，不會這樣有人無緣無故死亡……我……我害死了常春！也害了宇文駿！我害了這麼多人，造了這麼多的孽……更慘的是我還回不了家，我好想回我住的地方……」

鈺子說著說著就哭了出來。癩子聽著，只當鈺子又開始說瞎話了。但是，在癩子的陪伴下，鈺子總算慢慢想通了。

他知道，他對這個宅院的小廝們有責任，他不能就這樣一死了之。不管是宇文駿，或者是大福，都已經被自己引誘到了潘朵拉的祕境。如果自己不想辦法，這群孩子遲早死在這兩個變態手裡。

於是，鈺子開始計畫一場陰謀。

拾捌

鈺子先讓癩子陪自己回到了宅院，恢復正常生活。也開始讓癩子跟在自己身邊學習，主要是教他經營新淨的所有流程。然後鈺子自己悄悄地開始替每個小廝安排一筆錢跟後路，交代癩子慢慢去票號替他們開戶，一旦計謀得逞那天，這座宅院就得燒掉，癩子必須負責把這些小廝打發走，確定他們有錢重新生活。同時寫了張轉讓書，假裝鈺子把新淨賣給了癩子。鈺子並沒有告訴癩子所有的計畫，但癩子越聽越害怕，直覺鈺子正醞釀什麼可怕的事情。

「你想救這些男孩們嗎？你不理他們，他們遲早被那個老變態整死！」鈺子問。

癩子稱不上聰明，但也不笨。他慢慢學著，並且被鈺子再三反覆盤問驗證，確定他知道所有細節後，鈺子便開始了他的計畫。

因爲癩子已經跟在鈺子身邊許久，所以鈺子讓大家漸漸習慣跟著癩子去郊外運動。這天，癩子照常帶著大家去郊外，說今天要特別訓練大家的體能，大家也不疑有他，因爲癩子是眞的在讓大家鍛鍊體能，而且個性老實好相處，也不會欺負他們或吃他們豆腐。

鈺子早就得知，大福今晚會臨時被派出宮。這是計畫最難的部份，因爲一般大福回來，會提早通知，但只要一有通知，大家就不可能出門去練體能，這樣計畫就會功虧一簣。一定要大福臨時回來，大家都不在才有合理的解釋，因此鈺子可是動用了所有關係，找到了一個皇帝身邊的寵妃，讓她臨時派大福出紫禁城，爲自己採買皇上的祝壽賀禮。這可是一門肥差事，通常也理應是大福這種資格的人去撿便宜。大福還因此多問了幾個嬪妃，一併收了這些嬪妃的錢，說要統一採買，這樣才不會送同樣的禮物，白費了心機。大家也都心知肚明大福打的如意算盤，但仗著他是皇帝身邊的紅人，誰也不敢有微詞，就讓他賺。

因此大福回宅院時，只有普安跟鈺子在。普安還特別去大煙館把宇文駿找了回來，而鈺子則親自下廚，說學了點西式的菜餚，要煮給大福吃。

普安找回宇文駿後，本還想去叫癩子提早帶人回來，鈺子卻告訴大福：「不急，正好有些私房事可以好好討論，反正他們再一個多時辰也該回來了。」

大福自然不疑有他，看到鈺子準備好的菜餚端上來，很是新奇，眞的都是自己沒吃過的西式菜。鈺子也佩服自己竟然做得出來，尤其在沒有現代的烤箱瓦斯爐等科技的幫忙下，他還是有模有樣地做了義大利麵跟披薩，還跟普安、宇文駿還有大福介紹這些義大利菜的名字和做法、趣味的歷史典故。

鈺子還特別去弄了兩瓶紅酒來搭配。沒人吃過這些西式食物，也沒喝過紅酒，根本不知道該有的味道是如何的，因此鈺子在裡頭參了大量的砒霜，他們也不覺有異。

鈺子自己在事前喝了大量的豆漿，好讓毒性在胃中稀釋。他不是怕死，而是希望死前可以看上癩子一面，交代最後的遺言。鈺子一直敬著大福酒，宇文駿也跟著敬，同時宇文駿都會拖上普安一起喝。

席間，宇文駿似乎別有用心地直看著鈺子笑，讓鈺子一陣冷顫。他怕宇文駿識破自己的計謀。但宇文駿還是很高興地吃吃喝喝。

第一個發現食物有異的是大福。他在宮中多年，熟知各種常見的毒藥發作症狀。他發現自己有中毒的症狀，就起身要去灌水，卻被鈺子阻止了。大福怒急攻心，要追打鈺子，卻讓毒性上來更快，終於不支倒地。

「……爲什麼？」大福拚盡最後一口氣，質問鈺子。

「你這個死變態！下地獄吧！」鈺子狠狠踹了大福一腳，把剩最後一口氣的大福給踹倒在地。大福掙扎沒多久就死了。

這時，普安也知道怎麼回事了，突然跪了下來，哭喊：「鈺大爺，您別怪我，我是福大爺從路邊撿回來拉拔大的，我如果不聽他的，就是不忠不孝。您的恩典，我今生無以爲報，只好來生再做牛做馬償還……」

普安深深地向鈺子鞠躬，看得鈺子很不忍，但普安只是不斷給鈺子磕著頭，直到斷氣爲止，還維持那個磕頭的姿勢。

然後，鈺子衝向奄奄一息的宇文駿，緊抓著他的手問：「你知道？你知道我要這麼做？」

宇文駿笑著摸摸他的臉：「我這麼懂你……怎麼……可能……猜不出……我很……很……高興……你帶我……走……走……走……」

宇文駿話沒講完就斷氣了。鈺子抱著他，大哭起來：「對不起！是我害了你！是我害了你！」

鈺子沒讓自己傷心太久。他拿起準備好的酒，用僅剩的力氣，把酒撒在宅院四周。他漸漸感到呼吸不過來，最後甚至反胃吐了出來。然後，他突然思路清晰，硬是伸指入喉、又挖又摳，逼自己把吃的喝的都吐了出來，好多爭取一點時間。雖然全身被無力感襲擊，但他一直苦撐著，繼續把酒撒滿了四周，然後顫抖著坐回門口，手上拿著火苗，告訴自己：「我是毒后，我可以的。癩子……快，你在哪裡？快回來……」

鈺子的身體跟手不住地顫抖，口中不斷湧出白沫，身體越發無力，雙眼漸漸昏沉。他感覺連呼吸的力氣都沒了。

最後，他感覺眼前一片黑暗。最後一絲魂魄，從他身體飛散……

癩子趕回來時，鈺子已經斷氣了。癩子抱著鈺子痛哭，但他強忍著悲傷，依照鈺子的所有交代，演了場戲，告訴大家這是皇上要抄家滅族的行動，於是要大家合力撬開門，拿了所有錢。也將鈺子房中早打包好的東西一一分給眾人，要他們都散了，以後不許再提及此事，不然會危及自己的性命。這些孩子也算單純，癩子怎麼說他們就怎麼信，畢竟在他們這個小世界，大福、鈺子跟宇文駿就是他們的皇帝。連他們都會死了，那眞是毀天滅地的大事，於是眾人紛紛拿著家當跟分配到的錢落荒而逃。

之後，癩子一把火將宅院給燒了，然後自己抱著鈺子走了。他把鈺子用馬車載到城郊，好好給埋了。最後，他在鈺子的墓前，連磕了幾個響頭……

拾玖

小鈺慢慢甦醒，發現自己正站著。他的聽覺也漸漸恢復，開始辨認起四周。是他熟悉的人們講話的聲音，還有現代的電音樂曲。他感到一陣安心，突然有對話聲，從他耳邊由遠至近地傳來：「他這樣好久了耶，不要緊嗎？」

「等他慢慢醒吧，有些人會這樣的，他們說這就叫K定……」

小鈺的記憶力開始恢復。是呀，他在參加好姊妹辦的四十歲飛天趴，這是一個無性的純搖趴，姊妹說人生四十要重生，因此這是他人生最後一次搖了，要大家都來。而小鈺最後在這裡的記憶，就是自己吞下了E，又喝了G水，最後又在慫恿下拉了K，於是進入了所謂的

K定——就是到另一個時空中去了。

小鈺自K定甦醒後，便不斷追問身邊的人，他到底這樣定了多久，但沒人說得清楚，因為大家都各自在自己的世界裡放鬆著。小鈺看了看時間，這場Party一共進行了六個小時，他估算著自己拉K後的最後記憶，至少也這樣定了三、四個小時。這似乎不是太正常的反應，但他也無從深究了。

小鈺離開派對時，整個人鬱鬱寡歡，大家只當他是趴後症候群，卻沒人知道他內心的洶湧。他試圖搞清楚，那將近一年的時光是眞的存在嗎？還是眞的只是他的幻覺？他絲毫不敢確定，這種事也不能跟任何人講，因為大家一定會覺得他嗑藥嗑太多，瘋了。

但那些過程又歷歷在目，怎麼可能是假的？他回家後，即使身體很疲倦，卻努力回想那些人名跟細節，拿了張筆跟紙努力記下記憶所及的東西。越寫，他越不敢確信這是眞的，還是自己幻想出來的？他感覺這些眞的有可能是自己幻想出來的——因為自己這陣子太迷戀《步步驚心》，那個失寵又得寵的如妃不正是《金枝慾孽》裡的情節？那個陳森不就是他讀過的《品花寶鑑》的作者？這些個男風細節，他是看過相關史料的，因為自己的確很想寫這方面的論文，而那個《梅花夢》正是陳森的第一本小說；至於那些太監交合的性愛細節，跟所謂的新淨澡堂，也是因為他前陣子看到的《太后與我》中有提及這麼一座澡堂。這些細節讓他無法確認這一切是不是眞的。如果都是假的，那這些生離死別，也太眞情眞意地在腦中搬演了吧？

小鈺左思右想也得不出結論，最後累了，索性走進浴室去洗澡。冷水滑過他的肌膚，當滑到右小腿時，突然一陣刺激，他痛得大叫一聲。抬起腳來看，那個在幻想中被癩子拉扯，而被蠟燭燒傷的疤痕，竟紅腫得厲害。

那刺痛彷彿提醒著他，別忘記那段過去。別忘記那段心痛的歷史……

跋

TOP

好吧，我知道並不是每個讀者都有興趣看作者在那邊喃喃自語闡述自己的作品，而且我也不期望你看完我的小說後，處在精蟲溢腦的狀況下（這是對這本作品最大的恭維）還要來讀這麼解 High 的東西，所以這個「跋」與其說是寫給讀者看的，倒不如說是寫給我自己作紀錄的。因爲年紀漸長，很多事沒當場記錄下來，很容易會迷失在大腦的深海裡。我想在我八十歲快失智時，還能拿起這本書、回憶自己當初爲何會寫下這本色情小說，於是我決定囉唆一下。

我跟色情小說的結緣是年輕時我曾在0204的電信公司打工過，那時我是公司裡唯一的「生理男性」，所以必須擔任書寫內容中有關色情的部份，當然，寫的內容只有異性戀的男女，但因此，我靠色情小說賺了錢，也結下了不解之緣。

從那時起，我深烙的觀念就是所有色情小說都要讀者產生意淫空間，而意淫空間最大的樂趣建立於一個基礎之上，就是：這個故事可能是眞的！因此所有我創作的色情小說裡，都不離開這個準則。我用大量的細節描述去塡充每個故事，讓故事有血有肉有骨，讓它們有很眞實的肌理，好取信於讀者。

後來會開始寫同志色情小說，理由很「蝦」，因爲我那時常上的一個同志網站有所謂的積分限制，讓看東西從不留言的我根本什麼精彩的都看不到。無意間，我發現 po 文可以賺得積分，便寫了我生平第一篇的同志色情小說〈輪姦色 Top〉，那是二〇〇七年三月發表的作品，但直到二〇一二年還時不時有人會把它推文推上來。創作這篇小說，其實一開始沒設想結局是那樣的「驚悚」，只是想以一個大零號的身份去批判一下同志圈中荒謬自大的一號現象。但寫著寫著，習慣性地覺得結尾要有一個更高潮的爆點，於是便天外飛來一筆寫了那個驚悚的結局，多年來很多人都留言說想看下文，實話是，任何下文都會變成狗尾續貂，所以也就從來沒有下文。

第二篇〈脫衣撲克大冒險〉，是自己一直很想玩的遊戲。由於我是個賭徒，不管賭運或技巧我都有一定的自信，總覺得在這種遊戲中，我應該可以在把別人都扒光的同時還能全身而退，因此這篇可以說是我幻想中最刺激的脫衣撲克。我沒寫更多露骨的情節是因為全部寫白了，故事就沒有回味的餘韻，我相信好的色情小說像是調情一樣，要讓你下腹騷癢難耐，但又得不到，才會久久回味。

第三篇〈晴天朗朗〉的創作是最有意識的，意思是從一開始我就知道要寫一個比較平凡，像是眞實生活中會發生的故事，因為其他故事的主角多是所謂的「超主流」，有大屌，有胸腹肌，有機器人般的技巧跟體力，但因為是一本合輯，所以應該照顧到跟我一樣身處平凡的大眾，用為數最多的非主流大眾創作一個屬於一般人的故事，而且不忘融入多年來我至今仍沒放棄鼓吹的「眞愛跟長久關係」。我知道那在同志圈中始終像是神話般難以窺見，但我仍相信只要抱著希望，就有實現它的可能，因此我必須不厭其煩地再說一次：眞愛不是不存在，也許只是你不願意看見它等在那裡而已，加油吧，同志們！

第四篇〈全部幹掉〉，這個篇名其實是我自小最喜歡的一個A片片名，因為覺得有趣又有創意，還淺顯易懂。A片內容就是一個男子把片中四十多個女人都一一「幹」掉了，因為太喜愛這個名稱，所以偷來用，希望不會有版權上的紛爭。這篇純粹是個意外，因為最早是要寫軍中的性生活，為了取信於人，我又把主角當兵前的故事寫了很多，而且把他設定為雙性戀，但後來一直沒發展下去，直到這次的合輯才一口氣寫完的。寫完時，我完全沒想到他會變成一個五萬字的中篇小說，一開始也完全沒有想要以這麼「醒世」的方式來完結它，但一路「打」（打鍵盤）來，它似乎很順理成章就成了這樣一個故事，而且爲了更有眞實性，我特別去查了曾轟動一時的「農安趴」事件，用這個眞實事件來做「動作性」的最高潮點。同樣地，後面你看到我不斷鼓吹的眞愛，當然，不可否認，其實我更是鼓勵我身邊許多的感染者朋友能夠正向地看待生命，走入關係，因爲那是可能也可行的。

最後一篇是另一個意外，因爲我沒打算出第二本同志色情小說，因此一開始的企圖就想把這一生所有我想寫的色情題材都寫完。最初，其實是想寫清朝盛行的「男風」文化，看了一堆資料後，我發現那不是短時間內可以研究完的，更不是一個適合當色情小說的題材，於是想到前陣子自己著迷的《步步驚心》跟《蒼穹之昴》，想說乾脆來惡搞一下，寫個男男穿越劇好了，而且主角還變成太監，這個概念太有趣，很有好萊塢喜劇電影的味道，便有了這個題材。只是礙於篇幅，本來很多想寫的東西不得不捨棄，讓它的結尾走向稍嫌倉促，不過畢竟我也算完成了一個有趣的題材，而且創作過程還要不斷去想像「太監」怎麼高潮，這是一個極其有趣的大膽嘗試，幸好沒有人可以跳出來反駁我的描述。對我來講，它該是個喜劇，沒想到寫到最後，還是不得不以悲劇收場，也許那是因爲我對權力、性慾始終有種隱隱的文化型內化性罪惡感吧。

最後，我要再談一下這個筆名「TOP」。這眞是一個惡搞的創意結果，因爲一開始我想用「髒愛零」這個筆名（所以〈全部幹掉〉那一篇硬是在結尾扯進了《傾城之戀》的結尾），但又怕張迷們抗議，加上主編的專業意見，覺得這個筆名不雅，也不吸引人，既然是賣男同志市場，筆名最好比較 Man 一點，例如「阿猛」這類俗夠有力的化名，可是既然我一大半的作品都在批評同志圈對Man這件事的迷思，我又怎肯向這種文化妥協取個這麼Man的筆名呢？於是最後我決定惡搞TOP這個字，把英文O換成數字0，我就是要永遠可以驕傲地說：

「老娘就是個大零號！而且幸好我有一根高科技的萬能電動按摩棒可以滿足自己！」

是的，我在「姊」構你對作者的最後一絲幻想，那就是我想做的。

好啦，我說完了，這就是我創作這五篇跟取這個筆名的所有緣由。最後，我不得不埋個伏筆，就是，有些故事其實是我個人的真實經歷，只是……是哪些呢？That's the secret I will never tell！

XOXO

國家圖書館出版品預行編目資料

全部幹掉 / TOP 著.
- 新版. 一臺北市：
基本書坊, 2013.12
256 面；14.5*20 公分. --（G+ 系列；B024）

ISBN 978-986-6474-50-7（平裝）

857.63 102022512

G+系列 編號B024

全部幹掉

TOP 著

責任編輯 刀刀
封面設計 小子 godkidlla@gmail.com
封面攝影 丫莫蝸牛
內文排版 孿生蜻蜓

企劃・製作 基本書坊

社　長 邵祺邁
編輯顧問 喀　飛
副總編輯 郭正偉
業務主任 蔡小龍
行銷企劃 宇文白虎
首席智庫 游格雷

社址 100台北市中正區南昌路二段112號6樓
電話 02-23684670
傳真 02-23684654
官網 gbookstaiwan.blogspot.com
E-mail PR@gbookstw.com
劃撥帳號：50142942 戶名：基本書坊

總經銷 紅螞蟻圖書有限公司
地址 114台北市內湖區舊宗路二段121巷19號
電話 02-27953656
傳真 02-27954100

2013年12月1日 初版一刷
定價 新台幣280元

ISBN 978-986-6474-50-7